ro
ro
ro

Anette Göttlicher, geboren 1975, ist Leiterin der Online-Redaktion von «Cosmopolitan». Aus ihrer Kolumne «Maries Tagebuch» auf dieser Website entwickelte sie ihren ersten Roman «Wer ist eigentlich Paul?» (rororo 23518), der auf Anhieb zum Bestseller wurde. Nach «Sind sie nicht alle ein bisschen Paul?» (rororo 23768) ist «Aus die Maus» der dritte Teil von «Maries Tagebuch».

Anette Göttlicher mag Sushi, Fußball und bayerisches Brauchtum und lebt in München.

ANETTE GÖTTLICHER

AUS DIE MAUS

Maries Tagebuch

ROWOHLT TASCHENBUCH VERLAG

2. Auflage März 2006

ORIGINALAUSGABE

Veröffentlicht im Rowohlt Taschenbuch Verlag, Reinbek bei Hamburg, Februar 2006 – Copyright © 2006 by Rowohlt Verlag GmbH, Reinbek bei Hamburg – Umschlaggestaltung any.way, Wiebke Jacobs (Foto: Hill Creek/Premium) – Gesetzt aus der Sabon PostScript bei Pinkuin Satz und Datentechnik, Berlin – Druck und Bindung Clausen & Bosse, Leck – Printed in Germany – ISBN 10: 3 499 24126 9 – ISBN 13: 978 3 499 24126 0

DIE GRÖSSTE LIEBE IST IMMER DIE,
DIE UNERFÜLLT BLEIBT.

Sir Peter Ustinov

SAMSTAG, 15. MAI 2004 – MITTELERDE

Liv Tyler hat ein Fenster in der Stirn. Das sieht ziemlich blöd aus. Warum fallen mir in den erhabensten Momenten meines Lebens immer die am wenigsten passenden Dinge ein?, frage ich mich und unterdrücke, von mir selbst genervt, ein Stöhnen.
«Alles klar, mein Schatz?», erkundigt sich Paul, fasst zärtlich mein Gesicht am Kinn und dreht es sanft zu sich hin.
«Alles wunderbar», lächle ich seinen besorgten Stirnfalten zu und genieße diesen kleinen Moment der Vorfreude. Ich weiß genau, was jetzt kommt. Trotzdem fühlt es sich jedes Mal wieder an, als würde ich mit einem Herzschrittmacher durch die Sicherheitskontrolle am Flughafen gehen. Paul bekommt einen ganz bestimmten Ausdruck in seinen graugrünen Augen, so einen verwegenen und zugleich hilflosen Ich-muss-dich-jetzt-küssen-Blick. Fast ein wenig bestürzt sieht er aus, wenn er so guckt. Dann kommt er mit seinem Gesicht ganz nahe an meines heran, und ich rieche seine Haut, bevor sie meine berührt. Kurz bevor unsere Nasen kollidieren können, dreht er leicht seinen Kopf, sodass sie aneinander vorbei passen und unsere Lippen sich treffen können. Und dann küsst er mich. Wie jetzt auch. Und Paul schafft es, was ich beinahe verpatzt hätte: Der Moment wird erhaben und einzigartig wie alle vor ihm, in denen Paul mich küsste.

«Excuse me …», höre ich eine weibliche Stimme. Ich blicke auf. Oh. Ups. Es ist eine Stewardess, falsch, Flugbegleiterin, die dort im Gang steht, nachsichtig lächelnd und mit einem Trolley mit eingeprägtem Känguru an der Hand. Unglaublich. Paul und ich sind die letzten Passagiere im gerade gelandeten Jet. Dass Zeit relativ ist, hat mir schon immer eingeleuchtet. Aber dass sich beim Küssen mit Paul fünf Minuten anfühlen wie wenige Sekunden, überrascht mich immer wieder.

«So sorry», stammle ich und klaube hastig meine Siebensachen zusammen. «Komm, raus hier», zische ich Paul zu, der mal wieder die Ruhe selbst ist. Er zwinkert der Flugbegleiterin zu und sagt leise etwas auf Englisch zu ihr, was ich akustisch nicht verstehe. Ihre Reaktion verrät mir, dass es ein charmantes Kompliment gewesen sein muss. Sie errötet zart unter ihrer Revlon-Foundation und kichert. Hey, ich meine, das ist eine Flugbegleiterin. Flugbegleiterinnen gehören mit Sicherheit zu der am meisten angebaggerten Berufsgruppe. Die haben durch Übersättigung schon so eine Art Resistenz gegen Komplimente entwickelt. Und wenn eine von ihnen rot wird, sodass sie der Wirkung ihres Puder-Rouges Konkurrenz macht, heißt das schon was. Na ja, er sieht halt auch verdammt gut aus, mein Paul. Groß, blond, breitschultrig geht er da neben mir die Gangway hinunter und lächelt sein unwiderstehliches Großer-Junge-Lächeln. Wer kann da schon nein sagen.

«Guck mal. Liv Tyler hat ein Fenster in der Stirn», teile ich Paul im Flughafenbus mit und deute auf einen Jet von Air New Zealand. Paul kapiert sofort und lacht schallend. Die Flugzeuge der neuseeländischen Flotte haben die Porträts der Stars aus «Herr der Ringe» aufgemalt. «Welcome to Middle Earth» steht in der Herr-der-Ringe-Schrift auf den Jets. Dahinter zeichnen sich leuchtend grüne Hügel ab, der Himmel ist knallblau, und weiße Wolken ziehen rasch und recht niedrig vorüber. Die Luft ist kühl und frisch. Ich kann es kaum glauben. Wir sind in Neuseeland. Die Betonung liegt auf «wir». Paul und ich sind gerade in Mittelerde angekommen. Zusammen. Als Paar.

Das ist deshalb so bemerkenswert, weil es noch vor einem Monat keineswegs so aussah, als könne Paul jemals mehr für mich werden als der berühmte Grund schlafloser Nächte, der Verursacher eines ausgeprägten Oleander-Hasses und der Schuldige an verstärktem Zigaretten- und Pfefferminztalerkonsum. Seinetwegen war ich bis nach Australien geflüchtet. Na ja, das stimmt nicht ganz. Ich hatte den großen Trip nach Down Under unternommen, um endlich auch etwas aus meinem Leben zu machen. Paul war ja in Lesotho und ganz augenscheinlich nicht mal an einer Fernbeziehung mit mir interessiert. Oder wie hätte ich es sonst deuten sollen, dass er mir ein paar Wochen nach seinem Abflug kaum mehr mailte, und wenn, dann nur, weil er sich Sorgen um seinen Oleander machte, der auf der Terrasse seiner Haidhausener Wohnung zu erfrieren drohte. Und dann das Highlight der Marie-kommt-sich-blöd-vor-Hitparade: Auf einem Spaziergang im Februar, kurz vor meinem Abflug nach Sydney, traf ich Paul beim Zigarettenkauf in einem Lotto-Toto-Laden am Max-Weber-Platz. Warum auch der sich in München nach ihm verzehrenden Freundin mitteilen, dass das Experiment Lesotho gescheitert war und er schon seit ein paar Tagen wieder in Deutschland weilte.

Aber das ist alles vergeben und vergessen. Oder zumindest vergeben. Denn was danach kam, hätte sich der Drehbuchschreiber der Telenovela «Bianca – Wege zum Glück» kaum besser ausdenken können. (Das heißt jetzt nicht mehr Soap, sondern Telenovela, ist südamerikanischen Ursprungs und wahnsinnig hip.) Pauls Versuch, mir in einer Nacht-und-Nebel-Aktion an den Frankfurter Flughafen nachzureisen, scheiterte am Benzinmangel seines silbernen VW Golfs auf Höhe von Greding bei Nürnberg. Das mit Greding und der Tatsache, dass er mir hinterhergefahren war, erfuhr ich aber erst Wochen später. Schließlich war ich auf dem Ich-mach-was-aus-meinem-Leben-Trip und hatte Besseres zu tun, als GMX abzufragen. Ich lernte neue Leute kennen, entdeckte den australischen Kontinent samt seiner Bewohner und übte mich erfolgreich im Verdrängen eines Mannes namens Paul aus meinen Gedanken. Ende April las ich dann Pauls gesammelte E-Mails. Sie klangen reumütig, einsichtig und irgendwie verzweifelt. Also zeigte ich mich von meiner gnädigen Seite und lud ihn zum Frühstück ein. Nach Bondi Beach, New South Wales, Sydney, Australien.

Paul war pünktlich, ich kann mich dessen rühmen, dass ein Mann für mich um die halbe Welt gereist ist. Aber das Allerbeste, das, was wirklich zählt: Er ist immer noch bei mir, und wir sehen uns jetzt gemeinsam Neuseeland an. Ich mag dieses Land jetzt schon. Auch wenn Liv Tyler ein Fenster in der Stirn hat.

MONTAG, 17. MAI 2004 – IT'S THE END OF THE WORLD AS WE KNOW IT

Hier geht es definitiv nicht mehr weiter. Wir sind im äußersten Norden Neuseelands, in der Nähe des Cape Reinga. Eigentlich wollten wir wirklich das Kap besichtigen. Nach den Postkarten zu urteilen, gibt es dort einen hübschen Leuchtturm und eines der berühmten und hier sehr beliebten Schilder mit zahlreichen Wegweisern, auf denen interessante Informationen stehen wie «Hamburg 16832 km», «Sydney 2160 km» oder «Los Angeles 10479 km». Die Neuseeländer haben aus ihrer geographisch etwas benachteiligten Lage geschickt eine Attraktion gemacht. Vor allem für die Europäer fühlt es sich immer wieder toll an: Weiter weg von zu Hause geht nicht.

Einige Kilometer vor Cape Reinga sieht Paul eine Abzweigung.
«Bieg doch mal rechts ab», schlägt er vor.
«Weißt du, wo's da hingeht?»
«Nö. Aber zum Cape können wir immer noch fahren. Ich finde es da drüben spannender.»

Spannend ist auch die Straße oder das, was auf der Karte als Straße eingezeichnet ist. Sie besteht hauptsächlich aus grobem Kies, der fürchterlich staubt, garniert mit einigen spitzen, großen Brocken.
«Ach, die paar Steine tun uns nichts», beruhigt mich Paul, als ich meine Sorge um die Reifen unseres Mietwagens kundtue.
«Steine? Das sind junge Felsen!», erwidere ich und schlage den siebenundzwanzigsten Haken um ein besonders fieses Reifenkillerexemplar.
«Holla die Waldfee», lacht Paul und hält sich fest, «wenn ich nicht wüsste, dass du eine ausgezeichnete Autofahrerin bist, würde ich mir jetzt in die Hose machen vor Angst!»
Angeblich soll die Straße nach fünfzehn Kilometern ans Meer führen. Sie windet sich jedoch munter durch das neuseeländische Hinterland. Hügelauf, hügelab und ringsum nichts als macchieartiger, struppig-niedriger Urwald.

Nach einer halbstündigen Fahrt endet die Piste. Mitten auf einer Wiese. Auf der steht ein kräftiges braunes Pferd. Ich parke neben dem Pferd, das keine Anstalten macht wegzulaufen.
«Hallo Pferd», sage ich und bemerke, dass es sich um ein Wildpferd handeln muss. Zumindest sieht es einigermaßen wild aus, ein bisschen zottelig und irgendwie verwegen. Außerdem ist weit und breit kein Zaun zu sehen. Erst als ich mit meiner ausgestreckten Hand beinahe seine weichen Nüstern berühre, macht es einen Schritt nach hinten. Offensichtlich will es nicht gestreichelt werden.

Wir laufen über die Wiese und gelangen zu einigen mit Strandhafer bewachsenen Sanddünen. Dahinter öffnet sich eine kilometerweite Bucht und gibt den Blick aufs offene Meer frei. Paul und ich bleiben stehen und inhalieren die Aussicht. Der Strand ist absolut menschenleer und leicht rosafarben. Weiße

und graue Wolken ziehen rasch über den ansonsten tiefblauen Himmel.
Als ich mich umdrehe, verdecken die Dünen unseren Kombi, der das einzige Zeichen von Zivilisation weit und breit ist. Ansonsten gibt es hier nichts, was auf Menschen hindeutet. Kein Haus, kein Schiff, kein Flugzeug, keine Straße bis auf die, auf der wir gekommen sind. Und selbst die ist im dichten Dschungel nicht zu erkennen.

«Schau mal, Marie», sagt Paul und deutet auf den Strand vor uns, «man sieht nicht mal Fußspuren von anderen Leuten. Bestimmt sind wir die Ersten, die hier entlanglaufen.»
«Bestimmt», sage ich, und es soll nicht ironisch klingen. Ich weiß, wie Paul das meint. Es spielt keine Rolle, wie viele Touristen vor uns die «Spirits Bay» entlanggewandert sind. In diesem Moment sind wir die Allerersten.

«Schade, dass wir hier nicht bleiben können», seufze ich, als wir nach zwei Stunden Strandwanderung wieder am Auto angekommen sind.
«Wer sagt das?», grinst Paul und fährt fort: «Wenn du auf das berühmte Cape Reinga verzichten kannst, mein Schatz, dann bleiben wir doch einfach bis morgen hier ...»
Er hat Recht. Wir haben zu essen und zu trinken, weil wir heute Morgen einen Großeinkauf bei «Pak 'n' Save» in Kaitaia am Ninety Mile Beach getätigt haben. Alles noch im Auto. Es ist warm und wird auch heute Nacht nicht allzu kühl werden, aber zur Not haben wir sogar Schlafsäcke und Decken im Auto.
«Au ja. Schlafen wir im Auto!», freue ich mich. Erst letzten Monat habe ich im australischen Outback meine Liebe zum Campen entdeckt. Reichlich spät, denn früher haben die Stichworte Campingplatz, Gaskocher oder Schlafsack bei mir eher den Reflex ausgelöst, so schnell wie möglich ein Zimmer in

einem Hotel mit mindestens vier Sternen zu buchen. Warum, weiß ich heute nicht mehr genau. Camping ist super, und gegen ungewaschene Haare (früher meine größte Angst neben der, das Zelt versehentlich auf einem Ameisenhügel aufzuschlagen) gibt es Trockenshampoo.

Später macht Paul ein kleines Feuer in den Dünen. Wir sitzen eng umschlungen im noch warmen Sand, gucken abwechselnd in die Flammen und in den gigantischen Sternenhimmel der Südhalbkugel, lauschen dem Knacken des verbrennenden Holzes und dem Rauschen der See. Ab und zu fischt Paul mit einem Stecken eine Kartoffel aus dem Feuer und füttert mich mit ihrem heißen Inneren. Ich schließe die Augen und beginne ein kleines Gedankenexperiment, das ich schon lange nicht mehr gemacht habe. Ich denke mich Schritt für Schritt weiter weg von Paul und mir am Lagerfeuer an der nördlichsten Bucht Neuseelands. Wir beide in den Dünen des einsamen Strandes. Der Strand am Rande der Nordinsel. Neuseeland im Pazifik. Ozeanien in der südlichen Hemisphäre. Die Welt. Die Erdkugel als einer von vielen Planeten in unserer Galaxie. Unsere Galaxie als eine von vielen in einem unendlichen Meer von Galaxien … An diesem Punkt wird mir immer ein wenig schwindelig, als ob ich auf dem Oktoberfest zu viel Kettenkarussell gefahren wäre. Ich habe das Gefühl, mit meinem Geist an ein Brett zu stoßen, an eine Bretterwand, an der ein Schild hängt: Bis hierhin und nicht weiter. Die Unendlichkeit ist nicht vorstellbar.

Ich öffne die Augen und sehe direkt in Pauls.
«Wir sind so klein, nicht?», sagt er, als wüsste er, wo ich gerade mit meinen Gedanken war.
«Aber mach dir keine Sorgen. Ich bin bei dir, mein Schatz. Ich bin immer bei dir.»

MITTWOCH, 19. MAI 2004 – PAUL UND ICH

Raglan auf der Nordinsel Neuseelands ist ein bemerkenswerter Ort. Hier gibt es die einzige links brechende Welle der Welt. Oder die größte. Oder die schönste. Jedenfalls irgendeinen Superlativ, denn den lieben die Kiwis, wie sich die Neuseeländer selbst nennen. Übrigens nach ihrem Wappentier – dem meist übellaunigen, flugunfähigen, ziemlich runden Vogel, der zwanzig Stunden pro Tag schläft und in den übrigen vier im Dunkeln nach Würmern sucht –, nicht nach gleichnamigem Obst. Aber ich klinge schon wie mein abgewetzter «Lonely Planet». Zurück zum Wesentlichen.

Paul und mich (ich kann mich an diesen drei Worten gar nicht satt schreiben und denken) hat es nach Raglan verschlagen. Der Sommer ist noch einmal zurückgekehrt, obwohl es hier eigentlich schon Herbst ist. Wir wohnen in einem entzückenden Backpacker's und haben viel Spaß mit Jed, dem jungen Labrador von Jeremy, dem Besitzer des Hostels. Paul kann nicht nur gut mit Menschen, auch Tiere verfallen postwendend seinem Charme. Er erinnert mich manchmal an Philip, eine Figur aus der Abenteuer-Buchserie von Enid Blyton. Nicht «Fünf Freunde», sondern «Tal der Abenteuer», «See der Abenteuer» und so weiter. Darin ging es auch um zwei Geschwisterpärchen, die ständig in aufregende Gefahren geraten, ihnen mit List und Tücke jedoch stets wieder entrinnen. Philip kam super bei Tieren an. Ich glaube, er war überhaupt einer dieser Supermenschen, die von jedem gemocht werden.

«Süße», reißt Paul mich aus meinen Kindheitsgedanken und krault Jed, der wie hingegossen auf seinen Füßen liegt und ihn bewundernd anstarrt, das schwarze Fell, «was machen wir heute Abend?» Ich liebe es, wenn er «Süße» zu mir sagt.

«Öhm, keine Ahnung», sage ich, «wir könnten in *Nick's Surf Inn* gehen oder in *Brian's Surf Pub* oder ...»
«Hm», meint Paul, «ich glaube, ich habe eine bessere Idee.» Spricht's, erhebt sich vom Küchenstuhl und geht aus dem Raum, «bin gleich wieder da» murmelnd.
«Tja, Jed», informiere ich den Hund, «so ist er nun mal. Ein wandelndes Geheimnis. Aber er kommt sicher bald wieder. Bisher ist er immer wiedergekommen.» Und ich kraule ihn hinter den weichen Schlappohren. Jed zeigt sich von meinen Liebkosungen völlig unbeeindruckt, schüttelt sich, als hätte ihn eine Fliege gekitzelt, und fixiert leise fiepend die Küchentür, aus der Paul gerade entschwand.
Ich lasse das Tier in seiner Verzweiflung allein und gehe auf unser Zimmer, um Postkarten zu schreiben.

Liebe Vroni,
viele liebe Grüße aus Raglan, New Zealand. Der Ort ist ein bezauberndes Surfer-Kaff mit traumhaften Stränden. Mit Paul ist es wundervoll. Wir streiten nie, haben viel Spaß zusammen, quatschen stundenlang und haben jede Nacht galaktisch guten Sex :-))) (Ich hoffe, Dein Postbote liest diese Karte nicht ...) Ich vermisse dich sehr, aber ich bin glücklich. Grüß die Mädels von mir, die Biergärten und Neuhausen. Bis irgendwann bald,
Marie

Was für eine platte Postkarte. Manchmal glaube ich wirklich, dass Glück dumm macht. Man sieht der Karte förmlich das blöde und zufriedene Grinsen an, mit der ich sie geschrieben habe. Vroni aber wird sich freuen, denn sie weiß, dass ich nur dann witzige und geschliffene Texte zu Papier bringen kann, wenn ich leide. Und das tue ich zurzeit wirklich kein bisschen.

Als ich eine Briefmarke mit dem Motiv des Milford Sound auf die Karte klebe, höre ich von draußen Motorengeräusche. Sie ersterben, und eine halbe Minute später füllt Pauls Silhouette den Türrahmen.

«Auf geht's», ruft er und verbreitet sofort gute Laune im Raum, «fahren wir. Nimm ein Handtuch mit und eine warme Jacke.»

«Wohin denn?», will ich wissen, aber Paul grinst nur: «Überraschung!»

«Fahren?», fällt mir auf dem Weg nach draußen ein, «aber wir haben doch gar kein …»

«… Auto!», sagt Paul triumphierend und deutet auf den alten silbernen Mazda, der im Hof parkt. «Das ist unserer. Zumindest für heute Abend. Komm, steig ein!» Ich bin platt wie meine Postkarte. Ich frage gar nicht, wo Paul den Wagen herhat. Sicher hat er ihn der hübschen Bedienung aus *Brian's Surf Pub* mit ein paar Komplimenten und netten Worten abgeschwatzt. Ich möchte es lieber nicht genau wissen. Die Hauptsache ist nämlich, dass er das Auto für mich klargemacht hat. Wie, spielt keine Rolle.

«Holla die Waldfee», sagt Paul in der ersten Kurve, in der der Mazda nach außen driftet wie eine Kuh auf Glatteis, «der reagiert aber komisch!»

«Vermutlich sind die Stoßdämpfer im Eimer», attestiere ich und ernte einen verwunderten Seitenblick von Paul, der am Rechtssteuer sitzt. «Stoßdämpfer?»

«Egal, Hauptsache, er fährt», fahre ich munter fort, «wie weit ist es denn noch?» Nicht, dass sich Paul mir unterlegen fühlt, was das technische Verständnis angeht. Er ist zwar kein typischer Autos-sind-Männersache-Kerl, aber wer weiß. Jungs reagieren da manchmal unberechenbar.

«Etwa fünfundzwanzig Kilometer», lässt Paul sich bereitwillig auf den Themawechsel ein.

Die Straße ist, wie so viele in Neuseeland, ungeteert und windet sich parallel zum Meer durch dichten Urwald. Bald wird die Sonne untergehen. Aber ich habe keine Angst. Paul ist ja bei mir.

Etwa eine Stunde später erreichen wir einen Ort. Ein kleines Fischerdorf schmiegt sich in die grünen Hügel eines Naturhafens. Die Sonne ist gerade dabei, am Horizont zu verschwinden. Paul lenkt den alten Mazda langsam durch das Dorf und hält nach Wegweisern Ausschau.
«Wonach suchst du denn?», will ich wissen, «ich kann dir helfen!»
«Lass mal», meint Paul, drückt kurz meine Hand und lächelt mich an, «Überraschung!»
Dann hat er anscheinend gefunden, was er sucht, denn er biegt rechts ab. Wir fahren durch einen lichten Pinienwald Richtung Meer. Die Straße endet an einem kleinen Parkplatz, auf dem zwei Autos stehen. Paul stellt den Mazda unter einem Baum ab, und wir steigen aus. Es herrscht ein eigentümliches Zwielicht. Der sandige Boden ist noch warm vom Tag, aber von oben spüre ich schon die kühle Abendluft.
«Und jetzt, Paul?»
«Komm mit!» Er nimmt meine Hand, und wir gehen durch die Dünen Richtung Meer. In meinem Magen kribbelt es angenehm. Was hat Paul vor? Womit will er mich überraschen? Während wir nebeneinander durch den warmen Sand stapfen, fasse ich Pauls Hand ein wenig fester. Immer noch bin ich nicht ganz frei von der Angst, ich könnte plötzlich aufwachen aus meinem schönen Traum und es wäre ein grauer, paulloser Montagmorgen in meinem IKEA-Bett in München-Neuhausen. Ja, ich habe lange gewartet auf diesen Mann, ich habe viel auf mich genommen und oft ziemlich gelitten. Zur Belohnung für die teilweise harte Zeit habe ich nun, was ich mir so sehr gewünscht habe:

Ich bin mit ihm zusammen, mit dem Mann meiner Träume. Klingt logisch, oder? Eben. Genau das beunruhigt mich. Denn das Leben pflegt nicht logisch zu sein, man bekommt selten, was man verdient, und ausgleichende Gerechtigkeit ist auch etwas, woran nur naive Menschen noch wirklich glauben.
Wir haben die Dünen hinter uns gelassen und treten auf einen weiten, menschenleeren Strand. Die Besitzer der zwei geparkten Autos sind uns beim Marsch durch die Dünen entgegengekommen und haben aufgeräumt «Hi guys» gerufen. Nun sind wir ganz alleine. Der Himmel über dem Meer ist noch rosa, orange und rot von der gerade untergegangenen Sonne.

«Es ist wunderschön hier», flüstere ich Paul gerührt zu.
«Extra für dich», grinst er, «und jetzt gehen wir baden!»
«Baden?» Ich runzle die Stirn. «Ist es dafür nicht ein bisschen zu frisch?»
«Wart ab», freut sich Paul über meine zweifelnde Miene und zieht mich ein weiteres Stückchen Richtung Wasser. In den feuchten Sand haben die Besucher, die vor uns da waren, ein paar große Löcher gebuddelt, in denen das Wasser steht. Paul nimmt seinen Rucksack herunter und packt einen kleinen Spaten aus. Damit beginnt er, die größte Pfütze zu vertiefen. Ich stehe ein bisschen unmotiviert (um nicht zu sagen dumm) rum und betrachte verliebt die Muskeln seiner Arme, die unter seinem T-Shirt spielen. Als Paul fertig mit Schaufeln ist, wirft er den Spaten zur Seite, dreht sich zu mir um und sagt: «So, und jetzt ziehen wir uns aus, mein Schatz ...»
Ehe ich mich's versehe, ist Paul selbst aus seinen Klamotten geschlüpft und steht nackt vor mir. «Na los, worauf wartest du? Die Badewanne ist fertig!» Als ich mich immer noch nicht rühre, greift er mein T-Shirt am Saum und zieht es mir über den Kopf. «Kleine Diva», grinst er, «bloß selber keinen Finger rühren!» Schwupp, liegt mein BH im Sand, und mit einer weiteren

Handbewegung hat er mir Rock und Slip vom Leib gestreift. Ich bekomme eine Gänsehaut bei dem Gedanken, jetzt auch noch nass zu werden, doch für Paul würde ich mich sogar im Bayerntrikot in die 60er-Kurve stellen, also beschwere ich mich nicht, sondern trete todesmutig in die natürliche Badewanne.
«Das ist ja ganz warm, Paul!», rufe ich erstaunt aus, als ich einen Fuß ins Wasser gesenkt habe.
«Ja, denkst du denn, ich lasse dir eine kalte Wanne ein?»
Ich bin begeistert. Das Wasser hat tatsächlich die Temperatur eines heißen Bades.
«Hier gibt's heiße Quellen», erklärt Paul, «es funktioniert nur bei Ebbe, bei Flut sind sie unter Wasser.»

Wir legen uns der Länge nach in unseren Pool, der tief genug ist, dass das heiße Wasser uns ganz bedeckt. Inzwischen ist es fast vollständig dunkel geworden, die letzten Rottöne des Abendhimmels gehen am Horizont in ein tiefes Dunkelblau über, und die Sterne fangen an zu leuchten. Schweigend liegen wir in unserer dampfenden Wanne und betrachten die Milchstraße, die ihrem Namen alle Ehre macht und hier, am anderen Ende der Welt, viel strahlender und näher wirkt als zu Hause. Wir sprechen kein Wort, liegen einfach nur da, und ich spüre die kühle Abendluft in meinem Gesicht, das heiße Wasser an meiner Haut und Pauls Körper dicht an meinem. Ich bin froh, dass auch er glücklich damit ist, einfach nur stillzuhalten und die überwältigende Natur zu spüren. Jetzt und hier an diesem Strand Sex miteinander zu haben, wäre zu viel des Guten. Ich bin ganz und gar damit beschäftigt, die vorhandenen Sinneseindrücke zu verarbeiten und in mich aufzunehmen. Paul fühlt in diesem Moment dasselbe wie ich, da bin ich mir ganz sicher. Wobei – wie kann ich mir da sicher sein? Ich kann eigentlich nicht mal davon ausgehen, dass er das Gleiche sieht wie ich. Wie will ich da wissen, was er fühlt?

«Marie, denk nicht so viel!», sagt Paul. Nein. Das war nicht Pauls Stimme. Vorsichtig und ohne mich zu viel zu bewegen, sehe ich mich um. Es ist inzwischen so finster, dass ich meine Umgebung nur noch schemenhaft erkennen kann. Aber dort, auf dem sandigen Rand unserer Naturbadewanne an diesem einsamen neuseeländischen Strand, sitzt mit übereinander geschlagenen Beinchen und in die Hand gestütztem Kinn mein guter alter Bekannter. Das Engelchen. Ich denke geräuschlos, aber so intensiv ich kann: «Verschwinde, sonst ertränke ich dich an Ort und Stelle!» Engelchen zuckt zusammen, entfaltet seine Flügel, die es ordentlich auf dem Rücken zusammengelegt hatte, wirft mir eine Kusshand zu und schwirrt ab. In die Richtung, in der kurz vorher die Sonne untergegangen ist.

Irgendwann viel später sehen Paul und ich uns wortlos an. «Hm?», macht er nur, und ich erwidere: «M-hm ...» Wir klettern aus dem warmen Pool und rennen schnell zu unseren Klamottenhaufen. Paul zaubert ein großes Badehandtuch aus seinem Rucksack und legt es mir um die Schultern. Kurz schmiege ich mich an ihn, lege meinen Kopf an seine Brust und spüre seine warme, nasse Haut. Diese Momente sind es, wofür sich alles gelohnt hat. Diese paar Sekunden entschädigen mich für wochenlanges Warten auf eine Nachricht von Paul, für seine vielen Absagen der letzten Jahre, für seine Unberechenbarkeit und die Verschlossenheit, die ihn manchmal so unnahbar macht. Vroni hat mich oft naiv genannt und mit mir geschimpft, weil ich Paul «nachgelaufen» bin, wie sie das nannte. Es würde nicht zu mir passen, ich hätte das nicht nötig, er würde mich gar nicht verdienen und so weiter. Das ist alles wahr. Aber es spielt keine Rolle.
Wer jemals dieses Gefühl erlebt hat, das ich habe, wenn ich meine Wange an Pauls Haut lege, der weiß, was ich meine.

SONNTAG, 23. MAI 2004 –
JUMP (FOR MY LOVE)!

Ich bin die Ruhe selbst. Bis zu dem Moment, in dem ich die Telefonnummer meiner Eltern in das Feld des Formulars schreibe, das meinen Tod regeln wird, falls ... ja, falls ich das hier nicht überlebe. Schluck. Wo ist das Engelchen? Nicht da. War ja klar. Vermutlich mit Teufelchen einen trinken. «Keine Sorge», lacht Paul, als er meine besorgte Miene sieht, «das ist nur Papierkram!» Ach nee. Das weiß ich auch. Ich habe ja auch keine Angst. Ich überlege lediglich, ob es klug ist, sich wissend diesem Risiko auszusetzen. Wer sich in Gefahr begibt, kommt darin um, höre ich meinen Vater sagen. Eigentlich wäre das Teufelchens Text, aber das ist ja mit Engelchen im Pub.
Jetzt ist es sowieso zu spät. Ich habe die 150 Neuseeland-Dollar schon bezahlt. Und außerdem soll Paul mich ja nicht für einen Feigling halten.

«Are you okay?», will Greg, mein «Dive Instructor», von mir wissen, als er die Gurte des Geschirrs, in dem ich mit Oberkörper und Beinen stecke, festzurrt. «Sure», antworte ich und versuche, einen lässigen Gesichtsausdruck zu machen. «Man springt ja schließlich nicht jeden Tag aus einem Flugzeug», relativiere ich, als ich seine belustigte Miene sehe. «I do», grinst Greg. «That calms me down», erwidere ich, doch irgendwie kommt meine Ironie auf Englisch nicht so richtig durch.

Als wir nach draußen gehen, sehe ich kurz mein Spiegelbild im Fenster des Gebäudes, in dem die Fallschirmspringschule untergebracht ist. Mit dem blauen Overall, dem Geschirr um den Körper, der Lederkappe auf dem Kopf und dem chlorbrillenähnlichen Ding im Gesicht sehe ich aus wie ein Astronaut für Anfänger. Ich werfe einen Blick auf Paul, der neben mir geht.

Natürlich steht ihm der Springeranzug hervorragend, und nicht mal die Mütze entstellt ihn wesentlich. Das Leben ist nicht fair.

Wir gehen über kurz geschorenen Rasen zu einem winzigen Flugzeug. Wie schade, sie wollen uns anscheinend einzeln rauffliegen. Ich hatte gehofft, den Flug mit Paul teilen zu können.
«Okay folks, let's get in there», sagt Pauls Instructor Steve und zieht an einem Griff an der Seite des Mini-Fliegers. Eine Klappe fährt hoch. Wie ein Brotkasten, denke ich und begreife dann, dass wir zu viert in die Maschine steigen sollen. Sitze? Fehlanzeige. Wir hocken uns auf den Boden, unseren Instructor hinter uns – so, wie wir in ein paar Minuten springen werden. Steve macht den Brotkasten zu. An der Seite kann man durch kleine Fenster nach draußen schauen. Die Maschine holpert über die grasbewachsene Startbahn und hebt dann ab. Schon nach wenigen Minuten sind die Häuser von Taupo, der kleinen Stadt in der Mitte der neuseeländischen Nordinsel, nur noch kleine weiße Würfel. Der große vulkanische See, an dem die Stadt liegt, glänzt silbern in der Sonne. Im Süden erheben sich hohe Berge.

Ich habe gerade vergessen, dass ich nicht für einen Panoramaflug in diesem Grashüpfer sitze, als Greg mir bedeutet, ich solle mich doch auf seinen Schoß setzen. «Oh, no thanks», wehre ich ab, denn ich kann auch so ganz prima durch das Fenster sehen. «Wäre aber besser», lacht Greg und erklärt mir, dass er mich jetzt an sich festschnallen müsse, da wir gleich springen werden. Okay. Das ist natürlich was anderes. Gehorsam klettere ich auf Gregs Schoß und beäuge kritisch, wie er diverse Karabiner in diverse Haken einhängt. «Das hält schon!», meint er aufmunternd.
«Dreifünf!», brüllt da der Pilot von vorne, und Pauls Tandempartner reißt die Klappe des Fliegers auf.
«Ich hätte unten nochmal aufs Klo gehen sollen!», schreie ich

gegen den ohrenbetäubenden Lärm der Luft an. Paul grinst. Und dann ist er weg. Zusammen mit Steve. Lieber Gott, mach, dass mein Fallschirm aufgeht, bete ich leise. Schon wieder so ein bedeutender Moment, in dem ich das Falsche gesagt habe. Ich sehe schon einen erschütterten Paul in den neuseeländischen Abendnachrichten vor mir, wie er in die Kamera sagt: «Ihre letzten Worte waren: ‹Ich hätte unten nochmal aufs Klo gehen sollen.› Ich werde sie sehr vermissen.»

«No worries», höre ich eine männliche Stimme an meinem Ohr. Es ist Greg. Ich habe gar nicht bemerkt, wie wir an den Rand des Fliegers gerutscht sind. Mit Schrecken sehe ich, dass sich unter meinen Füßen nur noch Luft befindet. Viel Luft. Ungefähr dreitausendfünfhundert Meter Luft.

«Füße vor dem Sprung unter das Flugzeug klemmen, im freien Fall Arme ausbreiten und Körper in Bananenform bringen», schießt es mir durch den Kopf, und ich beginne eilig, meine Gliedmaßen zu sortieren. So gut das eben geht, wenn sich der eigene Hintern an der Kante einer fliegenden Cessna befindet. Und dann kommt auf einmal ganz viel Wind von unten. Es fühlt sich nicht an wie Fallen. Auch nicht wie Fliegen. Und Luft ist ein verdammt hartes Element. Nach einigen Sekunden fällt mir auf, dass mir was fehlt. Und zwar ebendiese Luft, die von unten auf meinen Körper prallt. Ein wenig davon würde sich jetzt in meinen Lungen gut machen. Doch das ist gar nicht so einfach, wie es sich anhört. Atmen, befehle ich meinem Körper. Doch das interessiert den gar nicht. Ich muss mit aller Kraft meine Brustmuskeln anspannen, um etwas Sauerstoff in meine Lungen zu pressen. Aaaaaaaah, das tut gut. Wir rasen auf eine Wolke zu. Wie die sich wohl anfühlt? Sie sieht wirklich aus wie Watte. Wäre lustig, jetzt sanft von ihr abgefangen zu werden und ein bisschen auf ihr herumzuliegen. So, wie die Engel in den Kinderbuchillustrationen das immer tun.

Der freie Fall ist eine recht flotte Angelegenheit. Ich habe gerade diesen Gedanken zu Ende gedacht (und das geht bekanntlich im Hirn um ein Vielfaches schneller, als wenn man ihn richtig formuliert), da haben wir die Wolke auch schon wieder verlassen. Um das mal aufzuklären: Man spürt sie gar nicht. Weder wattig noch weich, noch kalt, noch feucht. Da schießt man einfach durch.
Greg haut mir auf die Schulter. Ach so, ja, das ist das Zeichen, dass er jetzt mal den Schirm ziehen wird. Wird auch allmählich Zeit. Die grünen Hügel Neuseelands rasen auf uns zu. Oder wir auf sie. Wie auch immer. Der erwartete Ruck bleibt aus, sanft verlangsamt sich unsere Fahrt. Ich gucke nach oben, und tatsächlich, der Fallschirm ist offen. War wohl nix mit den Abendnachrichten, Paul.

«Ich mach dich mal ein bisschen locker», ruft Greg von hinten.
«Hey, ich bin extrem entspannt», will ich antworten, da falle ich in meinen Gurten nach unten. Schock. Will der mich umbringen?
«So ist es angenehmer, nicht?», will Greg wissen. Na ja. Ich weiß nicht. In dieser Höhe ziehe ich einen drückenden Gurt vor. Aber ich will nicht aufmucken. Nicht, dass der mich komplett losschnallt.
Kurze Zeit später nähern wir uns dem Flugfeld. Ich sehe Paul auf dem Rasen stehend meinen Anflug beobachten. Und zu meiner eigenen Verwunderung lege ich eine lässige, entspannte Landung hin, statt ihm auf dem Hosenboden entgegenzuhoppeln. Das ist eben der Unterschied zwischen Marie Sandmann und Bridget Jones.

FREITAG, 28. MAI 2004 – SLEEPLESS IN COROMANDEL

Der Adrenalinschub des Fallschirmsprungs hielt zwei Tage an. Zwei Tage, in denen Paul und ich grinsend durch die Gegend liefen und alle Menschen, die nicht aus Flugzeugen gesprungen waren, mitleidig ansahen.

Inzwischen sind wir auf der Coromandel-Halbinsel an der Ostküste. Neuseeland wie aus dem Bilderbuch: Urwald, Berge, Meer und weiße Strände.
Ich schätze, es ist ungefähr drei Uhr morgens. Der Mond scheint durch die Vorhänge und taucht das Zimmer in ein diffuses Halbdunkel. Ich stütze mich auf meinen Ellenbogen und betrachte Paul, der neben mir auf dem Rücken liegt und tief schläft. Ich sehe mir sein geliebtes Gesicht an, seine Stirn, die im Schlaf viel glatter ist als tagsüber, seine Nase, die Lippen, das Kinn mit der kleinen Narbe. Ich bin glücklich. Sehr glücklich. So glücklich, dass ich kaum mehr erspüren kann, glücklich zu sein.

Hm. Bin ich glücklich? Ich müsste es sein. Wir sind zusammen. Ein Paar. Wir sind Paul und Marie, Marie und Paul. Noch dazu sind wir zusammen in Neuseeland, dem Land meiner Träume. Wobei das keine Rolle spielt. Mit Paul zusammen wäre ich auch in Castrop-Rauxel oder Lloret de Mar glücklich. Aber bin ich denn glücklich? Ich befrage meine Seele. Die sitzt meinem Empfinden nach irgendwo zwischen Herz und Bauch. Manchmal freilich auch im Hals oder viel weiter unten. Ich merke, wie ich anfange zu schwitzen. Ich kann nichts fühlen. Ruhig, Marie, ruhig, sage ich still zu mir selbst. Vielleicht handelt es sich um einen «emotion overflow», zu viele Gefühle, die dazu führen, dass deine Gefühlssensoren sich kurzzeitig wegen Überlastung ausschalten. Wie ein Föhn, der ausgeht, wenn man ihn zu lange zu dicht an die Haare gehalten hat. Er braucht dann ein paar Minuten der Abkühlung, bis man ihn wieder einschalten kann. Natürlich passiert das immer dann, wenn man ein wichtiges Date hat, sowieso schon zehn Minuten zu spät dran ist und noch in der Unterwäsche im Bad steht. Das sind diese Abende, in denen man dann frisch geschminkt das weiße Top überzieht und in der S-Bahn merkt, dass die 60 Euro teure Shiseido Perfect Mat Foundation einen braunen Rand am Ausschnitt hinterlassen hat.

Angestrengt horche ich in mich hinein. Ah, da ist ja doch etwas. Eine Empfindung. Na bitte. Aber wie heißt sie? Hallo, wer bist du, Gefühl? Es drückt ein wenig Richtung Magen und engt die Atmung leicht ein. Jetzt erkenne ich es. Es ist Angst. Ich analysiere die Angst näher. Es ist keine Angst wie jene, die man vor einem Zahnarzttermin hat, vor einem wichtigen Vortrag oder davor, seinen Job zu verlieren. Sie ist nicht so konkret, nicht so fassbar. Und im Körper nicht so gut lokalisierbar. Es ist mehr als die Angst, Paul zu verlieren. Es ist vielmehr die Ahnung, ihn nicht festhalten zu können. Und die Angst davor, dann nicht mehr ganz zu sein.

Ich sehe den schlafenden Paul weiter an. Nie war er mir näher als jetzt. Und ich meine nicht die wenigen Zentimeter, die unsere Körper voneinander trennen. Noch nie war Paul so sehr bei mir wie hier, am anderen Ende der Welt.
«Ist ja auch sonst keiner da!»
«Halt die Klappe!», fauche ich dem Teufelchen zu (müssen die zwei eigentlich immer wach sein?).
Paul erwacht halb aus seinem tiefen Schlaf und blinzelt. «Mmmmhgrmpf», grummelt er, sieht mich leicht verwundert an und dreht sich dann auf die andere Seite. Von mir weg. Ich

starre seine Schulter an und merke, wie mir die Tränen in die Augen steigen. Ich fühle mich zutiefst unglücklich und sehr alleine. Moment mal. Was will ich eigentlich? Vor nicht allzu langer Zeit wäre ich noch überglücklich gewesen, wenn Paul so viel Commitment bewiesen hätte, mich zum Teelichterkauf bei IKEA zu begleiten. Und noch weniger lang ist es her, dass mir eine einzige belanglose SMS von Paul den Tag, ach was, die Woche oder gleich mein Leben gerettet hätte. Ich sollte also zufrieden sein. Nicht nur, dass Paul mir rund um die Welt bis nach Sydney nachgereist ist. Nein, wir machen jetzt auch schon fast einen Monat lang Urlaub zusammen. Besser gesagt, wir traveln. Oder backpacken. Egal. Wir sind zusammen. Und ich heule hier rum.

Hätte ich Engelchen und Teufelchen nicht verjagt, eines von beiden würde sicher «Selbstmitleid» flüstern. Manchmal kommt es mir wirklich so vor, als würde ich *gerne* darin baden. Seit ich Paul kenne, habe ich mich einen Großteil der Zeit selbst bedauert. Es gab irgendwie fast immer einen Grund. Entweder rief Paul nicht an. Oder schickte keine SMS. Oder keine E-Mail. Und wenn er es doch tat, hieß das noch lange nicht, dass ich mich deswegen besser fühlen musste. Gerade SMS sind ein toller Nährboden für (negative) Spekulationen. Frauen neigen sowieso dazu, stets zwischen den Zeilen zu lesen. Männer übrigens schreiben nie etwas anderes, als sie meinen, und meinen nie etwas anderes, als sie schreiben. Wenn da steht «Ich vermisse deinen Körper», dann heißt das: Ich vermisse deinen Körper. Interpretationen von «Ich möchte mit dir alt werden und später unsere Enkel auf den Knien schaukeln» bis hin zu «Du bist nur Sex für mich, fürs Herz habe ich eine andere» sind völlig fehl am Platz. Aber das weiß ich auch erst jetzt. Und sobald die SMSerei wieder losgeht, habe ich es wieder vergessen.
Jedenfalls tat ich mir, seit Paul in mein Leben trat – nie werde

ich den Moment vergessen, in dem sein Kopf mit den blonden Strubbelhaaren damals in meiner Bürotür erschien – permanent selbst Leid. Außer, ich lag gerade in seinen Armen. Was nicht so häufig vorkam, wie ich es gerne gehabt hätte. Selbstmitleid war also mein ständiger Begleiter. Wäre nicht weiter verwunderlich, wenn es mich selbst in Neuseeland aufgestöbert hätte.

Also, Marie Sandmann. Bist du sentimental oder wirklich traurig? Ich horche weiter in mich und in meinen Körper hinein. Versuche, ehrlich zu mir selbst zu sein. Und stelle fest: Es ist, wie meistens, weder das eine noch das andere. Sondern eine Mischung aus beidem. Aber das Echte überwiegt. Leider.
Noch nie war Paul so sehr bei mir wie hier, am anderen Ende der Welt. Habe ich das vorhin ernsthaft gedacht? So ein Unsinn. Klar, wir verbringen 24 Stunden jedes Tages zusammen. Wir reisen, reden, lachen, staunen und schlafen miteinander. Aber es gibt diese Momente, in denen Paul ganz weit weg ist. Ich sehe es an seinem Gesicht. Er bekommt dann eine Falte über der Nasenwurzel, die sonst nicht da ist. Das sind die Augenblicke, in denen ich ihn fragen möchte: «Schatz, woran denkst du gerade?» A penny for your thoughts, my dear. Aber natürlich spreche ich es nie aus. Diese Frage gehört definitiv zu den Top Ten der No-go's, was Fragen an Männer angeht. An Männer, die nicht Bruder, bester Kumpel, schwul oder Papa sind. «Woran denkst du gerade?» ist fast so schlimm wie «Vermisst du mich auch?» oder «Liebst du mich noch?». Und zwar nicht, weil man das nicht fragen sollte, sondern, weil die Antworten garantiert eine mittelschwere Depression auslösen.
Ich habe keine Ahnung, woran Paul denkt, wenn er diese Falte macht. Grübelt er über uns nach? Sind es Erinnerungen? Oder die Sorge um seine abstiegsgefährdeten Löwen vom TSV 1860 München?

So komme ich nicht weiter. Ich sollte lieber das Jetzt genießen, als mir Sorgen zu machen, dass Paul mich nicht genug lieben oder gar verlassen könnte. Falls er das tut, kann ich eh nichts daran ändern und bringe mich nur um köstliche zukünftige Erinnerungen.
Ich beschließe, noch ein wenig zu schlafen. Morgen wollen wir eine Wanderung machen, Paul und ich. Ich bin kurz vorm Einnicken, da dreht Paul sich im Schlaf um, legt seinen Arm um mich und zieht mich nah zu sich heran. Na also. Geht doch.

FREITAG, 4. JUNI 2004 – WWW.NACHHAUSE.DE

Paul nimmt die Zigarette beim letzten Zug zwischen Daumen und Zeigefinger. Dann zerdrückt er sie im Aschenbecher, bis sie sich krümmt wie ein Wurm. Die ist garantiert aus. Ich habe ein Déjà-vu. Ziemlich genau vor drei Monaten saß ich genau an dieser Stelle mit Markus, dem Strubbelmann aus dem Jumbojet nach Sydney. Sah ihm zu, wie er die Zigarette im Aschenbecher zerdrückte, und musste heftig an Paul denken.
Wir sind in Singapur. Genauer gesagt am Flughafen von Singapur, in der Raucher-Lounge. Neuseeland ist Vergangenheit.

Und das kam so.

«Mein Schatz», sagte Paul letzten Mittwoch auf einmal zwischen Frühstücks-Sandwich und Reiseplanung, «ich muss heute unbedingt mal ins Internet.»
«Klar», antwortete ich, noch so begeistert von den zwei Worten «mein Schatz» aus Pauls Mund, dass ich seine vertikalen Stirnfalten im ersten Moment gar nicht bemerkte. Paul macht

waagerechte Stirnfalten, wenn er nachdenkt oder sich konzentriert, und senkrechte, wenn er sich Sorgen macht.
«Was willst du denn nachschauen?», fragte ich, plötzlich alarmiert.
Paul murmelte etwas Unverständliches, intensivierte seine Stirnfalten und entzog sie dann meinen Blicken, indem er einfach die Küche des Hostels verließ.
Ruhig, Marie, sagte ich zu mir selbst. Du wirst ihm jetzt nicht nachlaufen. Er ist ein Mann des Typs «einsamer Wolf». Das bedeutet unter anderem, dass er sich bei Problemen in seine einsame Höhle zurückzieht und nicht gestört werden will. Es ist nicht einfach, mit einem Wolfsmann zusammen zu sein. Aber man wird für seine Mühen belohnt. Wenn er sich mal ganz öffnet und fallen lässt, erlebt man den Himmel auf Erden.
«Meist ist das kurz vor seinem Orgasmus der Fall», begann Ihr-wisst-schon-Was zu lästern, als es meine Gedanken hörte. Ich warf routiniert mit einer zusammengeknüllten Semmeltüte nach ihm und begann seufzend, das Frühstücksgeschirr abzuspülen.

Eine Stunde später saßen wir in einem Internetcafé. Ich checkte meine Mails auf GMX. Ben.McEwan@yahoo.com.au schrieb eine Nachricht mit Betreff «I miss you, babe». Huch. Schnell löschen. Weiter. E-Mail von meinen Eltern: «Frohe Pfingsten! Wann kommst Du zurück?» Elektronische Post von Vroni: «Sommer, Sonne, Sex – genieße es! Hier Regen.» Dann die üblichen Angebote mit Cialis, Viagra und Cheap Software. Diverse Tchibo-, Payback- und Zooplus-Newsletter. Echt, wenn einen am anderen Ende der Welt das Heimweh überfallen sollte, muss man nur mal kurz in seinen deutschen GMX-Account schauen. Die Informationen, die einem die Inbox über das neueste Jogging-Equipment eines Kaffeerösters, über eifriges Rabattpunktesammeln und versandkostenfreies Katzenfutter zuteil werden lässt, lassen jegliche Ach-mal-wieder-Vollkornbrot-Sentimentalität im Nu verfliegen.

Ich war fertig mit meinen Mails. Schielte zu Paul hinüber, der mit strengen senkrechten Stirnfalten vor seinem Monitor klebte. Leider spiegelte sich das Tageslicht so in der Mattscheibe, dass ich nicht erkennen konnte, auf welcher Seite er surfte. Checkte er auch seine E-Mails? Suchte er etwas bei Google? Aber was? Ich verplemperte die restlichen 14 Online-Minuten, indem ich schnell in meinem Lieblings-Chat vorbeisurfte und Hallo sagte. Nickname: Lumikki, Passwort: paul1965. Lumikki ist finnisch und heißt Schneewittchen. «Guten Morgen :-))», begrüßte ich die anderen Chatter, was ungefähr 5 Minuten angeberisches Erklären nach sich zog. Klar. Zu Hause war es vor Mitternacht. In den restlichen 9 Minuten, die mir blieben, stellte ich fest, dass sich daheim nichts verändert hatte. Sabine37 war immer noch unglücklich in diesen verheirateten, 20 Jahre älteren Mann verliebt. Bananenbieger versuchte wie eh und je erfolglos, Schneeflöckchen anzugraben, und Sunlight knuddelte und herzte virtuell alle, denen es grad nicht so gut ging. Eine weitere Chatbekannte, Kleineamsel, war schwanger. Das ließ mich ein wenig stutzen, doch als ich mir in Erinnerung rief, dass diese Leute (oder zumindest einige von ihnen) noch ein reales Leben neben dem Chat hatten, gratulierte ich noch schnell, bevor mein letzter Kiwidollar durchfiel und die Internetzeit um war.

Auf dem Rückweg durch das Städtchen Whitianga auf der Coromandel-Halbinsel erzählte ich Paul vom Chat und seinen «Bewohnern» und welch segensreiche Erfindung das Internet war. Konnte man sich doch einfach in einem neuseeländischen Örtchen am anderen Ende der Welt mit den liebenswerten Verrückten aus Stuttgart, Kiel oder Dormagen unterhalten.

«Wie haben die Leute das nur gemacht, bevor es das Web gab?»
«Vielleicht *wollten* die sich damals gar nicht mit Verrückten aus Stuttgart, Kiel oder Dormagen unterhalten», mutmaßte Paul. Ich schielte zur Seite. Immer noch Stirnfaltenalarm.
«Was hast du eigentlich so Dringendes im Netz nachschauen müssen?», fragte ich möglichst beiläufig.
«Hmpf, also ...», sagte Paul und musterte dann konzentriert den Boden vor sich. Wir gingen weiter. Schweigend. Ich ließ meine Gedanken ein bisschen spazieren gehen, während Paul seine Worte sortierte. Sollten wir nach unserem Aufenthalt auf Coromandel lieber ins Innere der Nordinsel fahren, in die Schwefelstadt Rotorua, oder besser in die Weinanbaugebiete an der Ostküste?
«Also ...», fuhr Paul fort, als ich schon nicht mehr ernsthaft damit rechnete, «ich habe da ein Problem.» Und sah mich prüfend von der Seite an, als befürchte er eine Herzattacke meinerseits.
Sehr überraschend fand ich diese Info nicht. Was dachte der sich? Meinte er, ich hätte seine vertikalen Stirnfalten nicht bemerkt? Hielt Paul mich für völlig gleichgültig? Ich schüttelte innerlich den Kopf. Manchmal war dieser Mann mir ein Rätsel. Meistens eigentlich.

Da ich nichts erwiderte und nun meinerseits größtes Interesse für den Gehweg vortäuschte, dauerte es nur weitere drei Minuten, bis Paul zum nächsten Wortbeitrag bereit war. Frau muss nur schweigen können, dann klappt das auch mit der Kommunikation.
«Ich bin pleite, Marie. Hab keine Kohle mehr. Ich muss so schnell wie möglich nach Hause.»
Da ich cool blieb, meine Stimme nicht höher wurde (Männer mögen es gar nicht, wenn weibliche Sprechorgane so einen hys-

terischen Unterton bekommen) und ich so tat, als sei es das Normalste der Welt, dass mein Freund mitten in Neuseeland eine plötzliche Ebbe auf seinem Konto feststellte, konnte ich Paul viele weitere, detaillierte Informationen entlocken. Irgendwer hatte irgendwas nicht bezahlt. Natürlich völlig unerwartet. Aha.

«Und nun?», fragte ich, als ginge es um eine Entscheidung zwischen Latte macchiato und Milchkaffee.

«Na ja», brummelte Paul und studierte immer noch den Fußweg, «ich werde halt heimfliegen. Natürlich kannst du noch hier bleiben!»

«Ich werde selbstverständlich mit dir nach Hause fliegen», sagte ich, ohne zu überlegen. «Wir sind doch ein Paar, Paul.»

«Hmpf», antwortete er.

Und da war sie wieder, diese seltsame, nicht erklärbare, aber deutlich zu spürende Distanz zwischen uns. Sicher überspielt er nur seine Rührung und Freude darüber, dass ich zu ihm halte, versuchte ich mich selbst zu überzeugen. «Max hätte dich an dieser Stelle geküsst und dir mitten auf der Straße eine Liebeserklärung gemacht», meinte das Teufelchen süffisant. Ja. Max. Paul ist aber nicht Max. Max war unkompliziert, offen, geradeheraus. Paul ist undurchsichtig, schwierig, eine Herausforderung. Ich brauche einen Mann, der mir Aufgaben stellt. «Du brauchst einen Mann, der dich liebt», widersprach das Engelchen, und Teufelchen fügte hinzu: «Max hat dich geliebt ...»

Inzwischen waren wir wieder beim Hostel angekommen. Ich beschloss, Pauls «Hmpf» als Zustimmung zu werten, und kümmerte mich um die praktischen Dinge. Noch am selben Tag hatte ich unsere Flüge umgebucht und den Transfer zum Flughafen in Auckland organisiert. Und zwar ohne ein Wort der Beschwerde und ohne ein Gesicht zu ziehen. Paul sollte merken, dass ich zu ihm hielt. In guten wie in schlechten Zeiten. Und das hier war eine schlechte. Zumindest finanziell.

Jetzt sitzen wir also in der «Smoker's Lounge» in Singapur. Mir ist heiß, denn die Lounge ist im Freien. Unklugerweise habe ich darauf verzichtet, in Sydney meine Travel Socks anzuziehen. Das Ergebnis sind Füße, bei deren Anblick ich mich frage, wie es meinen Knöcheln eigentlich so geht. Long time no see. Wenn selbst Flipflops tief in die Füße einschneiden, kann man dann noch von Füßen reden? Oder sind das dann Beinendklumpen? Widerlich. Bei der Vermischung meiner elterlichen Gene hat die Natur einen schlechten Tag gehabt. Meine Mutter hat traumhafte Naturlocken, eine zierliche Nase, neigt aber zu Wassereinlagerungen und hat kurze Beine. Mein Vater hat einen schlaksig-eleganten Körperbau, ein schmales Gesicht, eine große Nase und Haare so glatt wie Spaghetti. Was sich in welcher Kombination vererbt hat, brauche ich wohl nicht zu erläutern.
Paul scheint in Gedanken immer noch bei seinem Bankkonto zu sein. Na ja. Immer noch besser als meine Gene-sind-nicht-fair-Überlegungen. Manchmal bin ich nicht unfroh, dass das Gedankenlesen noch nicht erfunden worden ist.

SONNTAG, 13. JUNI 2004 – DAS GOOGLE'SCHE ORAKEL ODER: DAS GUMMIBANDPRINZIP

Ich weiß nicht genau, was ich mir von meinem Australientrip versprochen habe. Mein eigenes Leben wollte ich leben, ohne Paul, und alles sollte auf diffuse Art und Weise irgendwie anders werden. Gut – das ist nicht exakt so gelaufen wie geplant. Aber wer weiß, vielleicht hätte Paul nie gemerkt, dass er mich liebt und braucht, wenn ich nicht von ihm weggegangen wäre.

Jedenfalls bin ich jetzt seit über einer Woche wieder zu Hause in München. Verändert hat sich nichts. Und Paul ... Ach, reden wir von etwas anderem. Das Wetter lässt nicht auf einen Jahrhundertsommer wie im letzten Jahr hoffen. Eigentlich regnet es meistens. Wenn nicht gerade die Sonne scheint. Die Fußball-EM hat begonnen, Deutschland ist in drei Tagen mit dem ersten Spiel gegen die Niederlande dran, doch die Hoffnungen, dass wir das Viertelfinale erreichen, schwinden bereits. Man kann also sagen: Die Gesamtsituation ist unbefriedigend.

Wie immer, wenn mich etwas sehr beschäftigt und mir keine Ruhe lässt, befrage ich das Delphische Orakel der Neuzeit: Google. Ich fühle mich um knapp zwei Jahre zurückversetzt. Damals, an einem für die Jahreszeit zu kühlen Donnerstag im Sommer, saß ich am selben Küchentisch in meiner Zweizimmerwohnung im dritten Stock in München Neuhausen und fragte mich: Warum, verdammt, meldet sich der Kerl nicht? Toll. Jetzt bin ich zwei Jahre älter, habe 22 Monate beziehungstechnische Achterbahnfahrt mit Paul hinter mir und bin im Prinzip kein Stück weiter. Immer noch ist die elementare Frage, die ich mir stelle, nicht: was passiert, wenn ein Abschleppwagen im Halteverbot parkt, woran denkt ein Gynäkologe beim Cunnilingus oder wie viele Tote gibt es bei einem Unfall, in den ein Leichenwagen verwickelt ist. Die einzig wichtige Frage lautet auch heute, 2004, noch: Warum ruft Paul nicht an?
Google meint dazu, dass ich viele Leidensgenossen habe. Besser gesagt, Leidensgenossinnen. Komisch, oder? Unter dem Warten-auf-SMS-Syndrom leiden nur Frauen. Die wenigen Männer, die in Foren und Chatrooms greinend einer Nachricht der Angebeteten harren, kann man getrost zum weiblichen Geschlecht dazuzählen. Echte Männer jammern nicht. Oder sie warten einfach nicht auf Textnachrichten von Frauen.

Doch die Leidensgenossinnen helfen mir heute nicht weiter. Ich will dem Phänomen auf den Grund gehen. Will wissen, warum Paul schweigt. Kurz entschlossen bestelle ich ein Probe-Abonnement von «Psychologie Heute». Ich habe das sichere Gefühl, dass mir diese Zeitschrift entscheidend weiterhelfen wird. Dummerweise wird sie das erst in zwei Wochen tun, bei Erscheinen der Juliausgabe. Ich surfe also weiter. Irgendwo in diesem riesigen World Wide Web muss doch die Antwort auf meine simple Frage geschrieben stehen.

Nach drei Stunden und siebzehn Foren von den «Anonymen Beziehungsphobikern» über die «Schattenfrauen» bis zu den «Zynischen Zwiebelschneidern» stoße ich endlich auf einer Diskussionsplattform, auf der es eigentlich um die seelischen Folgen schwerer Spätakne geht, auf ein interessantes Stichwort: Das Gummibandprinzip.

Und das geht so: Männer sind mit ihren Frauen durch ein imaginäres Gummiband verbunden. Sind sie den Frauen nah, hängt das Band durch. Logisch. Für die Männer scheint sich dieser Zustand allerdings auf Dauer nicht besonders gut anzufühlen. Deswegen entfernen sie sich nach Phasen der Nähe von der Frau, indem sie auf Distanz gehen – sich zum Beispiel nicht melden. Sie machen so viele Schritte von der Frau weg, bis das Gummiband wieder gespannt ist. Ist diese Spannung stark genug, zieht es den Mann von selbst wieder zur Frau hin, worauf das Spiel von neuem beginnt. Auf Nähe folgt Distanz, auf Distanz Nähe. Und so weiter. Das Dumme an der Chose ist, dass Frauen anders ticken als Männer. Jedes Entfernen des Mannes stürzt die Frau in das wohlbekannte Tal der tausend Fragen. Was habe ich falsch gemacht? Bin ich ihm nicht gut genug? Hätte ich meine Beine häufiger epilieren sollen, oder sind es doch die Speckpölsterchen, die seltsamerweise erst an meinen Hüften sitzen, seit es nur noch diese vermaledeiten Low Cut Hüftjeans zu kaufen gibt? Langweilt er sich mit mir, oder gehe ich ihm auf die Nerven? Hätte ich mehr über Hegel und Mozart als über Hennes und Mauritz sprechen sollen? So viele Fragen und keine Antwort. Was dann folgt, ist das altbekannte Wechselbad aus Verzweiflung, Wut, Erniedrigung, Angst, Sorge, vorgetäuschter Der-kann-mich-mal-Attitüde und wieder Enttäuschung. Erfahrungsgemäß hält frau es drei Tage aus, ohne sich bei ihrem Höhlenmann zu melden. Tag vier ist dann kritisch. Es genügt der kleinste Anlass, um schwach zu werden. Zum Beispiel ein Sieg des TSV 1860, den es zu kommentieren gilt, ein Lieblingsfilm im Fernsehen, auf den sie ihn unbedingt hinweisen muss, oder eine lustige Massen-E-Mail, die sie im Bcc-Modus weiterleitet – natürlich nur an ihn. Ist die SMS oder Mail erst mal verschickt, stellt sich ein kurzfristiges Hochgefühl ein. Er wird antworten, natürlich, sobald er die Nachricht erhalten hat. Froh wird er sein, dass sie ihm eine Brücke gebaut hat. Und dann passiert es: nichts. Frau schämt sich für die Meldeschwäche, aber die Reue kommt zu spät. Und dann beginnt der Kreislauf von neuem. Verzweiflung, Wut … und so weiter. Klar, Trennung wäre das Beste, doch wie beendet man etwas, was es (im Moment) gar nicht gibt? Das ist, als wolle man sich das Rauchen abgewöhnen, während man auf einer einsamen Insel ohne Kippenautomat sitzt.

Natürlich wird das alles besser, wenn man erst mal verheiratet ist und gemeinsam im schmucken Reiheneckhaus in Sauerlach, Puchheim oder Egmating wohnt. So ein beringter Mann ist gezähmt und zudem der Möglichkeit des Nichtmeldens beraubt. Könnte man meinen. Meine verheirateten Freundinnen haben mich eines Besseren belehrt. Die Ehemänner leben das Gummibandprinzip lediglich subtiler aus. Nach Zeiten der Nähe flüchten sie zwar nicht mehr in die Unerreichbarkeit, stattdessen aber in abstruse Hobbys wie Golfspielen, Schafkopfrunden oder Extrembergsteigen. Ich kenne sogar Männer, die sonntags (alleine!) in die Kirche gehen, Blumenbeete anlegen oder Meditationskurse besuchen, nur um zeitweise ihren Frauen zu entkommen. Kein Witz.

Wie bin ich darauf gekommen? Richtig. Ich habe Ursachenforschung in Sachen «Paul meldet sich mal wieder nicht» betrieben. Jetzt bin ich schlauer. Ich muss nur ein wenig Geduld haben und warten, bis das Gummiband wieder gespannt ist. Dann wird Paul von alleine wieder zu mir kommen. Zu mir zurückschnalzen, sozusagen.

In der Zwischenzeit sollte ich etwas Sinnvolles tun, dann vergehen die Stunden und Tage und Wochen schneller.
Ich schnappe mir mein Notizbuch mit dem schlichten hellbraunen Ledereinband, das ich in Alice Springs in der Todd Mall gekauft habe, als ich auf den Flug nach Cairns wartete. Ich liebe Notizbücher. Und dieses ganz besonders. Ich drücke meine Nase an das kühle italienische Leder. Es riecht immer noch nach der Lavendelseife von Crabtree & Evelyn, die im selben Laden verkauft wurde. Hach ja. Aber jetzt ist nicht die richtige Zeit für Sentimentalitäten. Es ist Zeit für eine kernige To-Do-Liste. To-Do-Listen sind super in unsicheren Lebenslagen.

Ich notiere.

To do's
– Wohnung putzen
– Digitalfotos auf Laptop spielen
– Freunde wieder sehen!!!
– Wäsche waschen
– Joggen gehen

- Peeling und porenverfeinernde Maske
- Reifen wechseln
- Balkon bepflanzen
- Um Job kümmern
- Wohnungsmarkt checken

Den letzten Punkt habe ich einfach so hingeschrieben, bevor ich ihn gedacht habe. Das passiert mir manchmal. Meine Finger schreiben Dinge auf, von denen ich gar nicht wusste, dass ich sie im Kopf habe. Und dann stehen die Worte einfach da und glotzen mich an. Wohnungsmarkt checken. Nein, ich brauche keine neue Bleibe. Die Gesundheit meines Vermieters ist so stabil wie seine Unkenntnis der Münchner Mietpreise. Die 300 Euro, die ich pro Monat für meine 65 Quadratmeter bezahle, legen andere in der teuersten Stadt Deutschlands für eine nur unwesentlich größere Wohnung wöchentlich hin. Ich liebe meine zwei Zimmer. Das alte, knarzende Parkett. Die bei Sturm klappernden Fenster. Sogar meine altmodische Dusche, die gelegentlich divenhaft beschließt, kein heißes Wasser zu spenden. Ich finde, das hat was. Meine Bude hat Charakter. Aber für Paul und mich ist sie zu klein. Genau wie seine Wohnung drüben in Haidhausen.

Ach, ich könnte ja mal gucken. Nur so. Kostet ja nix. Und ich muss es Paul ja auch nicht gleich auf die Nase binden, nicht wahr? «Wie auch», sagt das Teufelchen, das schon eine Weile schweigend auf der Stuhllehne sitzt und mir beim Listenschreiben zusieht, «er ruft ja nicht an …» Ich strafe es mit Nichtbeachtung und lächle nur souverän. Der kommt schon wieder an. Ich muss nur Geduld haben.

Sehr interessant, diese Immobilienseiten im Internet. Und die Münchner Mietpreise scheinen wieder vom astronomischen

Level herabzusteigen. Im Herzogpark kann man bereits 3-Zimmer-Wohnungen für unter 1500 Euro kalt bekommen. Hmpf. Als ich die Nase voll habe von Quadratmetern, Nebenkosten und Einbauküchen, surfe ich noch ein wenig durchs Netz. O mein Gott. TV-STAR SPRANG AUS FENSTER – SELBSTMORD. Die Schauspielerin Jennifer Nitsch ist tot. Obwohl ich sie wie die meisten anderen nur vom Fernsehbildschirm «kannte», bin ich geschockt. Ich mochte sie. Zumindest das, was ich von ihr wusste. Gerne wäre ich ein bisschen so wie die Rollen, die sie spielte. Energische, junge Frauen, die einen Plan vom Leben hatten, die wussten, wohin sie wollten.

Den Abend verbringe ich damit, zu rätseln, was Jennifer Nitsch dazu brachte, sich aus dem Fenster ihrer Wohnung in der Franz-Joseph-Straße zu stürzen. Sie wohnte, wie ich, im dritten Stock in einem Haus in München, Luftlinie gerade mal zweieinhalb Kilometer von mir entfernt. Ich bin traurig. Das Leben kann traurig sein. Und der Gummiband-Paul rückt für kurze Zeit in die Ferne.

MITTWOCH, 16. JUNI 2004 – KÜSSEN VERBOTEN

Habe ich mich eigentlich schon für den Titel «Miss Inkonsequent» beworben? Ich hätte gute Chancen darauf. Mindestens genauso gute wie auf den Titel «Miss Findet-immer-eine-Ausrede». Manchmal, wenn ich mir unsicher bin, wie ich mein Leben zu leben habe, suche ich Rat bei Menschen, die klüger sind als ich. Auf www.zitat.de kann man über Stichworte nach Aussprüchen berühmter Menschen suchen. Und ich sage euch, es ist für jede Lebenslage was dabei. Wenn ich meinen realistischen Tag habe, suche ich mir gerne Sprüche raus wie «Die größte Liebe ist immer die, die unerfüllt bleibt». Sir Peter Ustinov hat das gesagt. Ich glaube, er lebt nicht mehr. Was bedauerlich ist, seinem Aphorismus aber noch mehr Bedeutung verleiht. Je toter der Denker, desto wahrer sein Zitat. Vielleicht auch nur, weil man über Tote nicht schlecht sprechen darf und sich niemand traut zu sagen: «Da hat der alte Ustinov aber einen ganz schönen Schmarrn verzapft» oder so. Ich weiß es nicht. Bin aber sehr beeindruckt.

Heute jedoch brauchte ich den Beistand eines Verstorbenen, um nicht länger konsequent sein zu müssen. Das ist nämlich furchtbar anstrengend. Ich stöberte also eine Weile auf www.zitat.de herum, bis ich schließlich fündig wurde. Danke, Erich Kästner: «Entweder man lebt, oder man ist konsequent.» Tschakka. Klar, dass ich leben will! Wer will das nicht. Und wenn Erich Kästner, der geniale Erfinder von «Emil und die Detektive», mir rät, inkonsequent zu sein, werde ich ihn nicht enttäuschen!

«Entweder man lebt, oder man ist konsequent», murmle ich vor mich hin, «wer leben will, muss inkonsequent sein.» Erich Kästner, frei nach Marie Sandmann.
Inkonsequent und voller Leben schnappe ich mein Handy und beginne zu tippen.

> *Hallo Paul, hast du Lust, morgen mit mir Fußball zu schauen? Frankreich gegen Kroatien. Ich wollte mit den Mädels zum Türken in der Blutenburgstraße gehen. Meld dich mal! Marie*

Hm. Klingt irgendwie nicht sehr herzlich. Könnte auch eine SMS an eine Freundin sein.
Ich drücke lange auf die C-Taste und beginne von vorne.

Paul, ich vermisse dich. Mir fehlt dein Stöhnen in meinem Ohr, deine Hände auf meiner Haut, dein Schwanz …

Nee. Wer weiß, wo er das liest. Das ist eigentlich blöd bei SMS. Man müsste vorher das Handy des Empfängers orten können. Woher soll ich wissen, ob gerade eine erotische Kurznachricht oder eine kumpelhafte besser wirkt? Kommt drauf an, ob Paul gerade alleine und sehnsüchtig meiner gedenkend (ha, ha) auf dem Sofa liegt oder in einem geschäftlichen Meeting ist. Und natürlich, in welcher Stimmung er gerade ist. Das müsste man auch herausfinden können. Könnte ja sein, dass ihm in der Besprechung nach Marie'scher Verbalerotik dürstet oder aber ihm auf dem Sofa mehr nach Kumpelhaftem ist, weil er gerade eine Dokumentation über bedrohte Stämme des Senegals sieht. Die Technik hat noch einige Aufgaben vor sich.
Ich betätige erneut die C-Taste und entscheide mich schließlich für eine Variante, mit der man nichts falsch machen kann.

Kuss!

Wozu viele Worte verlieren, wenn alles auch mit einem einzigen gesagt werden kann? Grinsend klappe ich mein Mobiltelefon zu und feiere meine lebensbejahende Inkonsequenz mit einem Glas Prosecco, in dem ich eine Erdbeere ertrinken lasse.

Mein Handy piept ziemlich schnell. Zu schnell. Als ich das Telefon aufklappe, bete ich, dass die Nachricht von Vroni ist.
«Bin im Bayerischen Wald. Arbeiten.» AHA.
«Ach, und da ist Küssen verboten?? ;-) Tschulligung …», antworte ich Paul, ohne nachzudenken.
«Besoffen?»
Ich schnappe nach Luft. Was fällt ihm ein? Erst unseren Traum-

urlaub in Neuseeland abbrechen, sich dann tagelang nicht melden und dann zwei so unverschämte SMS schicken?
«Du mich auch», schicke ich und fühle mich gut dabei. Ich war bisher immer viel zu freundlich und vorsichtig. Männer wie Paul muss man härter anfassen, damit sie Respekt lernen.
«Zicke! ;-)»
So viel zum Thema Respekt.
Um mich zu beruhigen, werfe ich einen Blick auf meine To-Do-Liste vom Montag. Auf Putzen habe ich gerade irgendwie gar keine Lust. Das kann ich sowieso nur richtig, wenn sich Besuch angemeldet hat. Manchmal lade ich mir sogar extra jemanden ein, damit ich dazu gezwungen werde, etwas im Haushalt zu tun.
«Joggen gehen», springt mich da Punkt fünf der Liste an. Das ist es. Eine Stunde später erreiche ich entspannt wieder meine Wohnung.

Beim Laufen bin ich zu dem Schluss gekommen, dass ich wahrscheinlich alles viel zu eng sehe. Vielleicht will Paul einfach nicht so eine symbiotische Beziehung. Oft genug haben wir zusammen über die so genannten «Pärchenpärchen» gelästert, die die Worte «du» und «ich» durch «wir» ersetzt haben, grundsätzlich alles gemeinsam machen und grinsend «ich bin heute Strohwitwe(r)» sagen, sollte der andere Part ausnahmsweise mal einen geschäftlichen Termin haben, der die beiden für mehr als zwölf Stunden trennt. Solche Pärchenpärchen bitten unheimlich gerne zu gemütlichen DVD-Abenden und sagen Sachen wie «wir müssen die Hansemanns mal wieder zum Essen einladen». Ihre Vornamen haben sie beim Zusammenziehen abgegeben oder vergessen, denn sie sprechen sich nur noch mit «Schatz» an. Ihre Urlaubsbilder von ihren Trips durch die Toskana oder zu den Schlössern der Loire kleben sie gerne in dicke Fotoalben. Das Ergebnis – siebenhundert

Mal Schatzi mit Schatzi vor Sehenswürdigkeit – müssen sich die geplagten Freunde dann bei einem «guten Tropfen» von *Jacques' Weindepot* und biologischen Reiscrackern beim nicht enden wollenden gemütlichen Beisammensein anschauen. Pärchenpärchen sagen gerne augenzwinkernd Dinge wie «meine bessere Hälfte» und ohne mit der Wimper zu zucken «ich frage mal Timo, ob wir am Samstag Zeit haben».

So will Paul nicht enden. Und ich natürlich auch nicht. Obwohl ich zugeben muss, dass mir die kleinen «Wir sind ein Paar»-Rituale schon ein wenig abgehen. Ich verlange ja gar nicht, dass Paul mich fragt, bevor er seine Freizeit verplant. Aber er könnte sich ja wenigstens mal melden.

DONNERSTAG, 17. JUNI 2004 – 3 ZIMMER, KÜCHE, BAD

Was stand noch auf meiner To-Do-Liste? Wohnungsmarkt checken, richtig. Ich gehe online und klicke mich durch die Immobilienmärkte. 3 Zimmer, 90 Quadratmeter, Altbau, Parkett, Balkon, in Neuhausen, Haidhausen, Schwabing oder dem Lehel, das wär's. Ruhig und dennoch zentral, und das Ganze bitte für 800 Euro warm. Ich merke sehr schnell, dass das Wunschdenken ist. Aber für 200 Euro mehr bekommt man schon anständige Angebote. Ich verdiene nicht so schlecht mit meiner freien Mitarbeit für die Frauenzeitschrift, und Paul wird sicher auch bald wieder einen Job haben, wie ich ihn kenne. Er ist so ein Typ, von dem man nie weiß, wie er sich eigentlich finanziert, der es aber immer irgendwie schafft. Er kennt tausend Leute und davon fast keinen richtig gut. Aber das ist von Vorteil, wenn man Kontakte braucht. Da macht's nämlich die Masse und nicht die Qualität.

Aber ich wollte ja nach Wohnungen schauen. Eine Anzeige gefällt mir besonders gut. «Schön geschnittene Altbauwohnung mit Parkett, 3 Zimmer, weißes Bad mit Fenster, Balkon, 95 Quadratmeter, Einbauküche, Lazarettstraße in Neuhausen.» 950 Euro warm soll sie kosten. Ein Schnäppchen für München. Und in der Lazarettstraße wohnt auch Vroni, ein paar Häuser weiter. Ich zögere nicht lange und rufe beim Maklerbüro an. Ganz unverbindlich. Vielleicht ist sie ja eh schon weg.

«Frau Sandmann, das trifft sich gut. Sind Sie zeitlich flexibel?»

«Äh, ja klar, ich bin total flexibel, wieso?»

«Ich habe heute um 15 Uhr einen Besichtigungstermin für das Objekt in der Lazarettstraße. Wenn Sie da Zeit hätten ...?»

«Kein Problem! Dann bis 15 Uhr, ich freue mich!»

Was habe ich da gemacht? Einen Wohnungsbesichtigungstermin vereinbart? Der in zwei Stunden stattfindet? Engelchen und Teufelchen schütteln synchron den Kopf, und ich kann ihnen ansehen, was sie denken, obwohl sie ausnahmsweise mal die Klappe halten: «Die spinnt, die Alte!»

Zwei Stunden später stehe ich vor der Lazarettstraße 32. Ein schlichter Altbau in Gelb. Schönes Haus. Gefällt mir.

Die Wohnung gefällt mir auch. Bis auf das Fenster im Bad. Richtig. Ich mag keine Bäder mit Tageslicht. Morgens bin ich seelisch noch nicht so gefestigt, dass ich meinen ungeschminkten Anblick im hellen Licht folgenlos ertrage. Ich bevorzuge da gedämpftes Kunstlicht. Es geht nicht darum, wie man tatsächlich aussieht, sondern darum, wie man sich fühlt. Ein gutes Beispiel dafür ist Max' Exfreundin Tabea. Auf die ich übrigens in unserer Beziehung ca. drei Jahre lang tierisch eifersüchtig war. Tabea ist objektiv betrachtet keine Schönheit. Sie hat ein langes Gesicht, eine Nase mit Höcker und ist eher so ein naturbelassener Typ. Ein Typ Frau, den man unmöglich mit Folien im Haar beim Friseur imaginieren kann oder mit der Nase zwei Millimeter vom achtfach vergrößernden Schminkspiegel entfernt, Lidstrich auftragend. Foundation kennt sie vermutlich nur im Zusammenhang mit wohltätigen Vereinen, und Mascara hält sie für einen italienischen Frischkäse mit 60 Prozent Fettanteil. Ich meine das übrigens nicht böse. Tabea ist super so, wie sie ist. Ihr Geheimnis ist ihr überdurchschnittlich gutes Selbstbewusstsein. Sie strahlt eine solche Zufriedenheit mit sich selbst aus, dass sich das unweigerlich auf ihre Mitmenschen überträgt. Auf mich zumindest, die ihr mangelndes Selbstwertgefühl seit Jahren erfolglos mit Shiseido, Kanebo und Benefit aufzurüsten versucht. Ein zweckloses Unterfangen. Ich werde nie so toll sein wie Tabea.

Aber ich wollte ja von der Wohnung in der Lazarettstraße erzählen. Zu meiner Überraschung bin ich nicht die Einzige, die sich das Schmuckstück ansieht. Mit mir besichtigt ein Pärchen. Ein Pärchenpärchen übrigens. Glasklar. Das habe ich im ersten Moment erkannt, als sie die Wohnung betraten. So was sieht die Expertin sofort. Allein, wie sie ihn immer fragend anguckt und versucht, in seinen Augen zu lesen, wie ihm die Bude gefällt. Bäh.

Ich bin in Sachen wie Wohnungen, Autos oder Fernreisen immer recht schnell entschlossen. Langes Zögern befällt mich eher bei kleinen, unwichtigen Dingen wie H & M-Klamotten oder der Entscheidung zwischen roten oder pinkfarbenen Ohrsteckern für 6,50 Euro bei Bijou Brigitte. Um die schleiche ich dann stundenlang herum und hadere mit dem Leben. Verflucht sei die Option.
Jedenfalls beschließe ich, die Wohnung zu mögen. Und haben zu wollen. Ich bin mir ganz sicher, dass sie Paul auch gefällt, und sehe uns schon hier wohnen. Ich sehe die Mischung aus

seinen und meinen Möbeln genau vor meinem inneren Auge. Sein rotes Sofa dort drüben, mein auberginefarbenes an der anderen Wand. Meine weiß lackierte Bücherwand und Pauls antike Vitrine würden super zusammenpassen.
«Ich würde sie nehmen», sage ich zu der Maklerin, «was muss ich tun?» Und lächle mein schönstes Lächeln.

Sie lächelt nicht. Ihr Grinsen hat eher was Haifischähnliches. Sie drückt mir ein Formular in die Hand und meint: «Wenn Sie das bitte ausfüllen würden? Am besten für Ihren Mann auch gleich, oder wollen Sie die Wohnung etwa alleine mieten?» Blöde Kuh.
«Wissen Sie, das soll meine Zweitwohnung für die Stadt sein», antworte ich, ohne mit dem Lächeln aufzuhören, «manchmal wird es spät, und dann habe ich einfach keine Lust mehr, mit meinem 911er auf mein Schloss am Starnberger See hinauszufahren …»
Nein. Das sage ich natürlich nicht. Ich sage:
«Natürlich zu zweit. Mein … Mann konnte sich nur nicht so schnell von seinen Terminen freimachen» und lächle unterwürfig. Manchmal hasse ich mich für meine Feigheit.
Ich begutachte das Formular. Mieter-Selbstauskunft. Schluck. Ich wundere mich, dass die nicht nach Blutgruppe und sexuellen Vorlieben fragen. Trotzdem fülle ich brav alles aus, was ich ausfüllen kann. Darf ich bei der Sparte «Beruf» eigentlich Pauls Job eintragen, den er sicher bald wieder haben wird? Und woher soll ich um Himmels willen seine Bankverbindung wissen? Ich weiß nicht mal, bei welchem Kreditinstitut er in den Miesen ist! Ich trage irgendwas ein und hoffe, dass die das nicht nachprüfen.

Das Pärchenpärchen füllt ebenfalls aus. Bei der Spalte «Kinder» guckt sie die Maklerin an, zaubert auf einmal unter ih-

rem Walleoberteil einen mittelgroßen Bauch hervor, vor den sie schützend ihre Hand hält, und will wissen: «Sollen wir da unseren Nachwuchs schon eintragen? Es werden Zwillinge!» Und grinst dieses leicht blöd aussehende Mama-in-spe-Grinsen. Ist die doof, denke ich mir, jeder weiß doch, dass Vermieter heutzutage kinderfeindlich sind und lieber zwei meist abwesende Doppelverdiener nehmen als eine Familie, die Krach macht und sich ständig in der gemieteten Wohnung aufhält.
«Wie süüüüüß, Zwillinge», kreischt die Maklerin begeistert und fragt die obligatorische Frage: «Wann ist es denn so weit?»
«Im September», antwortet der stolze Vater ungefragt, und eine Welle zuckersüßen Familienglücks schwappt durch die leere Wohnung. Würg.
«Frau Sandmann», wendet sich die Maklerin, deren Namen ich übrigens in der Sekunde der ersten Nennung wieder vergessen habe, an mich, «das werden Sie sicher verstehen, dass Kinder Vorrang haben!» Und entreißt mir mit ihren French Manicure Fingernägeln die Selbstauskunft.
Ich spiele meinen letzten Trumpf aus. Tief aus meinem Inneren hole ich meinen verdrängten Kinderwunsch hervor, und es klappt tatsächlich: Schnell stehen mir ein paar Tränen in den Augen.
«Sie meinen, nur weil ich keine Kinder bekommen kann» – schluck, schnief – «habe ich jetzt Pech gehabt und keine Chance auf diese Wohnung?» Tief verwundeter Weltschmerzblick direkt in die Makleraugen. Dann schmerzvolles Abwenden, gesenkte Schultern. Es wirkt. Die Maklerin schämt sich, und alle haben Mitleid mit mir. Die Wohnung kriegen trotzdem die werdenden Eltern. Und zum Dank muss ich mir draußen vor der Tür auch noch eine Art Beileidsbekundung anhören und aufmunternde Worte des Vaters, der mir erklärt, dass es bei ihnen auch nicht ohne «Nachhelfen» geklappt habe. Danke, ich verzichte auf weitere Details und möchte mir das auch

nicht wirklich vorstellen. Ob ich schon mal im Kinderwunschzentrum in Pasing war?
«Danke, wir haben alles versucht», hauche ich, wünsche den beiden viel Glück mit Zwillingen und Wohnung (ich wette, die fühlen sich jetzt immer schuldig, wenn sie über die Türschwelle treten) und flüchte zu meinem Fahrrad.

In der Albrechtstraße überfällt mich das schlechte Gewissen. Wie verwerflich. Vorzutäuschen, keine Kinder bekommen zu können, nur um eine Wohnung zu ergattern. Schäm. Vermutlich werde ich jetzt damit gestraft, wirklich kinderlos zu bleiben. So wie in Grundschulzeiten, als ich bei Bundesjugendspielen starkes Kopfweh vorschützte, um mich nicht beim 50-Meter-Lauf blamieren zu müssen, und zum Dank dafür eine böse Kindermigräne bekam. An dem Tag fing ich an, ein bisschen an Gott zu glauben. Oder zumindest an irgendeine Instanz, die für Gerechtigkeit zuständig ist. Und die alles sieht.
Ich schäme mich bis zum späten Abend. Dann treffe ich mich mit Vroni im *Big Easy*.

MITTWOCH, 23. JUNI 2004 – WUNDER GIBT ES IMMER WIEDER

Freundschaften sind ziemlich anstrengend. Genauer gesagt, ihre Pflege. Ich begreife, warum manche Menschen Familie so Klasse finden und sie sogar den Freundschaften vorziehen. Eine Familie hat man. Um Freunde muss man sich bemühen. Man muss sie anrufen, besuchen, einladen, an ihre Geburtstage denken, stets über ihr Leben auf dem Laufenden sein (sonst ist man nur ein Bekannter), bei Umzügen helfen (das dürfen jedoch auch Bekannte) oder ihnen beim Klamotten- oder Autokauf beratend zur Seite stehen. Das alles ist schön, aber zeitauf-

wendig. Und anstrengend. Familie ist da irgendwie pflegeleichter. Also, ich meine jetzt nicht Verwandtschaft, sondern den Klassiker: Vater, Mutter, Kind(er). Da man zusammenwohnt, fällt das Meldenmüssen schon mal weg. Kein Ehemann wird beleidigt sein, wenn ihn seine Ehefrau nicht anruft. Ebenso erübrigen sich Besuche und Einladungen. Und die Geburtstage sind dick im Tigerentenkalender von Janosch notiert, der in der Küche hängt. Auch bei Umzügen muss man nicht assistieren. Und ist trotz dieses geringen Aufwandes nie allein …
Allein wie ich momentan. Seit Tagen hocke ich in meiner Wohnung und stelle mich tot, weil Paul sich tot stellt. Sein Nichtmelden lähmt mich. Morgens frage ich mich, warum ich eigentlich aufstehen soll, und da mir kein Grund einfällt, bleibe ich logischerweise liegen, bis mir der Rücken so wehtut, dass Aufstehen die angenehmere Alternative ist.

Es ist ja nicht so, dass ich nichts zu tun hätte. Meine To-Do-Liste hat sich um den nicht unwesentlichen Punkt «Job regeln» erweitert. Ich sollte also in der Redaktion vorbeischauen, gute «Bin wieder da»-Laune versprühen, meine Reportage über Australien und Neuseeland anbieten und bei dieser Gelegenheit darauf hinweisen, dass ich einer Festanstellung nach wie vor nicht abgeneigt wäre. Ich werde bald 30. Es ist Zeit für geregelte Arbeitszeiten, «Mahlzeit»-Rufe auf dem Gang und Einzahlungen in die Rentenkasse. GÄHN. Nein, im Ernst: Ich habe seit einiger Zeit ein verstärktes Sicherheitsbedürfnis. Daran ist natürlich Paul schuld. Weil er sich nicht meldet und mir dadurch meine private Stabilität vorenthält, suche ich diese nun eben im beruflichen Bereich. Hugh, Hobbypsychologin Marie Sandmann hat gesprochen.
Aber ich sollte mich nicht nur um einen festen Job kümmern, ich sollte mich auch allmählich mal bei Marlene, Beate, Simon und den anderen zurückmelden. Sonst muss ich mir am Ende

das Finale der Fußball-EM alleine zu Hause vor meinem zu kleinen Fernseher anschauen. Was ein Grund wäre, mich spätestens zur Siegerehrung von meinem Balkon zu stürzen oder mindestens gnadenlos zu betrinken.

Da sitze ich nun an meinem Küchentisch, fühle mich einsam und zerfließe in Selbstmitleid. Ich weiß, dass ich nur zum Telefon greifen und jemanden anrufen müsste, um diese Käseglocke aus Untätigkeit und Frust zu durchbrechen. Aber ich bin wie gelähmt. Ich bräuchte jetzt jemanden, der mich an den Schultern packt, mich wohlwollend, aber kräftig schüttelt und mit Wärme und Bestimmtheit sagt: «Marie, jetzt beweg deinen fast 30-jährigen Hintern, greif zum Telefon und pack es an. Der Sommer ist zu schade, um ihn grübelnd am Küchentisch zu verbringen.»
Aber genau das ist ja das Blöde am Singledasein. Immer, wenn man jemanden bräuchte, wirklich bräuchte, sind die anderen beschäftigt. Es ist einfach keiner für einen zuständig. Saublödes Gefühl.
Ich lege meinen Kopf auf die glatte, hölzerne Tischplatte. Überlege, ob ich weinen soll. Aber selbst dafür bin ich zu träge. Da klingelt es an der Tür. Bei mir klingelt es höchst selten unerwartet an der Tür. Meine Freunde und sogar meine Eltern wissen, dass ich unangemeldeten Besuch nicht leiden kann. Bevor jemand meine Wohnung betritt, möchte ich aufräumen, ein bisschen putzen und den Eindruck herstellen, ich sei eine organisierte junge Frau, die ihr Leben und ihre Wohnung im Griff hat. Mindestens aber will ich die leeren Pfefferminztalerumverpackungen in die Mülltonne stopfen und einen Blick in den Spiegel werfen, um sicherzugehen, dass kein rot glänzender Pickel auf dem Kinn sprießt.

Es klingelt wieder. Ungeduldiger. Kann eine Türglocke ungeduldig klingen? Kann sie Emotionen transportieren? «Marie,

lenk nicht ab! Mach die Tür auf!», zischt mir das Engelchen zu. Ich vergaß. Es ist ja doch jemand für mich zuständig. Zwei sogar.
Bevor ich die Tür öffne, weiß ich, dass es Paul ist. Ihm ist sein Handy geklaut worden. Deshalb konnte er sich nicht eher melden. Doch nach vielen verzweifelten Tagen der Einsamkeit hat er sich persönlich auf den weiten Weg von Haid- nach Neuhausen gemacht und steht nun vor meiner Tür. Ich checke ganz kurz im Flurspiegel mein Gesicht. Kein größerer Pickel am Start, Gott sei Dank. Ich bin ungeschminkt und zerzaust, was aber die leidende und tiefgründige Aura, die mich umgibt, auf eine Art unterstreicht, die in jedem Mann den Beschützerinstinkt wecken muss. Ich öffne die Tür und summe in meinem Kopf eine kleine Melodie: «Wunder gibt es immer wieder, heute oder morgen können sie geschehn …»*

Im Treppenhaus steht Max.

DONNERSTAG, 24. JUNI 2004 – LIFE CHANGING EX

Zum zweiten Mal hat Max mein Leben verändert. Das erste Mal tat er das vor fast zehn Jahren, als er mich im Englischen Garten mit Hilfe eines Fußballs vom Fahrrad schoss und wir kurz darauf ein Paar wurden. Das konnte auch das Homer-Simpson-T-Shirt nicht ändern, das er bei unserer ersten Begegnung trug. Es folgten sechs glückliche Jahre. Dann kam unsere Beziehung in eine Konsolidierungsphase, die ich leider nicht als solche erkannte. Hätte ich nur damals schon Beziehungsratgeber gelesen. Ich jedenfalls dachte damals, die

* Katja Ebstein

Luft sei raus, und zwar endgültig. Außerdem war Max mein erster richtiger Freund, und den kann man schließlich nicht heiraten.

Als Max gestern Mittag vor meiner Tür stand und mich anlächelte, packte mich plötzlich eine heftige Sehnsucht danach, mit ihm verheiratet zu sein. Vielleicht hätten wir schon eine nette Eigentumswohnung in Harlaching und ein Kind. Max war schon immer eher der solide Typ. Was mich damals langweilte – ich wollte wild und gefährlich leben, und das Wort Eigentumswohnung löste Asthmaanfälle bei mir aus –, erschien mir auf einmal sehr verlockend. «Jetzt hör aber auf», schimpfte ich mich selbst, «nur weil Paul nicht der Zuverlässigste ist, musst du nicht gleich ins andere Extrem verfallen. Eigentumswohnung, Baby – geht's noch?» Genau. Und außerdem liebte ich Max ja schon lang nicht mehr. Ich liebte nur Paul.
«Darf ich reinkommen?», fragte Max, nachdem ich ihn ungefähr eine Minute lang angestarrt hatte.
«Äh, klar, ja», stammelte ich und fügte mein übliches «ist aber nicht aufgeräumt» hinzu.
«Ich dachte mir, ich schau mal vorbei», sagte Max, «Bernd hat von Vroni gehört, dass du wieder da bist.»
«Ja, seit ... ein paar Tagen», mogelte ich und hoffte, er würde meinen immer noch unausgepackt in der Ecke liegenden Rucksack nicht bemerken.
«Marie», sagte Max und legte seine Hand an meinen Oberarm, «was ist los?»
«Nichts, was soll los sein?», antwortete ich.
Er schaute mich nur prüfend an.
«Klar ist was los. Ich kenn dich doch. Geht's dir nicht gut?»
Ich schüttelte nur den Kopf und merkte, wie mir die Tränen in die Augen schossen.

Ohne weiter nachzubohren, nahm Max mich einfach in den Arm und ließ mich erst mal minutenlang sein T-Shirt nass weinen. Und dann kamen die Worte ganz von alleine, und ich hörte mir selbst ein wenig erstaunt zu, wie ich Max alles erzählte, von meiner fluchtähnlichen Reise nach Australien im März über Pauls Mails und unsere gemeinsame Zeit in Sydney und Neuseeland bis hin zur überstürzten Heimreise und seinem Nicht-Melden seit über zwei Wochen. Ich verschwieg ihm nicht mal, dass ich seitdem mit Ausnahme eines Abends, den ich mit Vroni im *Big Easy* verbrachte, jeden Tag zu Hause gesessen, das Google'sche Orakel befragt und den Chat vollgejammert hatte.
Max tat das, wovon die meisten Menschen behaupten, es zu können, es aber nicht tun: Er hörte mir zu. Er gab mir keine klugen Ratschläge, sondern ein Taschentuch, und als ich fertig war, sagte er:
«So, und jetzt gehen wir ein bisschen raus hier. Ich habe heute Urlaub und wollte ein wenig durch die Stadt bummeln. Und heute Abend sehen wir uns in der Kneipe das Spiel Deutschland gegen Tschechien an! Es ist das entscheidende Spiel für uns bei dieser EM.»
Er sagte das nicht so, als würde er sich nicht für meine Probleme interessieren. Nein, Max wusste, dass ich nach diesem Gefühlsausbruch eine Pause brauchte, bevor ich weiter darüber sprechen konnte und wollte. Er kennt mich eben doch wie kein anderer.
Auf einmal war der Bann gebrochen. Ich zog mir schnell etwas Stadttaugliches an, kämmte meine zerzausten Haare, machte mir einen Pferdeschwanz und legte etwas rosa Lidschatten auf. Für die gute Laune.

Und dann verbrachten wir einen dieser Nachmittage, der mich an die Zeit vor über vier Jahren erinnerte, als wir noch ein Paar

waren. Weil wir keine Lust auf U-Bahn-Fahren hatten, liefen wir zu Fuß die Nymphenburger Straße hinunter und über den Stiglmaierplatz die Brienner Straße entlang bis zum Königsplatz. Dort beschlossen wir kurzerhand, Kulturbedarf zu haben, und besichtigten die antiken Büstennachbildungen in der Glyptothek. Sehr interessant. Ich habe ein Faible für die Antike und insbesondere das alte Griechenland. Allerdings stellte ich mir diese Zeit immer als eine optische Symphonie aus blass glänzenden Marmorstatuen, -gebäuden und -säulen, silbriggrünen Olivenbäumen, gelb verdorrtem Gras und knallblauem Meer vor. In der Glyptothek entdeckte ich ein Buch, das meine Vorstellung von den weißen Figuren und Gebäuden für immer zerstören sollte. Dem Bildband zufolge hatten die alten Griechen ihre Statuen und Säulen nämlich mit aus der Natur gewonnenen Farben fies bunt angemalt. Die Modelle, die in dem Buch abgebildet waren, sahen eher nach Playmobil als nach Antike aus. Max teilte mein Entsetzen und lud mich auf den Schock zu einer Latte macchiato und einem Stück Apfelkuchen im Café im Innenhof der Glyptothek ein.
Dort sitzend und Max Anekdoten von meiner Australienreise erzählend, ertappte ich mich dabei, das Leben zu genießen. Ein guter Kaffee, ein noch besserer Freund, ein wenig Junisonne im Gesicht und die Aussicht auf ein spannendes Fußballspiel am Abend – so einfach ist das. Wenn man in München wohnt. Ich hatte vergessen, wie schön diese Stadt ist. Und dass sie mir sogar bei Liebeskummer helfen kann. Oder war es doch Max? Egal. Ich erlaubte dem warmen Gefühl, sich in mir auszubreiten.

20:30 Uhr

Ich war glücklich. Saß mit Max, Vroni und Bernd, Marlene, Beate und Robert, Simon und ein paar anderen Freunden im *Wassermann*, unserer Stammkneipe in der Elvirastraße. Großes Hallo, als ich das Lokal betrat und meine Liebsten mich sahen. So mag ich das. Musste beinahe heulen. Keiner war mir böse, dass ich mich nicht gemeldet habe, seit ich zurück bin. Ich nehme an, Vroni hat sie geimpft. Aber egal. Als ich in die lächelnden Gesichter schaute, merkte ich, wie sehr ich sie vermisst hatte. Ich glaube, meine Freunde sind doch irgendwie das Wichtigste in meinem Leben.

«Hey Marie», rief Marlene und hielt mir eine offene Packung rote Gauloises unter die Nase, «jetzt schau nicht so deppert. Wir sind nicht deinetwegen hier. Nimm eine Kippe und setz dich ...»

«... du stehst nämlich voll im Blickfeld», vollendete Simon und grinste.

20:45 Uhr

Anpfiff im Alvalade-Stadion in Lissabon. Ich war nervös. Es ging um die Wurst. In den ersten beiden Vorrundenspielen gegen die Niederlande und Lettland hatte Deutschland, hatten *wir* nur zwei bescheidene Unentschieden rausgeholt. Jetzt mussten wir gewinnen, sonst würden die das ohne uns ausmachen in Portugal.

JAAAAAAAAAAAAAAA! Ich liebe Michael Ballack! Es lebe die Wiedervereinigung! Souverän und gnadenlos schoss er uns in Führung. Ich halte fest: Fußball ist auch etwas sehr Wichtiges in meinem Leben. Manchmal beneide ich die Fußballer um ihre Jobs. Nicht wegen der Jahresgehälter in Millionenhöhe, schicker Dienstwagen oder weil sie problemlos am Türsteher des P1 vorbeikommen. Nein, wegen ihrer emotionalen Erlebnisse. Abstieg, Aufstieg, EM-Finale, Champions-League-Sieg oder die Niederlage im Sparkassen-Cup gegen die AH-Mannschaft von Oberpframmern – emotional gesehen erleben die mehr Ups und Downs als Gwyneth Paltrow in einem ihrer mittelmäßigen Filme.

NEEEEIIIIIIIIIIIIIIIIIN!
«Scheiße mit Erdbeeren!», brüllte Max aufgebracht neben mir und drosch so fest auf den Holztisch, dass seine Halbe einen Hüpfer machte und sich von der Tischkante stürzte. Verständlich. Denn wir hatten uns das 1:1 eingefangen. Meine euphorische Stimmung stürzte in den Gefühlskeller. Eine Achterbahnfahrt war ein Dreck dagegen.
«Jetzt ist's vorbei», sagte Bernd scheinbar gelassen, «das verlieren wir. War ja klar. Herzlichen Glückwunsch, Rudi.»

Halbzeit. Ich begann mein drittes Bier und rauchte aus Nervosität zwei Zigaretten hintereinander. Ohne Alkohol und Nikotin war das nicht auszuhalten. «Wir gewinnen, wir gewinnen, wir gewinnen», sagte ich mir innerlich als Mantra vor. Das musste doch helfen. Den Gedanken, dass viele Millionen Tschechen (und Holländer) im selben Moment das Gleiche für die Gegenseite taten, schob ich schnell beiseite.

Aus. Alles aus. Das Spiel und unser Auftritt bei dieser Europameisterschaft in Portugal. Wir hatten mit 1:2 gegen die Tschechen verloren. In Gedanken stornierte ich den Trip nach Prag, den ich irgendwann mal buchen wollte, und schwor mir, nie wieder Budweiser zu trinken. Nein, ich übertreibe nicht. Das ist eine hochemotionale Angelegenheit.

Vereint im Schmerz der Niederlage, traten Max, Vroni, Marlene und ich den Heimweg an. Obwohl mich das Aus bei der EM wirklich mitnahm, war ich guter Dinge. Das Leben hatte mich wieder, Max sei Dank. Vorne an der Nymphenburger Straße verabschiedeten wir uns von Marlene, die zur U-Bahn hinunterstieg. Wenig später bog Vroni in die Lazarettstraße ein. «Musst du nicht auch eher in die andere Richtung?», fragte ich Max, der in einer Jungs-WG in Schwabing wohnt. «Doch, aber ich hab doch mein Fahrrad noch bei dir stehen», antwortete er. Ja, richtig. Es war ein schönes Gefühl, nicht alleine nach Hause gehen zu müssen.

Vor meiner Haustür blieben wir stehen. Es hatte leise angefangen zu nieseln. Tja. Und nun? Ich konnte ja schlecht den Spruch «Willste noch auf 'nen Kaffee mit raufkommen?» bringen. Schließlich waren wir nicht im SAT1-Fernsehfilm der Woche. Klar hätte Max noch ein koffeinhaltiges Heißgetränk bei mir bekommen können, aber das war nicht der Punkt. Dieser Satz ging gar nicht. Da hätte ich ihn gleich fragen können, ob er noch ein bisschen Lust auf vertrautes Poppen hat. Sex mit der Ex, warum nicht? Zur Feier der verlorenen EM. Verlorenes Fußballspiel, verlorene Liebe, passt doch. Hey, was dachte ich da? Ich bin in festen Händen!

«Ha, ha, ha», lachten Engelchen und Teufelchen unisono. Und mir fiel auf, dass ich eben zum ersten Mal, seit Max mittags vor meiner Tür stand, an Paul gedacht hatte. Und auch das nur indirekt.

Max löste die komische Situation auf, indem er «Ich pack's dann mal» sagte, mich fest in den Arm nahm, mir einen Kuss auf die Wange drückte und auf sein Rad stieg. Weg war er. Der Gute.

Im zweieinhalbten Stock fiel mir etwas auf. Wo war eigentlich Kati heute Abend?

FREITAG, 25. JUNI 2004 – DREI, ZWEI, EINS ... MEINS

Irgendwie dachte ich mir ja fast, dass diese Sache noch ein Nachspiel haben würde. Ich meine die Angelegenheit mit der Maklerin, der ich den unerfüllten Kinderwunsch vortäuschte. Eben klingelt nämlich das Telefon.

«Liebe Frau Sandmann», flötet sie, «Sie waren doch so traurig, weil Sie die Wohnung in der Lazarettstraße nicht bekommen haben ...»

«Äh, ja.»

«Ich habe eine gute Nachricht für Sie. Ich habe da die ab-solute Traumwohnung für Sie und Ihren Mann!»

Meinen Mann. Die meint Paul. Ha ha, wenn die wüsste ...

«Ja? Das klingt ja interessant ...»

Der Tonfall, in dem ich diesen Satz ausspreche, verdreht seinen Sinn ins pure Gegenteil, aber das will die namenlose Maklerin offensichtlich nicht hören, denn sie schwärmt unbeirrt weiter: «4 Zimmer, 120 Quadratmeter, Altbau, Parkett, 3 Meter hohe Wände, Stuck! Echter Stuck! Dielenboden aus den 30er Jahren, zwei Balkone, zwei Bäder! Wohnküche ... Na, was sagen Sie dazu, Frau Sandmann?»

«Was soll die kosten?»

«Halten Sie sich fest. Sie können sie für 1200 Euro warm haben!»

Das ist in der Tat günstig. Na ja, der Haken kommt sicher gleich.

«Und wo ist die Wohnung?»

Sicher direkt an der Landshuter Allee oder im Hasenbergl, denke ich.

«In der Ysenburgstraße», antwortet die Maklerin.

Wenn es diese Straße nicht doppelt gibt in München, dann existiert doch ein Wohnungsgott, der meine Gebete erhört hat.

Oft bin ich aus dem *Ysenegger* hinausgegangen und habe mir gedacht: Hier würde ich gerne wohnen. Eigentlich ist die Ysenburgstraße eine ganz normale Straße in München-Neuhausen. Kopfsteingepflastert, meist total zugeparkt, etwas zu schmal, mit hohen, schönen alten Häusern mit Türmchen und Erkern und drei, vier Kneipen um die Ecke. Vorne an der Nymphenburger Straße ist ein Hugendubel. Und zu Fuß sind es zehn Minuten bis zum Taxisgarten.

«Frau Sandmann, sind Sie noch da?»
«Ja, natürlich! Könnte ich die Wohnung denn mal anschauen?»
«Kommen Sie doch gleich heute Nachmittag vorbei. Ich bin sicher, Sie werden sie lieben!»
Ich fürchte auch fast.
Und deswegen springe ich über meinen Schatten und mache etwas, was ich bisher meist vermieden habe. Ich nehme mein Telefon und rufe bei Paul an. Bei Paul, von dem ich seit zwölf Tagen nichts gehört habe. Keine Ahnung, ob er noch wegen dieses obskuren Jobs im Bayerischen Wald ist oder inzwischen irgendwo an der Ostseeküste. Das ändert sich bei Paul schnell, und ich weiß gar nicht mehr, wie viele «Bin in …»-SMS ich in den letzten zwei Jahren schon bekommen habe. Natürlich immer auf Nachfragen meinerseits à la «Hallo? Lebst du noch?». Egal. Jetzt muss ich ihn sprechen.

Ich wähle seine Handynummer. Doch noch bevor das Freizeichen ertönt, lege ich wieder auf. Was soll ich ihm sagen? «Hallo Paul, du hast zwar nie was von einer gemeinsamen Wohnung gesagt, aber ich habe mal eben eine für uns gesucht, willst du mit mir zusammenziehen?» Der denkt doch, ich habe ein Rad ab.
Ich tippe erneut Zahlen in mein Telefon.

«Ja?»
«Vroni, hier ist Marie. Stör ich gerade?»
«Nö Süße, ich muss nur gleich ins Meeting. Was gibt's denn?»
Ich erzähle meiner Freundin in aller Kürze von der Traumwohnung in der Ysenburgstraße, nicht ohne die drei Meter hohen Wände, den Stuck und den günstigen Mietpreis von zehn Euro pro Quadratmeter zu erwähnen.
«Klingt super», sagt Vroni, und ich freue mich, dass sie mich unterstützt, «aber was willst du denn mit 120 Quadratmetern?»
«Na ja, ich dachte ... Wo Paul und ich doch jetzt ... Und ...»
«Marie!»
«Vroni?»
«Das ist nicht dein Ernst!»
Na ja, irgendwie schon.
«Wir waren so glücklich in Australien und Neuseeland. Wirklich, Vroni, ich habe mir das doch nicht eingebildet. Paul liebt mich!»
«Zwei Einwände», meint Vroni. «Erstens: nur weil man sich liebt, muss man noch lange nicht zusammenwohnen. Und zweitens: Warum lässt er dich immer so hängen, wenn er dich liebt? Meldet sich wochenlang nicht, schickt kryptische ‹Bin in ...›-SMS, entzieht sich jeder Verbindlichkeit? Und drittens ...»
«Zwei, hast du gesagt!»
«Und drittens», fährt sie ungerührt fort, «drittens weißt du doch, wie Paul ist. Er ist ein einsamer Wolf. Den kannst du nicht so einfach domestizieren, und schon gar nicht, indem du ihn vor vollendete Tatsachen stellst! Bitte, Marie, mach keinen Scheiß und lass es einfach bleiben. Sag den Termin mit der Maklerin ab.»

In diesem Moment passiert etwas Seltsames in mir. Muss ein Relikt aus meiner nicht vollständig ausgelebten frühpubertären Trotzphase sein. Ich habe plötzlich große Lust, genau das Ge-

genteil von dem zu tun, was meine Freundin mir rät. Obwohl ich weiß, dass sie Recht hat. Ich glaube, ich werde nie erwachsen. Aber ich kann nicht anders.
Zum Glück muss Vroni jetzt wirklich ins Meeting und verabschiedet sich mit einem besorgten Unterton in der Stimme. Ich wähle noch einmal Pauls Nummer. Versuchen muss ich es wenigstens. Mein Herz klopft wie verrückt, als das Telefon mit der Einwahl der elfstelligen Handynummer fertig ist. «The person you've called is not available at present. Please try again later. Der gewünschte Gesprächspartner …»
Mist. Warum kann der nicht wenigstens mal seine Mailbox einschalten? Na ja. Ich hab's probiert.

Bevor ich das Haus auch nur betrete, weiß ich, dass ich die Wohnung lieben werde. Sie befindet sich schräg über dem *Ysenegger*, dieser gemütlichen, in dunklem Holz gehaltenen Altmünchner Kneipe. Das Haus ist gelb-weiß und einfach wunderschön. Oben im dritten Stock, in dem sich auch die Wohnung befindet, wird es durch kleine Erker und Türmchen verziert. Die Haustür ist alt, aus Holz und mit Jugendstilornamenten verziert. Den Boden des Hausflurs ziert ein kunstvolles Mosaik, und die Holzstufen knarzen, wenn man sie hinaufsteigt. Außerdem hängt dieser ganz spezielle Altbaugeruch in der Luft, ein bisschen nach Mottenkugeln riecht es, ein klein wenig vermodert und nach Bohnerwachs, wie in Udo Jürgens' «Ich war noch niemals in New York». Herrlich.

«Und, Frau Sandmann, habe ich Ihnen zu viel versprochen?», will die Maklerin wissen.
«Wirklich nett», sage ich. Das ist maßlos untertrieben. Die Wohnung ist ein Traum. Nicht nur wegen der alten, glänzenden Dielenböden, der hohen Decken und wegen des großzügigen Schnitts. Auch nicht wegen der Wohnküche oder dem

Balkon, von dem man in verwinkelte und grüne Hinterhöfe schauen kann. Nicht mal wegen der weißen Flügeltüren oder der zwei neu eingebauten, weißen Bäder. Diese Wohnung hat noch mehr. Sie ist vollkommen leer, und doch fühlt sie sich an wie eine Wohnung, in der man leben und glücklich sein kann. Glücklich sein muss. Ich muss nicht mal die Augen schließen, um meine auberginefarbene Couch im Wohnzimmer zu sehen und daneben Pauls rotes Sofa. Hier drüben meine weiße Bücherwand, dort sein antikes Mahagonischränkchen. Diese Wohnung ist eine, die einen wilden Stil-Mix nicht nur verzeiht, sondern dadurch erst richtig gewinnt.

«Zehn Euro warm pro Quadratmeter», erinnert mich die Maklerin mit sanfter Stimme, «ein Schnäppchen!»

Ich weiß. Für München und für diese schöne Ecke von Neuhausen ist das echt geschenkt.

«Sie müssten sich bloß recht zeitnah entscheiden», fährt sie fort, «ich habe Sie auf Nummer eins der Liste, aber es warten natürlich noch einige Leute, die sich auch für das Objekt interessieren …»

«Ich nehme die Wohnung», sage ich. Besser: Höre ich mich sagen. Ich könnte es mir nie verzeihen, diese Wohnung zu kennen, die einmalige Chance auf den Zuschlag gehabt zu haben und nicht in ihr zu wohnen.

Ich unterschreibe einen bindenden Vorvertrag und laufe danach eine Stunde lang wie ferngesteuert durch Neuhausen. Die Visitenkarte meines zukünftigen Vermieters brennt in meiner rechten hinteren Hosentasche. Ich gehe durch Straßen, in denen ich noch nie war. Vielleicht erkenne ich sie aber auch nur nicht wieder. Mag sein, dass ich eben die größte Dummheit meines Lebens gemacht habe. Aber wie sagte mein ältester Freund und «Bruder» Philipp, mit dem ich meine Kindheit verbrachte, mal so schön: «Veränderungen sind wichtig. Selbst wenn sie zunächst scheinbar in eine Sackgasse führen – hinterher erkennst du immer, dass sie für etwas gut waren.»

Und er hat Recht. Als ich mich damals von Max trennte, dachten auch alle – ich eingeschlossen –, dass ich einen an der Klatsche hätte. Warum trennt man sich von einem Mann, mit dem man sechs Jahre glücklich war? Aber hätte ich das nicht getan, hätte ich Paul vermutlich nie kennen gelernt. Nicht näher zumindest. «Und dir viele Tränen und einen Haufen Ärger erspart ...», merkt Engelchen an. Ich muss ihm wider Willen Recht geben. Trotzdem bereue ich nichts.

Wie könnte ich Paul bereuen?

SAMSTAG, 26. JUNI 2004 – SEX UND SUSHI

Ich schlief schlecht. Träumte von endlos großen Altbauwohnungen, durch deren weite Flure ich floh, verfolgt von roten Sofas und auberginefarbenen Couchen. Wie immer im Traum war das mit dem Laufen so eine Sache. Ich kann das dann nicht wirklich. Es fühlt sich an, als würde ich unter Wasser zu laufen versuchen oder mindestens gegen starken Sturm ankämpfen. Die Sitzmöbel hingegen waren des Sprints erstaunlich mächtig. Meistens wache ich nach solchen «Marie rennt»-Träumen völlig fertig auf. So auch heute Morgen um sechs Uhr dreißig. Ich bezog das verschwitzte Bett neu, holte mir ein frisches T-Shirt und kuschelte mich ermattet wieder in die Kissen.

Als ich gerade eingeschlafen bin, piept mein Handy. Das tut es häufiger. Marlene schreibt mir gerne mal frühmorgens, damit ich sie dafür lobe, dass sie schon vor dem Frühstück ins Fitnessstudio geht. Auch Vroni ist eine Frühaufsteherin und

schließt gerne von sich auf andere. Doch dieses Piepen klingt anders, obwohl der Ton derselbe ist. Mein Herz schlägt schnell und irgendwo unten in meinem Bauch.
Ich strecke einen Arm unter meiner Bettdecke heraus und fahnde am Boden nach meinem Handy. Klappe es auf. «1 neue Nachricht.» Ich drücke auf «lesen». Das Display zeigt «Paul» an.

Sorry, war total im Stress. Bin jetzt wieder in Muc. Wann sehen wir uns? Ich vermisse dich. Kuss!

Hach, ist das schööööön. Er liebt mich. Er vermisst mich. Ich grinse vor mich hin und ignoriere die großen imaginären Denkblasen, die durch das Zimmer schweben und in denen Sachen wie «naiv» und «dumm» stehen. Mir doch egal. Paul ist wieder da. Das Gummiband ist endlich zurückgeschnalzt. Das Warten hat sich gelohnt und nun ein Ende.
Auf einmal bin ich hellwach. Draußen scheint die Sonne, und ein wunderbarer Sommertag bricht an. Ich denke an letzten Sommer, den Jahrhundertsommer, den Paul und ich zusammen verbrachten. Schwimmen im Eisbach, Grillabende mit Freunden, Biergarten, Sex bei offener Terrassentür. Wer sagt, dass sich so ein Sommer nicht wiederholen lässt?
«Wo, wann?», schreibe ich Paul nur zurück. Und er antwortet sofort: «Kannst du vorbeikommen? Jetzt gleich?»

Und wie ich kann. Ich hüpfe aus dem Bett, als hätte ich zehn Stunden erholsamen Schlaf ohne galoppierende Sofas hinter mir. Gebe mir eine kalte Dusche und das teure Sheer Blonde Shampoo von John Frieda, das meine blonden Strähnen so schön eisig leuchten lässt. Dann kommt ein blitzschnelles Beautyprogramm. Beine rasieren muss sein. Schäm, in der paullosen Zeit der letzten zwei Wochen hatte ich mir das einfach gespart. Wie verlottert. Weil ich schon mal dabei bin, entferne ich kurzerhand alle Körperhaare – außer denen auf dem Kopf, versteht sich. Bin gespannt, was Paul dazu sagt. Ich war noch nie ein Fan von Urwald bis zum Bauchnabel, aber so ganz ohne … Böses Mädchen, ermahne ich mich selbst, du denkst bei Paul immer nur an Sex!

Frisch eingecremt und duftend werfe ich mich in einen knielangen, weißen, schwingenden Leinenrock und ein rosa Top mit tiefem Ausschnitt. Dazu die süßen rosa Ballerinas aus Sydney, ein wenig ebenfalls rosafarbener Lidschatten, Wimperntusche, transparenter Lipgloss und fertig ist die unwiderstehliche, bezaubernde Sommer-Marie.

Um den Rock nicht gleich wieder zu zerknittern, nehme ich die U-Bahn. Steige am Hauptbahnhof um in die U4 Richtung Arabellapark. Dabei fällt mir kurz und recht siedend heiß ein, dass ich unbedingt in der Redaktion vorbeischauen muss. Nicht nur, dass ich meine Australien- und Neuseelandgeschichte immer noch nicht verkauft habe – nach einem festen Job habe ich auch noch nicht gefragt. Aber das kann ich ja auch morgen noch tun. Auf den einen Tag wird es nicht ankommen. Und schon habe ich dieses Thema weit von mir geschoben. Es lebe die Verdrängung.

Mit klopfendem Herzen steige ich am Max-Weber-Platz aus. Mit jedem Meter, dem ich mich Pauls Wohnung nähere, werde ich nervöser. Wie bei unserem allerersten Date. Nein. Schlimmer. Wo soll das hinführen?
Schließlich stehe ich vor Pauls Tür. Zupfe noch einmal an meinem Leinenrock, rücke meinen Ausschnitt zurecht und drücke dann den Klingelknopf. Eine Sekunde später öffnet sich die Tür. Der muss im Flur gelauert haben!
Paul sagt nichts. Er guckt mich nur an. Wie immer, wenn er

mich gleich küssen wird, hat sein Gesicht diesen Ausdruck von Verwunderung. Ich sehe, dass seine Hände zittern. O Gott, ich liebe ihn so sehr.
Dann zieht er mich in den Flur und küsst mich. Hinter mir fällt die Tür ins Schloss. Pauls Hände halten mein Gesicht. Dann wandern sie langsam an meinem Körper hinunter. Als sie an meinen Hüften angekommen sind, fällt mir ein, dass ich nichts unter meinem Rock trage. Das hat den einfachen und völlig unverruchten Grund, dass meine einzige hautfarbene Unterhose, die ich besitze, gerade in der Waschmaschine ist und sich alles andere unter weißen Leinenröcken unschön abzuzeichnen pflegt. Außerdem war ich mir nicht sicher, ob Paul hautfarbene Schlüpfer sexy findet. Doch jetzt schwindet mein Selbstbewusstsein in puncto keine Unterwäsche.

Meine Sorge ist unbegründet. Als Paul merkt, wie glatt der kühle, weiße Leinenstoff über meine Hüften fällt und dass sich seinen streichelnden Händen keinerlei Hindernis in den Weg legt, stöhnt er lustvoll auf und drückt sich nur noch näher an mich. «Ich wusste es …», flüstert er heiser in mein Ohr, kurz das Küssen unterbrechend. «Was wusstest du?», frage ich blöd nach. Wie war das mit den unpassenden Taten in den richtigen Momenten?
«… dass du keinen Slip anhast …», flüstert Paul verzückt und lässt seine Hände lüstern unter meinen Rock wandern. O Gott, da wartet ja die zweite Überraschung auf ihn. Ob er das verkraftet? Marie heute im doppelten Sinne «unten ohne»?
Er trägt es mit Fassung.
«Ooooooh Marie, das ist ja der Wahnsinn!», sagt Paul mit heiserer Stimme. Experiment geglückt, Mann erregt. Und dann kniet Paul sich vor mich und verschwindet mit seinem Kopf unter meinem weißen Leinenrock …
Einige Zeit später, ich kann bei bestem Willen nicht sagen, ob

fünf Minuten oder eine knappe Stunde, taucht Paul wieder auf, streicht mir mit zärtlicher Geste eine Haarsträhne aus dem Gesicht, nimmt meine Hand und sagt: «Komm.»
Er führt mich in sein dämmriges Schlafzimmer. Eine Welle neuer Lust überflutet mich. Habe ich jemals einen Mann so sehr gewollt wie Paul? Und warum ist das immer wieder und immer noch so, egal, wie er mich im alltäglichen Leben behandelt? Hat vielleicht dieses Begehren nichts damit zu tun, ob man mit diesem Menschen auch wirklich leben kann? Interessanter Gedanke. Ich schreibe ein geistiges Post-it in Neongelb, pappe es an eine Wand meines Gehirns und verschiebe die Ausführung auf später. Denn jetzt will ich nur eines: Sex.

Wir stehen voreinander, und da ist er wieder, so vertraut und doch immer wieder neu: Der Moment des Verharrens, der Vorfreude auf das, was kommen wird, ein Moment, der so intensiv ist, dass er uns kurzzeitig lähmt.

Dann breche ich den Bann, greife nach Pauls T-Shirt und ziehe es ihm über den Kopf. Wie schön er ist, so wie er da mit nacktem Oberkörper vor mir steht. Groß, breit, aber nicht zu breit, muskulös, aber nicht übertrainiert, behaart, aber sparsam. Ich glaube, es ist ein weit verbreiteter Irrtum, dass Frauen auf haarlose Six-Pack-Nichtbäuche stehen. Klar, eine Bierwampe ist nicht so schick, aber es muss auch kein Waschbrettbauch sein. Erstens ist der für Leute wie mich, die schon viel Geld für Fitnessstudios ausgegeben haben, ohne sie je öfter als drei Mal hintereinander zu besuchen, frustrierend. Zweitens ist die Vorstellung, wie sich der Kerl jede Woche schwitzend und dumm guckend (die meisten Menschen sehen dumm aus, wenn sie sich körperlich anstrengen) an der Kraftmaschine abmüht, nicht besonders sexy. Zu eitel für einen Hetero-Mann. Und drittens geht nichts über ein winziges Genussbäuchlein, unter dem man

kräftige Bauchmuskeln spürt. Wie bei Paul eben. Ohne seine Kochleidenschaft und seine Vorliebe für deftige Gerichte wäre er nicht der Paul, den ich liebe.
Inzwischen habe ich Pauls Gürtel gelöst, seine Jeans aufgeknöpft und dabei wie zufällig ein paar Mal sein hartes Glied gestreift. Was er stets mit einem heftigen und ruckartigen Einatmen quittierte. Als ich ihm die Hosen von den Hüften streife, merke ich, wie er zittert. Ich fühle mich großartig. Sexy, verführerisch, verrucht, einfach umwerfend. Kein Vergleich bin ich zu der Marie, wie sie manchmal in fies ausgeleuchteten H & M-Umkleiden Hosen in Größe 38 probiert, die bei der Mitte der Oberschenkel hängen bleiben. Schon witzig, was schummeriges Licht und ein vor Erregung zitternder, halb nackter Mann ausmachen.

Paul steht nun völlig nackt vor mir. Um diesen Anblick noch einen Moment lang genießen zu können, beginne ich, mich langsam auszuziehen, ohne meinen Blick von ihm zu nehmen. Erst streife ich das rosa Top ab, dann entledige ich mich meines weißen, leicht transparenten BHs. Ich öffne den Reißverschluss meines Rockes und lasse ihn einfach auf den Boden fallen. Paul macht sein verwundertes Gesicht und greift dann nach mir, in der Umarmung fallen wir auf das Bett, und ich schiebe mich sofort auf ihn, weil ich es nicht mehr erwarten kann, ihn zu spüren …

19 Uhr

Wir sind so was von dekadent. Wenn meine Uhr richtig geht, liegen wir jetzt seit gut zehn Stunden in Pauls Bett. Wir haben uns insgesamt fünf Mal geliebt, zwei Mal geduscht, einmal mit Sex und einmal ohne. Paul hat Sushi kommen lassen («Ich brauche Eiweiß, damit ich nicht schlappmache», lachte er), das wir im Bett gegessen haben. Dazu haben wir eiskalten Chardonnay getrunken und mitten im Speisen wieder Lust aufeinander bekommen. Anders kann ich mir zumindest das Tobiko Maki, das ich eben in meinen Haaren gefunden habe, nicht erklären. Sex, Sushi und Chardonnay. Klingt wie der Titel eines Frauenromans.

Leider bin ich noch nicht dazu gekommen, Paul von unserer zukünftigen Wohnung zu erzählen. Immer, wenn ich dazu ansetzte, unterbrach er mich spätestens bei «Du Paul, ich muss was mit dir besprechen», indem er beispielsweise mit Entsetzen feststellte, meine linke Brust weniger häufig geküsst zu haben als meine rechte, oder nochmal meine gelungene Überraschung aus der Nähe betrachten musste. Wie soll ich meinem Freund gewisse 4 Zimmer, Küche, Bad näher bringen, wenn der sich gerade an meiner nicht vorhandenen Intimfrisur ergötzt? Das ist, als wolle man einem Kunstliebhaber, der gerade einen Picasso bewundert, eine Currywurst mit Pommes verkaufen. Na ja. So ähnlich.

«Das sieht soooo toll aus», sagt Paul auch jetzt wieder, als ich gerade den Satz «Ich habe eine tolle Wohnung für uns beide gemietet» formuliert habe. Ausgesprochen habe ich ihn noch nicht. «Ich ...», beginne ich vielversprechend, aber Paul fällt mir mit verdächtig rauer Stimme erneut ins Wort: «Und es fühlt sich auch waaaaaaahnsinnig toll an ...»

Okay. Ich gebe auf. Cunnilingus statt Kaution, Orgasmus statt Einbauküche. Ich überlasse mich Pauls Händen und seiner Zunge und schwebe auf seinem zerwühlten Bett dahin, weit, weit weg, über die Stadt und über die Lande wie ein Gasluftballon, der einem Kind auf dem Volksfest abhanden gekommen ist ...

22 Uhr

«WAS hast du?» Paul schaut schon wieder verwundert. Aber nicht so, wie er guckt, wenn er mich gleich küsst. Eher fassungslos. Entsetzt.
«Den. Vorvertrag. Unterschrieben», wiederhole ich mit fester Stimme und kleinlautem Geist.
Und auf einmal geht eine Veränderung in Paul vor. Er, der mir eben noch so nah war, bewegt seinen Körper keinen Millimeter von mir weg. Und trotzdem spüre ich plötzlich eine kilometerweite Distanz zwischen uns. Und ich weiß, dass ich einen Fehler gemacht habe. Vielleicht den Fehler meines Lebens.
«Marie, ich will ehrlich sein», sagt Paul. Mir schießt durch den Kopf, dass dieser Satz bei Männern meistens die Ansage einer Lüge ist, und Paul fährt fort:
«Es geht gar nicht darum, dass du mich mit diesem Vorvertrag vor vollendete Tatsachen stellen wolltest. Gut, das mag ich auch nicht besonders gerne, aber Schwamm drüber.»
Ich schöpfe Hoffnung.
«Marie, es geht darum, dass ich nicht mit dir zusammenziehen möchte.»

Mein Herz bleibt stehen. Mein Atem stockt. Mein Blut fließt nicht mehr. Wie kann er das so brutal und simpel sagen? Kann er nicht wenigstens ein, zwei, hundert schöne Worte drum herum packen, damit es nicht so wehtut? Doch es kommt noch schlimmer:
«Nicht jetzt und nicht in einem Jahr.»
Ich muss ihn entgeistert anstarren, denn nun wird seine Stimme einen kleinen Tick sanfter:
«Ich finde es gut so, wie es ist. Wir haben Spaß miteinander, wir verstehen uns gut. Wenn wir Lust haben, machen wir was

zusammen, wenn nicht, dann nicht. Keine Abhängigkeiten, kein Beziehungsstress ...»
Abhängigkeiten? Beziehungsstress? Wovon redet dieser Mann da?
«Warum all das Schöne durch den Alltag kaputtmachen? Lassen wir es doch einfach so laufen!»

Wie immer, wenn meine Welt zusammenbricht, der Himmel aber vergisst, mir auf den Kopf zu fallen, damit das Elend ein Ende hat, bin ich total ruhig.
Ich beuge mich zu Paul hinüber. Ein letztes Mal streichle ich mit all der Zärtlichkeit, die ich für ihn habe, über seinen Körper, ein letztes Mal lasse ich meinen Blick von seinem Scheitel bis zum großen Zeh über ihn wandern, ein letztes Mal stehe ich von seinem Bett auf. Ruhig und sorgfältig ziehe ich mich an. Rock, BH, Top.
Dann küsse ich Paul ein letztes Mal und verlasse seine Wohnung. Leise und vorsichtig ziehe ich die Haustür hinter mir ins Schloss. Bleibe noch einen Moment lang auf der Straße stehen und lausche auf Schritte, die möglicherweise im Flur zu hören sein könnten.

Doch dieses Mal kommt Paul mir nicht hinterher.

DONNERSTAG, 1. JULI 2004 – MANGO MARGARITA

Es ist mir ein Rätsel, wie ich die letzten Tage überlebt habe. Es tut so weh, dass ich nicht mal die Kraft hatte, eines meiner Notfallprogramme zu aktivieren. Die sind sowieso nur bei minder schweren Fällen einsatzfähig. Allein der sprunghaft angestiegene Zigarettenkonsum ist zu vergleichen mit meiner Reaktion auf kleinere Lebenspannen. Da ich Betrinken eigentlich nicht mag und außerdem weiß, dass Alkohol den jeweiligen Gemütszustand nur verstärkt statt verbessert, habe ich den Absolut Vodka im Gefrierfach gelassen und bin bei Apfelschorle geblieben. Im Ernst, ich hatte wirklich Angst, ich könnte mir etwas antun, wenn ich mich auch noch besoffen hätte.

Das hier ist keine Paul-meldet-sich-nicht-Krise. Mal beiseite gelassen, dass ich seit meinem ruhigen Abgang am Samstagabend tatsächlich nichts mehr von ihm gehört habe. Keinen Anruf, keine SMS, keine E-Mail und erst recht kein Besuch. Das bestätigt jedoch nur, was mir seit vier Tagen klar ist: Es ist vorbei. Und Paul will es nicht anders. Er wollte keine Beziehung mit mir, nie. Genialer Sex, oh, gerne. Schöne Gespräche, klar, nehmen wir auch noch mit. Seelenverwandtschaft – dass ich nicht lache. Dieses Wort gehört verboten, und wenn es noch einmal jemand wagt, es in meinem Beisein auszusprechen, werde ich ihm oder ihr an die Gurgel gehen. Es gibt keine Seelenverwandtschaft. Jedenfalls nicht zwischen Mann und Frau. Haben Männer überhaupt eine Seele? Paul nicht, glaube ich. Ich bin dem so was von egal. Egaler geht's gar nicht. Ich hasse ihn. Doch ich weiß leider: Hass ist nicht das Gegenteil von Liebe. Das Gegenteil von Liebe ist Gleichgültigkeit. Und es ist ein Scheißgefühl, jemandem gleichgültig zu sein, einem Menschen, den man hasst (also liebt), auf deutsch gesagt am Arsch vorbeizugehen.

Wie man vielleicht an der Wortwahl meines letzten Satzes erkennt, geht es mir heute besser, denn ich bin in die Wut-Phase eingetreten. Wie gut ich das alles schon kenne. Und wie satt ich es habe. Die Stadien einer unfreiwilligen Trennung, die Etappen des Liebeskummers: Schock, Ungläubigkeit, Verzweiflung, Wut, scheinbare Erholung, Rückfall, wieder Verzweiflung, Trauer, Wut, Selbstzweifel, Rückfall … und so weiter.

Heute aber ist ein guter Tag, vergleichsweise. Wut ist gut. Wut macht stark und gibt mir eine kurze Verschnaufpause. Und ich muss nicht dauernd heulen.

Ich rufe Vroni an. Der habe ich nur kurz per E-Mail mitgeteilt, dass der Worst Case eingetreten ist, dass ich aber im Moment keinen Gesprächsbedarf habe und ihr alles erzählen werde, wenn ich mich ein wenig gesammelt habe. Die Gute hat es einfach so akzeptiert und nicht weiter nachgebohrt. Das muss man auch erst mal können. Nicht drüber reden. Jemanden mal lassen.

«Hi Vroni!», sage ich munterer, als ich mich fühle, ins Telefon.
«Süße! Alles klar?»
«Passt schon. Hast du heute Lust, das Halbfinale mit mir anzuschauen?»
«Oh, heute ist das schon?» Sie tippt hörbar auf ihrem Handheld herum. «Tatsache! Klar, gerne. Hast du schon 'ne Idee, wo?»
«Ich dachte, wir könnten ins *Kytaro* gehen – ist doch Griechenland gegen Tschechien. Sicher eine Bombenstimmung dort. Du bist doch auch für die Griechen, oder?»
«Ich würde mich gar nicht trauen, *nicht* für dein Lieblingsland zu sein», lacht Vroni, und wir verabreden uns für 19 Uhr 30 vor dem *Kytaro* unter dem *Café Reitschule*.

Ich freue mich. Ja, tatsächlich, ich empfinde ganz klar ein Gefühl der Freude bei dem Gedanken, mir heute mit meiner besten Freundin einen schönen Fußballabend zu machen. Und vielleicht – wenn das Spiel spannend ist, und das sind EM-Halbfinales immer – ein paar Minuten nicht an Paul zu denken.

In Schwabing ist die Hölle los. Nur mit Mühe finde ich einen Parkplatz. Erreiche zehn Minuten zu spät, hechelnd und mit schlechtem Gewissen (Vroni ist immer so pünktlich) das *Kytaro*, um dort beim Blick auf mein Handy eine SMS meiner Freundin zu entdecken: «Am late, no P.» Na toll. Und ins Lokal will man mich auch nicht reinlassen. Ob ich reserviert hätte? «Nein, wieso?», sage ich und könnte mich im selben Moment in den Hintern beißen für meine Dummheit, «doch, klar!»
«Na was jetzt?», will der Typ an der Tür wissen und grinst überheblich. Blöde München-Schickeria. Nur weil Jennifer Nitsch hier vor zwei Wochen ihren letzten lebenden Abend verbrachte, rennen jetzt alle in den Laden. Und ich will doch nur Fußball sehen. Während ich noch überlege, was ich dem Türsteher Überzeugendes vorschwindeln könnte, kommt ein Mann aus dem Lokal und tritt ins Freie. Ich scanne ihn im Bruchteil einer Sekunde. Er trägt eine graue Anzughose und ein weiß-hellblau kariertes Hemd ohne Krawatte, ist etwa Ende dreißig, ungefähr eins neunzig groß, hat volles, dunkelblondes Haar und sieht gut aus. Vielleicht ein erfolgreicher Jungunternehmer oder Steuerprüfer bei der KPMG. Spontan gehe ich auf ihn zu und gebe dem Verdutzten ein Küsschen links, eines rechts auf die Wange. «Heeeey, Michael!», rufe ich freudig aus und umarme ihn gleich nochmal. Dabei wende ich mich von Zerberus ab und flüstere dem Fremden rasch ins Ohr: «Bitte, tu so, als ob du mich kennst, ich möchte da rein! Danke!» Michael grinst, reagiert sofort und ruft so laut, dass der Türsteher es hören muss: «Brigitte! Schön, dich zu sehen! Ich habe mich schon gefragt, wo du bleibst!»
Brigitte?? Der hat sie wohl nicht mehr alle! Pah. Aber Hauptsache, ich komme da rein. Und das tue ich.
«Danke schön!», sage ich artig, als wir außer Hörweite des Türstehers sind, «das war echt nett von dir!»

«Immer gerne», lächelt Michael, «übrigens, ich heiße Lorenz.»
«Und ich bin Marie. Nicht Brigitte», stelle ich klar und empfehle mich dann höflich, um Vroni hereinzuholen, die sich inzwischen per SMS angekündigt hat.

Als das Spiel eine Viertelstunde läuft, stellen Vroni und ich fest, dass Fußballschauen in einem In-Schuppen wie dem *Kytaro* keinen Spaß macht. Die anwesenden Schickis und Mickis interessieren sich für alles, nur nicht für den proletarischen Ballsport. Es ist zwar ein deutliches Sympathisantentum für Griechenland auszumachen, doch das schlägt sich ausschließlich in hohem Ouzo-Konsum nieder. Vroni und ich, die wahren Fußballfans, verlassen schließlich in der 21. Spielminute das *Kytaro* und gehen einen Stock höher, in die gute alte *Reitschule*. Dort sind zwar auch eher die Reichen und Schönen anzutreffen, doch das Fußballinteresse ist spürbar größer.

«Na, junge Frau?» Jemand tippt mir auf die Schulter. Ich blicke hoch und sehe Michael, äh, Lorenz, neben mir stehen. «Hey», antworte ich einfallsreich, «bist du jetzt auch hier oben?»
Lorenz übergeht meine blöde Frage elegant und sagt:
«Ich wollte dir gerne eine Mango Margarita ausgeben – aber die haben sie hier leider nicht!»
Hä? Mango Margarita? Wie kommt der denn darauf? Nach langen sieben Sekunden fällt mir ein, dass ich heute ein fuchsiafarbenes T-Shirt mit dem weißen Aufdruck «MANGO ADDICT» trage. Ich muss grinsen. Nice try.

Der nette Versuch und sein Besitzer gefallen mir so gut, dass ich während des restlichen Spiels (und das geht in die Verlängerung) etwa sieben Mal aufs Klo renne. Denn Lorenz hat sich strategisch geschickt an einer Seite der Bar postiert, die zwischen meinem Sitzplatz und den Toiletten liegt. Entweder denkt der Typ jetzt, ich habe eine Blasenschwäche, oder er vermutet, ich stünde auf ihn. Was natürlich beides Quatsch ist. Aber ich ertappe mich dabei, im Vorbeigehen heftig mit ihm zu flirten. Und das tut so verdammt gut. Ich poliere mein schwer angeschlagenes Selbstbewusstsein auf, was das Zeug hält. Und Lorenz ist ein super Bohnerwachs. Er ist groß, sieht gut aus und ist gut angezogen, wenn auch ein wenig konservativ und auf jeden Fall teuer. Das Polo-Ralph-Lauren-Pferdchen auf seinem Hemd ist mir natürlich nicht entgangen, ebenso wenig wie die Tatsache, dass seine Schuhe von Lloyds sind. Der fährt bestimmt einen CLK, denke ich mir, aber das ist mir im Moment egal. Lorenz ist selbstsicher, charmant und nett. Und er könnte vermutlich jede haben. Balsam auf meiner geschundenen Seele. Ha. Schade, dass Paul mich jetzt nicht sehen kann. Vielleicht würde er sich ärgern, dass er mich so einfach hat gehen lassen. Autsch. Nein, nicht an Paul denken. Lieber noch einen Caipiroshka.

Am Ende gewinnen die Griechen. Ich freue mich sehr. Hellas! Und ich bin betrunken, denn beim Schlusspfiff gab es die vierte Runde Ouzo. Aber ich habe nur ungefähr alle 17 Minuten an Paul gedacht. Lorenz sei Dank.
Vroni verabschiedet sich, sie will nach Hause, bevor die Griechen vor lauter Freude die Leopoldstraße dichtmachen. «Ich bleib noch ein bisschen», sage ich und muss mir selbst eingestehen, dass ich noch darauf warte, dass mich Lorenz nach meiner Telefonnummer fragt. Nur für mein Ego!

Doch Lorenz ist leider auf einmal wie vom Erdboden verschluckt. Blöde Männer. Sind doch alle gleich. Wenn's ernst wird, kneifen sie. Na gut, dann halt nicht. Ich zahle und bahne mir meinen Weg durch sirtakitanzende Hellas-Anhänger nach draußen. Brauch'n Taxi. Stelle mich mitten auf die Königinstraße und rufe «Taxi!!!» wie Carrie in *Sex and the City*. Bloß von weniger Erfolg gekrönt. Mist-München. Nie klappt hier was.

«Hey, Marie, lass dich nicht überfahren», höre ich eine Stimme, und jemand packt mich am Arm und zieht mich von der Straße. Lorenz. «Ich brauch 'n Taxi», sage ich und versuche, wie Carrie zu klingen.

«Lass mal. Ich bringe dich nach Hause», sagt Lorenz und besteht darauf, dass ich mich bei ihm unterhake. Er parkt eine Straße weiter. CLK, wusste ich's doch. «Was 'n das fürn Auto?»

«Äh, ein BMW Cabrio, glaube ich», antwortet Lorenz. Na ja, fast dasselbe. Ich lasse mich auf den duftenden Ledersitz sinken, und Lorenz' Navigationssystem bringt uns auf dem kürzesten Weg nach Neuhausen.

Lorenz bleibt vor meinem Haus stehen, wo wie durch ein Wunder ausnahmsweise mal ein Parkplatz frei ist. Er stellt den Motor ab. «Herzlichen Glückwunsch! Sie haben Ihr Ziel erreicht», sagt das Navigationssystem (weiblich). Ah ja. Soll ich jetzt einfach aussteigen? Obwohl er den Motor abgestellt hat? Solche kleinen Dinge sagen ja immer so viel aus. Motor anlassen, wenn man jemanden heimfährt, heißt: Steig bitte zeitnah aus, ich will gleich weiterfahren. Motor abstellen heißt: Lass uns noch 'ne Runde quatschen. Oder: Ich muss dir noch was Wichtiges erzählen. Die besten und tiefsten Gespräche finden zu nachtschlafender Zeit auf den Vordersitzen von PKWs vor Haustüren statt. Ich habe schon ganze Nächte so durchgequatscht.

Motor abstellen kann aber auch heißen: Ich küsse dich jetzt. Das scheint zumindest Lorenz' Übersetzung zu sein. Normalerweise mag ich es nicht, so überrumpelt zu werden, doch ich habe genug Caipi und Ouzo intus, um ein wenig enthemmt zu sein, und außerdem gefällt mir seine selbstsichere Ich-nehm-mir-was-ich-möchte-Art. Immer noch besser als einer, der drei Mal fragt, bevor er dir einen Kuss gibt, und das Ja am liebsten schriftlich und notariell beglaubigt hätte, bevor er sich traut, Körperkontakt aufzubauen.
Ich beobachte mich selbst, während ich diesen fremden Mann küsse. Was ein Zeichen dafür ist, dass ich im Moment ziemlich neben mir stehe. Es sieht ungewohnt aus, mich einen anderen als Paul küssen zu sehen. Doch die blonde Frau auf dem Beifahrersitz des schwarzen BMW Cabrios genießt es sichtlich. Denn der Yuppie küsst gut. Und das ist ja leider sehr, sehr selten. Die Binsenweisheit, dass Männer, die gut küssen können, auch gut im Bett sind, stimmt übrigens hundertprozentig. Auch deswegen sind gute Küsser ja so wertvoll.
«Herzlichen Glückwunsch! Sie haben Ihr Ziel erreicht», sagt das Navigationssystem und fährt fort: «Herzlichen Glückwunsch ...»

Eine halbe Stunde später steige ich alleine die Treppen zu meiner Wohnung hinauf. Ich hatte einen schönen, lustigen, spannenden und entspannten Abend mit einem sehr prickelnden Abschluss. Mein Ego hat sich wieder ein wenig aufgerichtet. Und Lorenz hat jetzt meine Handynummer.

SONNTAG, 4. JULI 2004 – HELLAS!

Eigentlich sollte es mir schlecht gehen. Eine Woche ist das Ende meiner Beziehung mit Paul jetzt alt. Ich habe die erste

Wut-Phase hinter mir gelassen. Schade eigentlich. Wut ist bei mir nämlich so gar nicht destruktiv. Im Gegenteil. Die Wut auf Paul hat mich wieder lebendig gemacht, sie hat mir Kraft und Energie gegeben, ich bin unter Leute gegangen und habe sogar einen Mann kennen gelernt! Jetzt sollte eigentlich wieder die Verzweiflung kommen. Doch o Wunder – es geht mir ganz gut! Natürlich denke ich viel an Paul, aber ich bin erstaunlich ruhig dabei. Vielleicht will ich das definitive Ende noch nicht so ganz wahrhaben. Das kann gut sein. Ich weiß es nicht genau. Aber ich weiß, dass ich mich nicht mehr bei Paul melden werde und auch nicht darauf warte, dass er sich meldet. Dieser Zustand ist neu und sehr entspannend. Nicht auf SMS warten. Das Handy für Stunden unbeobachtet irgendwo liegen lassen, es nachts ausschalten, es sogar vergessen, wenn ich aus der Wohnung gehe. Nicht täglich die Mails kontrollieren. Ganz relaxed ans Telefon gehen, weil ich weiß, dass es Vroni, Marlene oder Max ist und bestimmt nicht Paul.

Ein Problem habe ich allerdings. Und das ist die Wohnung in der Ysenburgstraße. Morgen soll ich den endgültigen Mietvertrag unterschreiben. Ich habe keine Ahnung, wie ich aus der Sache wieder rauskommen soll. Alleine in der 4-Zimmer-Wohnung leben? Kommt nicht in Frage. Sie ist viel zu groß für mich, und abgesehen davon kann ich sie mir alleine auch nicht leisten. Ich kann nicht unterschreiben. Ich kann aber auch nicht *nicht* unterschreiben.

Das Telefon klingelt. Es ist Beate. Zumindest glaube ich, dass sie es ist. Denn ich verstehe kein Wort.
«Mariemüssnunstreffnallesisaus», heult es aus dem Hörer. «Erisooonarsch!!!»
«Beate?»
Heftiges Schnäuzen auf der anderen Seite.

«Beate? Süße? Ich dachte, du bist mit Robert auf Mallorca, um die Hochzeit von seinem besten Freund zu feiern?»
«Jaaaahaaaaaaaa …», trompetet Beate und bricht dann wieder in haltloses Weinen aus. Dann wird sie auf einmal ganz ruhig und sagt mit klarer, wenn auch etwas belegter Stimme: «Robert hat mich verlassen.»

Ich bin geschockt. Beate und Robert, Robert und Beate, das war für mich immer das Traumpaar schlechthin. Seit sieben Jahren waren die beiden ein Paar. Sie stritten und fetzten sich, vertrugen sich wieder, und es krachte erneut, gefolgt von der innigsten Versöhnung. Nicht gerade dauerharmonisch, diese Beziehung, aber ich dachte, das wäre eine praktikable Form des Zusammenlebens. Langweilig wurde es den beiden zumindest nie, die Schmetterlinge flogen wie am ersten Tag, und der Sex war laut Beate immer wieder gigantisch, besonders bei Versöhnungen nach besonders heftigen Streits. Ich hatte bei Beate und Robert eigentlich mehr Angst, sie könne ihn eines Tages im Affekt mit ihrer Fitnesshantel erschlagen, als dass sie sich einfach so trennen würden.

«Marie? Bist du noch da?»
«Äh, ja klar, meine Süße», antworte ich hastig, «pass auf, ich komme vorbei und hole dich ab, dann machen wir einen langen Spaziergang durch den Englischen Garten, und du erzählst mir alles in Ruhe, okay? Und danach gehen wir in den *Wassermann* und schauen uns das EM-Finale an. Hm?»
«Mh mh.»
Ich werte das als Zustimmung und verspreche, in einer Stunde bei ihr zu sein. Vorher muss ich aber noch kurz etwas erledigen. Ich durchforste meinen Kleiderschrank und finde ein altes weißes H & M-T-Shirt. Genau richtig. Mit blauem Edding male ich in großen Lettern ΕΛΛΑΔΑ auf die Vorderseite des Shirts,

Griechenland. Darunter kopiere ich die griechische Flagge aus meinem Reiseführer. Perfekt. Damit kann heute Abend eigentlich nichts mehr schief gehen. Schade, dass schon Finaltag ist. Mir hat die EM trotz allem Spaß gemacht. Und man kann sich mit ihr so super ablenken. Ob das wohl Absicht ist, dass das Finale der EUROPAmeisterschaft ausgerechnet am Nationalfeiertag der USA stattfindet?

Eine Stunde später klingle ich bei Beate in Schwabing. Sie scheint schon auf mich gewartet zu haben, denn sie schießt aus der Wohnungstür und rennt mich fast über den Haufen.
«Ich muss hier raus», faucht sie.
«Ist er hier?», frage ich.
«Nein, er ist angeblich im Hotel. Aber das erzähle ich dir jetzt alles von Anfang an ...»
Schon im Treppenhaus zündet Beate sich eine Zigarette an.
«Du rauchst wieder?», frage ich stirnrunzelnd.
«Also hör mal, ich habe das Rauchen für den Kerl aufgegeben, also ist es ja wohl nur recht und billig, wenn ich seinetwegen wieder anfange, oder?»
Ich kann sie verstehen. Rote Gauloises haben so was Tröstliches. Und man kann sich prima an ihnen festhalten.

Zwischen der Münchner Freiheit und dem Chinesischen Turm erzählt Beate mir die ganze Geschichte. Sie und Robert waren zur Hochzeit seines besten Freundes auf Mallorca eingeladen. Da Robert jedoch beruflich so viel um die Ohren hatte, flog Beate schon mal vor und half dem Brautpaar bei den Vorbereitungen. Jeden Abend versuchte sie, Robert zu erreichen, doch sie erreichte stets nur seinen Anrufbeantworter oder die Mailbox seines Handys. Alles, was von ihm kam, waren ein paar spärliche SMS der vertröstenden Art. Als Robert auch am Tag der Hochzeit nicht aufgetaucht war, begann Beate, sich

ernsthaft Gedanken zu machen. Sie stand die Feierlichkeiten Roberts Freunden zuliebe tapfer durch und nahm danach den nächsten Flieger nach München. Als Beate in ihre gemeinsame Schwabinger Wohnung zurückkehrte, war Robert nicht da. Nach weiteren drei Tagen erreichte sie schließlich Robert, indem sie mit unterdrückter Nummer bei ihm anrief.
«Und dann habe ich ihm Stück für Stück aus der Nase gezogen, dass er keinen Bock mehr auf mich hat», sagt Beate bitter, «stell dir vor, ich musste ihm sogar regelrecht in den Mund legen, dass es nun aus ist! Nach der dritten Frage sagte er schließlich ja.» Das war gestern. Und heute fand Beate über einen gemeinsamen Freund heraus, dass Roberts Trennungsgrund 21 Jahre alt und Metzgereifachverkäuferin aus Rosenheim war.
«O Gott, wie furchtbar!», finde ich.
«Nein, das ist gar nicht schlimm», meint Beate, «stell dir vor, es wäre eine gleichaltrige Frau gewesen mit einem anspruchsvollen Job, vielleicht eine Juristin oder Steuerberaterin – *dann* würde ich mich jetzt richtig mies fühlen!»
«Und wie geht's jetzt weiter?», will ich wissen. Wir sind inzwischen beim Chinesischen Turm angelangt.
«Nun, ich möchte so schnell wie möglich aus der Wohnung ausziehen. Robert lässt sich dort so lange nicht blicken, bis ich weg bin. Dann holt er seine Sachen und vermietet die Wohnung weiter.»
Beim Stichwort «Wohnung» fällt mir wieder meine Misere ein, und ich verziehe schmerzlich das Gesicht. Doch dann fange ich auf einmal an zu grinsen.
«Hast du schon was Neues?», frage ich Beate atemlos.
«Du bist lustig! Ich weiß erst seit gestern Abend, dass ich aus der Wohnung rausmuss!»
«Mach dir keine Sorgen. Ich weiß schon, wo du hinziehst. Und auch mit wem!»

Wir holen uns eine Maß frisches Bier und eine Riesenbreze und setzen uns unter eine schattige Kastanie. Und dann erzähle ich Beate alles von vorne bis hinten. Von der überstürzten Rückkehr aus Neuseeland über Pauls Abtauchen und die Traumwohnung in der Ysenburgstraße bis zum grandiosen Sex-und-Sushi-Schluss vor einer Woche.

Während ich die ganze Geschichte erzähle, höre ich mich selbst reden und finde mich erstaunlich distanziert. Mir kommen nicht mal die Tränen, als ich von Pauls und meinem letzten Tag im Bett berichte und von seiner Reaktion, als ich ihm von der Wohnung erzählte. Mir ist, als sei das alles lange her und längst verarbeitet. Natürlich weiß ich, dass dem nicht so ist. Die Arbeit fängt jetzt erst an. Was ich gerade erlebe, ist eine kleine Pause zum Luftholen und Sammeln, bevor der große Kampf beginnt. Der Kampf um ein lebenswertes Leben ohne Paul darin. Ich bin bereit.

Wir sitzen lange im Biergarten, holen uns noch eine zweite Maß und erzählen uns alles, was in den letzten Monaten so passiert ist. So traurig auch der Anlass ist – ich bin froh, dass er Beate und mich wieder näher zusammengebracht hat. Irgendwie ist eben doch alles Schlechte noch für etwas gut.

Im *Wassermann* ist es brechend voll. Zum Glück kennt uns der Herr an der Tür, der die Massen dirigiert. «Da drüben hab ich euch zwei Plätze freigehalten, Mädels!», ruft er und fragt: «Rot-grün oder blau-weiß?»

«Hä?», sagt Beate.

«Blau-weiß natürlich», sage ich und deute auf mein T-Shirt. Als Antwort bekommen wir zwei Stamperl Ouzo in die Hand gedrückt. Oje. Nicht schon wieder das Zeug. Das macht mich immer so hemmungslos.

Zwei Stunden später tanzen Beate und ich Sirtaki auf dem Tisch, begeistert angefeuert und beklatscht von der Menge um uns herum. Griechenland ist Europameister! Ich bin selig. Kurz bin ich versucht, Paul eine SMS zu schicken, einfach nur «HELLAS!» oder so, um zu zeigen, dass ich auch ohne ihn lustig sein kann und heute Abend keineswegs weinend auf der Couch hänge. Aber zum Glück habe ich seine Nummer aus meinem Handy gelöscht. Ich weiß sie zwar auswendig, aber nicht nach acht Ouzo. Danke, Griechenland.

Stattdessen erreicht mich eine SMS. Von Lorenz.

> *Na, schöne Frau? Toll, dass dein Lieblingsland gewonnen hat! Habe während des ganzen Spiels fest an dich gedacht. Hoffe, wir sehen uns bald! Küsschen, Lorenz*

Wow. Er hat sich gemerkt, dass ich Griechenlandfan bin. Respekt. Eigentlich ist es ja ganz simpel. Männer müssen einfach nur lernen, sich Dinge von Frauen zu merken. Kleine, scheinbar unwichtige Dinge. Zum Beispiel, dass sie gerne abstrakte Acrylbilder in toskanischen Erdtönen malt oder für Alemannia Aachen schwärmt. Und diese Dinge muss der Mann dann später, im richtigen Moment, ganz beiläufig wieder loswerden. So leicht sind Frauen zu beeindrucken.

Ich SMSe nicht zurück. Das kann ich auch morgen oder übermorgen noch tun. Nicht, dass der noch meint, ich hätte Interesse an ihm.

Später in der Nacht gehen wir noch auf die Leopoldstraße und feiern mit den Griechen den sensationellen Sieg. Mein ΕΛΛΑΔΑ-Shirt stößt auf große Begeisterung. Als ich schließlich gegen vier Uhr morgens im Bett liege, fangen die Vögel bereits zu singen an. Ich bin mir sicher, dass die Amsel auf dem Balkongeländer ein griechisches Volkslied pfeift.

MONTAG, 26. JULI 2004 – ABSCHIED UND ANFANG

Natürlich hat es nicht funktioniert. Nach den guten Tagen Anfang Juli kam wie erwartet der große Einbruch. Schon zwei Tage nach dem EM-Finale wachte ich morgens mit einem ganz beschissenen Gefühl auf. Ich vermisste Paul. Und mir wurde auf einmal ganz klar, dass es diesmal kein Zurück gab. Meine Zeit mit Paul war vorbei. Endgültig. Aus, Äpfel, Amen. Ende Gelände.

Ich vergrub mich drei Tage lang in meiner Wohnung. Ich war krank. Krank vor Liebeskummer. Krank vor Sehnsucht und krank vor lauter Endgültigkeit. Letzteres war neu. Und sehr deprimierend. Zu meinem Glück war das Wetter etwa so bescheiden wie meine Stimmung. Deswegen rief keiner meiner Freunde an, um mit mir in den Biergarten zu gehen. Und auch sonst meldete sich in den drei Tagen fast niemand. Meine Mutter klingelte mal durch, aber ich ging nicht ans Telefon. Und einmal hatte ich Max' Nummer auf dem Handy, aber ich war zu gelähmt, um die grüne Taste zu drücken. Ich lag drei Tage lang nur im Bett und versuchte, so viel wie möglich zu schlafen. Schlafen ist super, wenn es einem schlecht geht. In den Stunden des Schlummers kann man wunderbar vergessen, was einen quält. Schlafen ist besser als jeder Vollrausch. Und wenn man Glück hat, träumt man sogar etwas Schönes oder Lustiges, also etwas, das mit der Realität nichts zu tun hat. Schlimm ist nur der Moment kurz nach dem Aufwachen. Dieser Moment, in dem man sich wieder findet, in dem man nach der ersten Verwirrung wieder weiß, wie man heißt, wer man ist, wo man liegt und vor allem – warum man keine Lust hat aufzustehen. Man darf dann nicht allzu wach werden, muss schnell die Decke über den Kopf ziehen und versuchen, noch einmal einzuschlafen. Oft funktioniert das. Und mit etwas Übung kann man fast den ganzen Tag schlafen.

Nach drei Tagen war mir klar, dass es nicht so weitergehen konnte. Mir tat jeder Knochen weh, und ich fühlte mich schrecklich nutzlos und gammelig. Also warf ich einen zaghaften Blick auf die To-Do-Liste. Und wusste, was ich zu tun hatte.

Zwei Stunden später hatte ich mich – zumindest äußerlich – wieder in einen Menschen verwandelt. Meine Haare dufteten nach Pfefferminz-Shampoo und meine Haut nach Kanebo Bodylotion. Ich trug eine weiße Baumwollhose, eine türkisfarbene Tunika und farblich passende Sandaletten. Um den Hals legte ich mir die weiße Korallenkette aus Airlie Beach in Australien. So gerüstet stieg ich in die U-Bahn und fuhr in den Arabellapark. Tagesziel: Die Geschichte über Australien und Neuseeland verkaufen. Was auch tatsächlich klappte. Selbst die gestresste Bildredakteurin hatte einen guten Tag, denn sie kaufte mir sogar meine eigenen Fotos ab, die ich mit der Digicam gemacht hatte. Normalerweise werden nur Bilder von professionellen Fotografen im Magazin abgedruckt. Gepusht durch diesen Erfolg und durch die Aussicht auf ein paar tausend Euro auf meinem Konto, stieg ich in den Aufzug und drückte E. Geht doch, Marie Sandmann, dachte ich, du ziehst dich da am eigenen Schopf wieder raus.

Der Lift hielt im fünften Stock. Ein Mann um die fünfzig stieg ein. «Grüß Gott», sagte ich höflich und lächelte ihn an. «Na, Sie haben aber gute Laune», erwiderte er. Sicher ein gestresster

Berater von Roland Berger kurz vor dem Herzinfarkt, dachte ich und hörte mich heraussprudeln: «Ich habe gerade eine schöne große Reisegeschichte über Australien und Neuseeland verkauft!» Mein Gott, Marie, das war wieder typisch. Wenn ich gut drauf bin, referiere ich gerne ungefragt aus meinem Leben. Doch der Typ machte ein interessiertes Gesicht und wollte wissen, für welches Magazin ich den Auftrag erhalten hatte. Als ich es ihm sagte und hinzufügte, dass ich schon seit Jahren freiberuflich für die Zeitschrift tätig sei, fragte er mich nach meinem Namen. Inzwischen waren wir im Erdgeschoss angekommen und stiegen aus dem Lift.

Ich bildete mir ein, dass er anerkennend (oder zumindest *er*kennend) die Augenbrauen hochzog, als ich «Marie Sandmann» sagte. Jedenfalls fuhr er fort: «Und an einem festen Job hätten Sie kein Interesse, Frau Sandmann?»
«Äh, doch, klar», stotterte ich überrumpelt, «aber es ist ja nicht so einfach, etwas zu finden in der Branche ...»
«Wissen Sie, normalerweise quatsche ich keine fremden Frauen im Lift an», sagte er, «aber ich habe da einen kleinen Notfall. Eines meiner besten Pferde im Stall, meine Lifestyle-Redakteurin, bekommt ein Baby und verlässt mich in einigen Monaten für längere Zeit.» Ich schluckte überrascht. Doch kein Roland-Berger-Berater? Dann fiel mir auf einmal ein, woher ich sein Gesicht kannte. Das war kein anderer als der neue Chefredakteur der neuen People-Zeitschrift aus diesem meinem Verlag. Er hielt mir die Hand hin und sagte: «Frau Sandmann, wenn Sie möchten, schicken Sie mir so schnell wie möglich eine Bewerbung. Vielleicht wird's ja was mit uns beiden. Und jetzt muss ich leider weiter ...» Ich schüttelte seine Hand und sah ihm verdutzt hinterher, als er durch die Drehtür in den Sommernachmittag entschwand.

Das hatte ich jetzt phantasiert, oder? Das Zu-lange-im-Bett-Liegen hatte anscheinend meinen Geist beschädigt. Solche Dinge passieren vielleicht in Fernsehfilmen der Woche, in Romanen oder Soaps, aber nicht im Leben der Marie Sandmann! Zwei Tage später hatte ich den Job. Genauer gesagt, eine befristete Schwangerschaftsvertretung. Trotzdem war es grandios. Mein erster fester Job! Monatlich Geld auf dem Konto! Rente und Arbeitslosenversicherung zahlen! Ein geregelter Tagesablauf! Eine Kantine! Himmlisch. Ich rief alle meine Freunde an und teilte ihnen die gute Neuigkeit mit. Nebenbei erwähnte ich auch kurz, dass ich mich von Paul getrennt hatte. Seltsamerweise schienen die meisten darüber weder besonders verwundert noch entsetzt. Schon komisch. Ich hatte Paul und mich immer als Traumpaar gesehen. Meine Freunde anscheinend nicht.

Der Job fing sofort an. Ich musste ja eingearbeitet werden. Seit dem 15. Juli fahre ich also jeden Tag mit der U-Bahn in den Arabellapark und zurück. Dazwischen liegen stets acht bis zwölf stressige Stunden, die mir aber einen Riesenspaß machen. Nebenbei muss ich abends und am Wochenende Kisten packen und den Umzug in die Ysenburgstraße organisieren. Das Gute an diesen Strapazen: Eigentlich habe ich kaum Zeit, an Paul zu denken. Denn spätabends falle ich total ermattet ins Bett und bin eingeschlafen, bevor mein Kopf das Kissen berührt.

Heute ist das leider ein wenig anders. Ich habe einen ganz schlimmen Rückfall. So schlimm, dass ich seit zwei Stunden an einer Mail an Paul feile, statt das Porträt über Nicole Kidman zu schreiben, das bis 15 Uhr fertig sein muss. Natürlich werde ich die Mail nicht abschicken. Ich schreibe sie nur.

From: Marie ‹kl_diva@gmx.de›
To: Paul ‹paul@glimpf.de›
Mo, 26 Jul 2004, 11:32:43
Subject: Abschied

Hallo Paul,

ich will ganz ehrlich zu dir sein: Es geht mir schlecht. Ich bin furchtbar traurig darüber, dass es mit uns so auseinander gegangen ist. Wir hatten doch so eine traumhafte Zeit miteinander. Weißt du noch? Wie wir am Kirchsee baden waren und fast die rote Boje zum Kentern gebracht haben, bis die beiden Hausfrauen dahergeschwommen kamen und wir aufhören mussten? Kannst du dich noch an unseren gemeinsamen Wiesnbesuch erinnern, als wir mit Giulia Siegel an einem Tisch saßen und du mir auf den Stufen der Bavaria diese wunderschöne Liebeserklärung gemacht hast? Und dann erst Australien: Der Segeltörn bei den Whitsunday Islands, die Tour auf Fraser Island, der heiße Tag in Cougee, als du dir den Sonnenbrand auf den Füßen geholt hast? Und Neuseeland: Das spontane Campen an der Spirits Bay ganz im Norden, die heißen Quellen bei Raglan, der Fallschirmsprung?

Paul, was fühlst du, wenn du an diese Erlebnisse denkst? Hat dir das alles wirklich gar nichts bedeutet? Für mich war es die schönste Zeit meines Lebens.

Vielleicht war es ein Fehler, von unseren schönen Erlebnissen darauf zu schließen, dass du auch mit mir leben möchtest, im Alltag. Und ganz sicher war es ein Fehler, einfach diese Wohnung zu mieten. Trotzdem war es für etwas gut, denn ich habe erkannt, dass wir völlig ver-

schiedene Vorstellungen von einer Beziehung haben. Ich dachte ja eigentlich, dass deine geplanten zwei Jahre in Lesotho der Grund dafür waren, dass du damals nicht mit mir zusammen sein wolltest. Aber als du vorzeitig wieder nach München kamst, da dachte ich, jetzt wird alles gut, und wir beide werden ein richtiges Paar. War wohl falsch gedacht.

Paul, ich schreibe dir jetzt zum ersten Mal ohne die Angst, dich zu verlieren, denn ich weiß, dass ich dich bereits verloren habe und dass es keinen Weg zurück gibt. Es ist dein gutes Recht, keine Bindung eingehen zu wollen und lieber weiter «einsamer Wolf» zu spielen. Was ich dir aber vorwerfe: Du wusstest immer, dass ich eine Beziehung will. Wir hätten nicht heiraten müssen und vielleicht nicht mal unbedingt zusammenziehen, aber das war nicht der Punkt. An der Art, wie du auf die Wohnungssache reagiert hast, habe ich deutlich erkannt, dass du eigentlich nie wirklich mit mir ***zusammen*** *sein wolltest. Zumindest nicht, wenn das auch nur die geringste Einschränkung deiner Freiheit bedeutet hätte. Aber sich zu jemandem zu bekennen bedeutet, etwas anderes aufzugeben, Paul. Das ist so. Man kann im Leben nicht alles haben. Gut, du hast dich für deine absolute Freiheit und gegen mich entschieden. Damit muss und werde ich leben. Was ich dir wirklich übel nehme: Du wusstest, dass es mir wehtat, wenn du dich zurückgezogen hast und wenn ich mir wie eine beliebige Affäre vorkam. Und du hast trotzdem weitergemacht. Du bist der größte Egoist, den ich kenne, Paul. Und zwar nicht einer von der Sorte, wie wir es alle sind, sondern einer, der auf den Gefühlen anderer Menschen herumtrampelt, im Wissen, sie zu verletzen. Das werde ich dir nie verzeihen.*

Ich weiß, dass du auf diese Mail nicht antworten wirst, und ich weiß auch, warum. Du bist zu feige, um einzugestehen, dass du etwas falsch gemacht hast.

Das Schlimmste an allem aber ist, dass ich dich trotz allem wie wahnsinnig vermisse. Dass ich jeden Tag an dich denke und mir immer noch wünsche, ich könnte dich zurückhaben. Obwohl ich das nicht will. Verstehst du das? Das ist kein Widerspruch. Und irgendwann wird mein Verstand über mein Herz siegen.

Mach's gut, Liebster.
Deine Marie

Ich lese mir die Mail noch einmal durch. Man merkt deutlich, dass ich am Anfang noch Mitleid erregen und Paul wiedergewinnen wollte. Doch dann kommt die Wut. Und das ist gut so. Der Brief soll ein Abschluss sein. Und obwohl ich ihn eigentlich nur für mich schreiben wollte, klicke ich kurz entschlossen auf «Senden».

Fünf Minuten später piept mein Handy. Ich zucke zusammen. Paul??? Hat er meine Mail so schnell gelesen und antwortet nun schon? O Gott. Mir ist schlecht, als ich auf «Lesen» tippe. Doch die überlange SMS ist von Lorenz.

Hallo Kleine! Wenn das Wetter schon nicht für südliche Gefühle taugt, darf ich dich dann wenigstens auf einen oder zwei exotische Cocktails einladen? Ich habe Sehnsucht nach dir und würde dich gerne wiedersehen. Heute Abend um 20 Uhr in der Lisboa Bar? Bitte sag ja! Kuss, Lorenz

Ich muss grinsen. Der Mann ist hartnäckig. Seit unserem Kuss in seinem Cabrio am 1. Juli lässt er nicht locker. Unbeeindruckt von meinem Keine-Zeit-Haben hat er mir fast täglich SMS oder E-Mails geschickt. Und das, ohne mich zu nerven. Nur dass er letzte Woche plötzlich mittags unten vor meinem Bürogebäude stand, mich anrief und unbedingt auf eine Mittagsbreze einladen wollte, hatte mir gar nicht gepasst. Zumal ich an diesem warmen Tag einen Rock anhatte und meine Knöchel schon um ein Uhr mittags geschwollen waren wie auf einem Langstreckenflug ohne Travel Socks. Ich wollte nicht, dass Lorenz mich mit dicken Füßen sah. Und abgesehen davon hasse ich Überraschungen. Also ging ich nicht runter.

«Okay. 20:30 Uhr *Lisboa Bar*. Bis dann!», antworte ich geschäftsmäßig und ignoriere die Antwort, die drei Sekunden später eintrifft: «:-))))))».

Als der Abend da ist, habe ich auf einmal keine Lust mehr, Lorenz zu treffen. Ich denke die ganze Zeit an Paul. Ob er meine Mail wohl schon gelesen hat? Es sollte mir egal sein, denn er wird nicht mehr antworten, und das ist auch besser so. Aber ich kann meine Gedanken nicht von ihm abwenden.
«Es tut mir Leid. Ich habe Liebeskummer. War eine blöde Idee, mich zu verabreden. Bitte sei nicht böse. Alles Liebe, Marie», sende ich an Lorenz. Ich packe heute Abend echt keinen Smalltalk bei Mojitos. Das geht über meine Kräfte.
«Nix da», simst Lorenz scheinbar nicht beleidigt zurück, «bin schon auf dem Weg. Erwarte dich um 20 Uhr 30! Kuss.»
Seufz. Versetzen kann ich ihn kaum. Also gut. Aber wenn ich keinen Parkplatz finde, fahre ich nach Hause. Okay. Deal.

Ich fahre rechtzeitig los. Ich kam mit zwei Wochen Verspätung auf die Welt. Seitdem bin ich pünktlich. Als ich in die Breisacher Straße einbiege, wird direkt vor der *Lisboa Bar* eine große Parklücke frei. Das ist mir in meinen zwölf Jahren Autofahren und Parken in München noch nie passiert. In der Ecke kann man um die Uhrzeit froh sein, wenn man sein Auto nicht direkt in der Feuerwehranfahrtszone abstellen muss.

Aus der anderen Richtung kommt ein Mann daher. Ein großer, gut aussehender mit einem lässig-eleganten Gang. Er strahlt über das ganze Gesicht, und ich sehe schon aus der Entfernung eine Reihe strahlend weißer Zähne. Lorenz. Wider Willen lächle ich zurück, denn Lorenz' Grinsen ist ansteckend. Ich weiß echt nicht, was der Typ an mir findet. Ich bin nicht schön, ich bin nicht dünn, nicht besonders originell, und ich war nicht mal nett zu ihm. Oder ist es vielleicht gerade das?

Wir setzen uns an einen Tisch im hintersten Eck der *Lisboa Bar*. Das einzige Licht kommt von einer Kerze. Sehr gut. So macht es nichts aus, dass ich heute meinen Stay-Matte-Puder von Clinique zu Hause vergessen habe und den Glanz in meinem Gesicht nur mit dem kratzigen Klopapier der Verlagstoilette notdürftig wegtupfen konnte.

Nach dem zweiten Mojito nimmt Lorenz meine Hand, sieht mich ernst an und sagt: «Jetzt mal raus mit der Sprache, Kleine. Was hast du denn? Du siehst irgendwie unglücklich aus.»

«Ach nein, ich bin nur müde. Der neue Job, weißt du …»

Er sieht mich weiter an, ohne zu lächeln. Forschend, fragend, interessiert.

«Wobei – du hast Recht», platzt es aus mir heraus, «es geht mir beschissen. Wie lange hast du Zeit?» Und ich versuche zu grinsen.

«Alle Zeit der Welt», sagt Lorenz. Und ich fahre fort:

«Vor knapp drei Jahren habe ich bei einem Projekt einen Mann kennen gelernt …»

Und ich erzähle Lorenz die ganze Geschichte von Paul und mir. Unser anfänglich harmloser Büroflirt. Die E-Mails, die langsam privater wurden. Die Verabredungen, die Paul stets in letzter Minute platzen ließ. Der nie abreißende SMS-Kontakt. Unsere zufälligen Treffen beim WM-Schauen in der Muffathalle im Sommer 2002. Schließlich das erste Date, der erste Kuss. Der erste Sex im September. Die Gefühle, die schnell und unaufhaltsam über mich kamen. Und auch über Paul, wie ich damals annahm. Das darauf folgende Hin und Her. Mal himmelhoch jauchzend, weil Paul nett und nahbar war, kurze Zeit später wieder zu Tode betrübt bei einem seiner vielen Rückzüge. Dann seine Eröffnung, er würde nach Lesotho gehen. Das vorläufige Ende unserer Beziehung, gefolgt vom schönsten Sommer meines Lebens – mit Paul. Seine Abreise nach Südafrika, die Schwierigkeiten einer Fernbeziehung, die eher Ferne als Beziehung enthielt. Pauls überraschende Rückkehr nach München und kurz darauf meine Abreise nach Australien. Paul, der mir bis nach Sydney nachreiste, um mich zurückzugewinnen. Der traumhafte Monat in Australien und Neuseeland. Und dann das Ende …

Ich rede über eine Stunde lang.

Lorenz sagt nicht viel zu meiner Geschichte. Er streichelt nur die ganze Zeit sanft meine Hand und gibt kein Urteil über Paul ab. Ich hatte befürchtet, er würde sich abwertend über Paul äußern. Aber dazu ist Lorenz zu sehr Gentleman.

«Ich würde dich gerne ein wenig trösten», sagt er vorsichtig, «dich auf andere Gedanken bringen. Darf ich?»

«Wenn du meinst, dass das geht …», antworte ich zögernd.

«Ja, ich glaube, das geht. Einfach ein paar Streicheleinheiten, ein bisschen Pflege für das geschundene Herz, hm, was meinst du? Du bist wirklich eine ganz besondere Frau, dieser Paul weiß vielleicht gar nicht, was er da weggeworfen hat. Du bist

schön, du bist klug, du bist lustig, und du hast ein warmes Herz. Was will Mann mehr?»
Ooooh, tut das gut. Auch wenn Lorenz mich nur ins Bett kriegen will – mehr davon!
«Ich muss dir aber auch noch etwas beichten», sagt er.
«Ja? Was denn? Sag schon!»
«Ich bin verheiratet, Marie. Und möchte das auch gerne bleiben. Ich habe eine kleine Tochter. Ist das jetzt schlimm für dich?»
Ich bin nicht im Mindesten geschockt. Ich will ja nichts von Lorenz. Bin nur etwas verwirrt. Und worüber sprechen wir hier?
«Heißt das, du willst eine Affäre mit mir?»
«Na ja, das klingt jetzt nicht so schön», meint Lorenz und runzelt die Stirn, «aber wenn du es so nennen willst? Ich dachte einfach, wir beide könnten eine schöne Zeit miteinander verbringen und uns gegenseitig Gutes tun.»

Soll ich jetzt «ja» sagen? Oder mir Bedenkzeit ausbitten? Ich bin ratlos. Bisher haben sich alle meine Beziehungen, egal ob langjährige, komplizierte Partnerschaft oder unverbindliche One-Night-Stands, einfach irgendwie ergeben, ohne dass im Vorfeld darüber verhandelt wurde.
Lorenz guckt mich an und lacht: «Jetzt habe ich dich total überfahren, gell, Kleine? Keine Angst. Ich dränge dich zu nichts.» Spricht es, beugt sich zu mir hinüber und küsst mich.
Wir küssen uns lange und zärtlich. Und ich genieße es. Es fühlt sich richtig an, auch wenn es vom Kopf her falsch ist, mitten im Liebeskummer und so kurz nach dem Ende meiner großen Liebe.

Später werfen sie uns aus der *Lisboa Bar* hinaus, weil das Lokal schließt. Wir stehen auf der regennassen Straße.

«Wo parkst du denn?», frage ich Lorenz, um irgendwas zu sagen.
«Auf dem LIDL-Parkplatz in der Kirchenstraße», sagt er, und ich biete ihm an, ihn dort hinzufahren.
Auf dem LIDL-Parkplatz bin diesmal ich diejenige, die den Motor des Wagens abstellt. Und dann küssen wir uns wieder. Diesmal leidenschaftlicher, wilder, verlangender. So unvorstellbar mir das noch vor kurzer Zeit erschien: Ich empfinde Lust für diesen Mann, diesen Mann, der nicht Paul ist, der anders aussieht, eine andere Stimme hat, anders riecht und anders schmeckt. Aber er schmeckt gut.
Als wir uns gerade die Klamotten vom Leib streifen wollen, möchte ein anderes Auto aus dem Parkplatz fahren. Wir stehen im Weg. Ich fahre ein paar Meter zurück. Die Lust ist dadurch gedämpft. Etwas verlegen sehen Lorenz und ich uns an, und ich verabschiede ihn in die regnerische Nacht, zu seinem im Licht der Straßenlampen schwarz glänzenden BMW Cabrio.

Als ich im Bett liege, kann ich lang nicht einschlafen. Ein Abschied und ein Anfang an ein und demselben Tag, das war ein bisschen zu viel für mich. Hinter meinen geschlossenen Augen vermischen sich Pauls Züge mit Lorenz' Gesicht. Ich habe jetzt eine Affäre, Paul. Mit einem verheirateten Mann. Und du bist schuld daran.

Apropos Paul. Ich könnte ja noch mal schnell meine Mails checken. Wenn ich sowieso nicht schlafen kann. Ich tappe in die Küche, wo mein Laptop auf dem Tisch liegt. Ich kann ganz ruhig sein, denn er hat sicher nicht geantwortet. Dazu ist er nämlich viel zu feige.
«Sie haben 1 neue Nachricht im Posteingang.» Schluck. Ruhig Blut, Marie, sicher nur ein Newsletter oder eine Spam-Mail. Mal gucken.

From: Paul ‹paul@glimpf.de›
To: Marie ‹kl_diva@gmx.de›
Mo, 26 Jul 2004, 23:44:12
Subject: Re: Abschied

Du hast Recht. Ich werde nicht auf Deine Mail eingehen. Aber nicht, weil ich zu feige bin, wie Du schreibst, sondern um Dich zu schützen.
PS. Dein Ton war echt total daneben! Tu mir, tu uns den Gefallen und lass mich einfach in Ruhe.

Mir ist schlecht. Mein Herz rast. Dieser Idiot. Wie konnte ich je denken, dass er mich liebt? Okay, ich habe vielleicht ein wenig Mist gebaut mit der vorschnellen Entscheidung für die Wohnung in der Ysenburgstraße. Aber den richtigen Mist hat danach Paul gebaut. Ist ja nicht verboten, nur kurzfristig Spaß mit einer Frau haben zu wollen und keine weitere Verbindlichkeit anzustreben. Aber dann darf man nicht von Liebe sprechen.

Durch den Schock und die Wut hindurch spüre ich ein anderes, neues Gefühl: Ruhe. Meine Hoffnung, dass das mit Paul und mir doch noch irgendwie, irgendwann gut ausgehen könnte, ist geplatzt. Endgültig. Ich fühle mich leer, aber ruhig. Ein bisschen wie ein weißes Blatt Papier. «Ein Ende kann ein Anfang sein», oder wie heißt das in dem Lied, das im Vorspann von «Dr. Stefan Frank, der Arzt, dem die Frauen vertrauen» gespielt wird? O Mann. Wieder mal ein völlig unpassender Gedanke von Marie Sandmann. Der Mann, den ich liebe, schreibt mir in eiskalten Worten, ich solle ihn in Ruhe lassen, und mir fällt eine zweitklassige Vorabendserie im Gynäkologenmilieu ein. Ganz toll.

Ich hasse dich, Paul.

FREITAG, 30. JULI 2004 – DIE DEPRESSIVE BROTBACKMASCHINE

Die Menschheit teilt sich des Öfteren in zwei Hälften. In Männer und Frauen. In Geha- und Pelikanbenutzer. In Rucksackreisende und Pauschalurlauber. Und in Aufheber und Wegschmeißer. Letzteres macht sich verstärkt bemerkbar, wenn man umziehen muss. Wie ich gerade. Vierzig Umzugkartons mögen einem ausreichend erscheinen für das Verlagern eines Singlehaushaltes. Sind sie eigentlich auch. Außer, man hat das Pech, in der alten Wohnung durch einen unglücklichen Zufall nicht nur ein Kellerabteil, sondern auch noch einen halben Speicher zugeteilt bekommen zu haben. Was macht Marie Sandmann mit dem ihr zugewiesenen Platz? Na klar. Vollstellen natürlich. Und so kam es, dass ich im Keller und auf dem Dachboden etwa 20 Quadratmeter voller Krempel angehäuft hatte. Seit Jahren wusste ich um das Gerümpel. Ich verdrängte es jedoch erfolgreich. Meine Skiausrüstung fuhr ich von November bis April im Auto spazieren, um nicht zu oft auf den Dachboden gehen zu müssen. Aber manchmal konnte ich nachts nicht einschlafen, weil ich daran denken musste, welchen Ballast ich in meinem Leben mit mir trug. Irgendwann kaufte ich mir sogar ein Buch dagegen, «Feng Shui gegen das Gerümpel des Alltags», weniger wegen Feng Shui als vielmehr wegen des Stichworts «Gerümpel». Das Buch nützte leider nichts. Lag vielleicht daran, dass ich es ins Regal stellte zu seinen Kollegen wie «Die Glyx-Diät», «Grüne Oase Balkon» und «Das neue Bauch-Beine-Po-Training».

Jetzt hilft aber alles Verdrängen nicht mehr. In drei Tagen ist Umziehen angesagt. Und zwar ohne diese undefinierbare Masse. Das Schlimme ist, dass ich nicht mal genau definieren kann, woraus mein Gerümpel besteht. Weder nenne ich eine Streichholzschachtelsammlung mein Eigen, noch bin ich Besitzerin

von 300 wertvollen Langspielplatten. Ich weiß lediglich, dass meine Kinderbücher im Keller lagern, ein Sack mit Stofftieren und eine einmal benutzte Brotbackmaschine. Der Rest ist mir ein Rätsel.
Die Brotbackmaschine ist das tragische Ergebnis eines banalen Missverständnisses. Bernds Exfreundin Sarah hatte vor Jahren mal ein Brot selbst gebacken und es Bernd kredenzt. Dem schmeckte es, und er machte den Fehler, das hausgemachte Getreideprodukt anerkennend zu loben. Woraufhin Sarah uns vor seinem nächsten Geburtstag dazu überredete, ihm gemeinsam einen Brotbackautomaten zu kaufen. Bernds verdutztes Gesicht werde ich wohl nie vergessen, als er das Geschenkpapier aufriss und ihn der Karton mit der Abbildung dieses klobigen Automaten angrinste. Kurz hoffte er wohl noch auf den alten Trick mit der irreführenden Verpackung und ersehnte einen Inhalt in der Schachtel, der mit dem Aufdruck nichts zu tun hatte. Doch als er den Karton öffnete, zog er tatsächlich die Brotbackmaschine heraus. «Hey», sagte er damals mit einer Stimme, die einen Tick zu hoch klang, «das ist ja super ...» Sarahs Strahlen ließ ihn dann schweigen, Freude heucheln – und jede Woche Brot backen. Bis heute. Obwohl er längst nicht mehr mit Sarah zusammen ist. Vroni freut's.

Das Missverständnis aber ging weiter. Ich erzählte fatalerweise meiner Mutter von unserem lustigen Schenkfehler. Zwei Umstände führten in die Katastrophe. Erstens war es Ende Oktober, als ich meiner Mutter die Story erzählte. Also die Zeit, in der man Weihnachtsgeschenke kauft. Falsch. Die Zeit, in der meine Mutter das tut. Und zweitens hatte ich einen Moment erwischt, in dem meine Mutter mit den Gedanken nicht ganz bei mir war. Das passiert öfter, seit mein Vater in Rente ist und die beiden diesen schlimmen Stress haben. Haus umbauen. Urlaube planen. Wintergärten entwerfen. Komplizierte Kochrezepte ausprobieren. Kurz gesagt: Möglichst viel Geld ausgeben, damit ich möglichst wenig erbe. Na ja. Das war jetzt gemein. Ich freue mich ja, wenn sie ihr Seniorenleben genießen und aktiv sind. Blöd nur, wenn der Freizeitstress meiner Mutter dazu führt, dass ich zur unfreiwilligen Besitzerin zahlloser überflüssiger Haushaltsgeräte werde. Dampfbügeleisen. Wasserfilter. Standmixer. Heißer Stein. Raclettegerät. Und eine Brotbackmaschine. Ich habe sie ja sogar ausprobiert. Doch das Bedienen eines Brotbackautomaten verträgt sich nicht mit dem Lebensstil einer Marie Sandmann. Mal eben schnell Brot backen, weil man hungrig ist? Vergesst es. Man muss sich am Abend vorher überlegen, dass man am nächsten Morgen Lust auf frisch gebackenes Roggenbrot mit Sonnenblumenkernen haben wird. Wenn diese Entscheidung gefällt ist und man die entsprechende Backmischung in der Hofpfisterei für einen Preis erstanden hat, für den man drei fertige Laibe Brot erwerben könnte, macht das Gerät fast alles von selbst. Trotzdem erwachte ich in meiner ersten Nacht als Hobbybäckerin von einem seltsamen Geräusch. Verunsichert tappte ich in die Küche. Und sah dort meine Brotbackmaschine, die sich bei mir wohl auch nicht wirklich angenommen und geliebt fühlte. Jedenfalls war sie gerade dabei, sich auf den Rand der Arbeitsplatte zuzubewegen. Eindeutig in suizidaler Absicht. Ich zog den Stecker. Und musste am nächsten Morgen doch wieder Aldi-Semmeln auftauen.

MONTAG, 2. AUGUST 2004 – DIE WELT GEHT NICHT UNTER, NIMMT NUR IHREN LAUF

Ein bisschen komisch ist mir schon zumute, als ich zusehe, wie Bernd und Max Beates beigefarbenes Sofa in die neue Wohnung tragen. So froh ich auch bin, dass Beate mit mir in die Ysenburgstraße zieht, so sehr muss ich auch daran denken, dass ich eigentlich mit Paul hier wohnen wollte. Und glücklich sein. Ich weiß, dass Glück nicht davon abhängt, ob man in einer 4-Zimmer-Altbauwohnung in Neuhausen lebt, auf einem renovierten Bauernhof im Chiemgau (mein alter Lebenstraum) oder in einer Sozialwohnung im Westend. Trotzdem bin ich mir ziemlich sicher, dass Paul und ich uns hier sehr wohl gefühlt hätten. Hätten, könnten, wären. Was bedeutet das nun schon. Nichts. Dieser Lebensabschnitt ist vorbei, und ein neuer beginnt.

«Marie!»
«Ja, Max?»
«Wenn du schon hier herumstehst und Löcher in die schönen hohen Wände starrst, dann tu das bitte irgendwo, wo du uns nicht im Weg bist, okay?»
Ups. Ich schüttle mich wie ein nasser Hund, streife die trüben Gedanken ab und beschließe, etwas Sinnvolles zu tun. Mit ein wenig Musik geht so ein Umzug doch gleich viel leichter von der Hand. Gut, dass der Ghettoblaster schon ausgepackt ist. Ich nehme die nächstbeste CD, die im Umzugskistenchaos griffbereit ist, und lege sie ein. Das Lied passt perfekt zu der Aufbruchsstimmung, die ich jetzt dringend brauche.

Und der Vorhang geht auf
Die Welt geht nicht unter, nimmt nur ihren Lauf
Die Karten werden neu gemischt
Ich bin wieder munter, ich bin wieder drauf
Und der Vorhang geht auf
Das zieht mich nicht runter, das macht mir nichts aus
Dir nachzutrauern lohnt sich nicht
Es wird wieder bunter, es wird wieder laut
*Und der Vorhang geht auf …**

* Aus «Vorhang auf» von Anajo

Ich nehme all meine Kraft zusammen und mache mir die positiven Dinge bewusst. Ich habe gute Freunde, die mir beim Umzug helfen. Die WG mit Beate wird sicher lustig. Ich habe einen festen Job und kann mir die 600 Euro Miete locker leisten. Und ich werde in der schönsten Wohnung Münchens leben.

Bernd kommt mit einer großen, schweren Kiste die Treppe hinaufgeschnauft. Sein orangefarbenes T-Shirt ist klatschnass, und seine Haare kleben ihm an der Stirn. Der Gute. Ein Mann, der richtig anpacken kann, ist viel wert. Um zu sehen, wem die Kiste gehört und wo sie hinsoll, wirft er einen Blick auf den Aufkleber.
«Kruzifix, Keller!», ruft er aus, macht auf dem Absatz kehrt und rennt die Treppen wieder runter. Zwanzig Sekunden später hallt seine Stimme durch das Jahrhundertwendetreppenhaus:
«Marie!?»
«Ja-haaa?», schreie ich zurück.
«Wo ist euer Keller?»
«Irgendwo da unten!»
«Sehr witzig!»
«Warte, ich komm runter!»
In diesem Moment öffnet sich die Wohnungstür meiner neuen Nachbarin, und selbige streckt ihren Kopf hinaus.
«Mei, Kinder, müsst's es so an Krach mach'n? So a Halligalli, naa, naa. I versteh mein Fernseher ja nimma!»
«Mach dich locker, Alte», denke ich und sage: «Entschuldigung, Frau Haberl. Wir sind schon still.» O je. Bitte keine Else Kling auf Speed als Nachbarin. Hoffentlich ist die nur zum Blumengießen da.

Unten angekommen, zeige ich Bernd den Keller. Beziehungsweise, ich versuche es. Als er mir ungefähr fünf Minuten lang mit dem schweren Karton durch diverse Gänge und viele Türen nachgelaufen ist, ohne dass wir dem Ziel «Keller finden» spürbar näher gekommen sind, hat Bernd die Faxen dicke. «Weißte was, Marie», sagt er und wischt sich den Schweiß von der Stirn, «ich stelle die Kiste jetzt hier ab, und du sagst mir Bescheid, wenn du den Keller gefunden hast. Derweil werde ich mit Max deinen Küchenschrank rauftragen.»

Verdammt. Irgendwo muss dieses verflixte Kellerabteil doch sein. Das sieht aber auch alles gleich aus hier unten. Ein Haufen blaue Metalltüren, dunkle Gänge, leicht moderiger Geruch, Treppen rauf, Treppen runter. Irgendwann gebe ich auf. Ich muss doch nochmal die Hausmeisterin interviewen, sie soll mir am besten einen Lageplan zeichnen.

Na super. Auf dem Hinweg hat mein Haustürschlüssel doch noch gepasst bei dieser Tür. Warum lässt der sich jetzt nicht drehen? Mir bricht der Schweiß aus. Gefangen im eigenen Keller. Das Gefühl gleicht dem, das ich hatte, als ich bei Hallhuber nicht mehr aus diesem Alptraum in rosa Rauseide herauskam und Vroni anrufen musste, damit sie mich aus dem Kleid befreite. Mit dem Unterschied, dass das Schlimmste, was im Fall rosa Kleid hätte passieren können, 219 Euro für nix gewesen wären. Aber hier im Keller … Ich sehe schon Else Kling auf Speed den grausigen Fund machen, Wochen später. «Du übertreibst mal wieder maßlos», sagt das Engelchen, und Teufelchen fügt spöttisch hinzu: «Ja ja, unsere Drama-Queen …» Ich gebe zu, ich freue mich fast, die beiden zu hören. Ich bin also nicht ganz alleine hier unten.

Irgendwann finde ich dann doch eine blaue Tür, für die mein Schlüssel passt. Ich muss zigmal an ihr vorbeigelaufen sein. Aaaaah. Luft. Licht. Leben. Herrlich. Ich steige aus dem Keller hinauf. Und komme mir vor wie im falschen Film. Das ist nicht «mein» Treppenhaus. Ich trete auf die Straße und lese das Schild: Volkartstraße. Aha. Na ja. Vielleicht ist es gar nicht schlecht, einen zweiten Ausgang aus dem Haus zu kennen.

Am Ende des Tages ist es geschafft. Alle Kisten sind im dritten Stock (oder im Keller), alle Möbel aufgebaut, einige Lampen angeschlossen, das Nötigste ausgepackt. Die Wohnung ist perfekt WG-tauglich, da es keine Durchgangszimmer gibt und alle vier Räume ziemlich gleich groß sind. Ich bin happy. Trotz Kistenstapeln im Flur und den Zimmern wirkt die Wohnung jetzt schon gemütlich und heimelig. Beate und ich kochen eine Riesenportion Spaghetti mit Pesto Calabrese für unsere Umzugshelfer.

«Sag mal», will ich von Max wissen, als wir kurz allein in der Küche sind, «was ist eigentlich mit Kati? Ich hatte sie auf dem Mail-Verteiler wegen des Umzugs, aber sie hat nicht reagiert.»
Max zuckt die Schultern. «Wir sind nicht mehr zusammen.»
«Hat sie dich verlassen?», frage ich, obwohl ich ja schon so gut wie sicher bin, dass es so ist.
«Nein. Ich habe mich von ihr getrennt.»
Ich bin erstaunt. Max hat sich freiwillig von der engelsgleichen Kati getrennt, dieser Kreuzung aus Christy Turlington, Julia Roberts und Charlotte York aus *Sex and the City*, von Kati, die so hübsch ist wie klug und so nett wie witzig?
«Ich weiß schon, Kati ist schön, klug und toll», sagt Max, als lese er meine Gedanken, «aber das nützt alles nichts, wenn sich jemand einfach nicht an dich binden will. Du kennst das ja vielleicht», fügt er hinzu und wirft mir einen vorsichtigen Seitenblick zu.
«Ja. Allerdings», sage ich mit leichter Bitterkeit in der Stimme und verkneife mir, ihm vom Ende zwischen Paul und mir zu erzählen. Erstens weiß er es sowieso längst von seinem besten Freund Bernd, der es wiederum von Vroni erfahren hat. Und zweitens würde das jetzt zu sehr in die Richtung «wir beide wieder Single» gehen. Die Freundschaft zu Max ist zu wertvoll, um sie für einen zweiten Beziehungsversuch aufs Spiel zu

setzen. Reden, lachen, mich geborgen fühlen kann ich auch, wenn wir nur Kumpels sind. Und für den Rest habe ich ja jetzt meinen verheirateten Liebhaber. Ist doch prima. Ein Mann für jede Lebenslage. Max für Seele und Geist, Lorenz fürs Bett und Bernd, wenn es etwas zu reparieren gibt. Fehlt nur noch der, der Geld hat. Aber diese Rolle könnte Lorenz eigentlich auch noch übernehmen.

«Na, ihr zwei Turteltäubchen?» Beate lehnt grinsend in der Küchentür. Ich töte sie mit Blicken und schnappe mir schnell den Topf mit dem Spaghettinachschub, um ihn zum Tisch zu tragen.

FREITAG, 6. AUGUST 2004 – WUNDERWALDWEIHER

Ich habe zu hohe Ansprüche. Und zwar an mich selbst. Seit ich aus der Pubertät raus bin, arbeite ich an mir. Das ist ja an sich nicht schlecht. Vermutlich sollte man das ein Leben lang tun. Was falsch ist, sind meine Ziele. Ich meine immer, meine Haut müsste zart und rein sein wie die von Alexandra Maria Lara, mein Haar dicht und glänzend wie das von Claudia Schiffer, meine Figur schlank und durchtrainiert wie die von Heidi Klum. Dazu hätte ich gern den Intellekt von Angela Merkel, den Witz von John Cleese und die soziale Kompetenz von Mutter Teresa. Mir ist völlig klar, dass ich das nie erreichen werde. Nicht mal ansatzweise eines von diesen sechs Dingen. Trotzdem bleiben meine Vergleichspersonen auf diesem hohen Level und mein Frust latent bestehen.

Das Gute an Lorenz ist, dass er mir das Gefühl gibt, toll zu sein. Ich glaube, er blendet einfach meine negativen Seiten aus

und sieht nur das, was ihm gefällt. Ich muss mir bei ihm keine Sorgen machen, wenn ich einen Pickel auf dem Kinn habe, einen von der fiesen Sorte, die eigentlich nur Knubbel unter der Haut sind und die man spürt, bevor man sie sieht, die man nicht ausquetschen kann, weil das nur eine fette Entzündung plus Narbe ergeben würde. Ekelhaft. Wenn ich so einen Pickel habe, was Gott sei Dank selten vorkommt, meide ich am liebsten die Öffentlichkeit, bis das Ding wieder gegangen ist, wie es kam.
Lorenz aber sieht nur die reinen, zarten Quadratzentimeter meiner Haut. Meinen Hüftspeck findet er weiblich (wenn er ihn überhaupt bemerkt), und mein Humor bringt ihn zum Lachen. Weil Lorenz findet, dass ich voller Ideen stecke und eine interessante Persönlichkeit bin, fallen mir lauter tolle Dinge ein, seit ich ihn kenne.

Heute Abend hat Lorenz frei und mir vorgeschlagen, schön essen zu gehen und danach in einem netten Hotel zu übernachten. Ich weiß, dass er endlich Sex mit mir möchte, und die Vorstellung erzeugt ein angenehmes Kribbeln in meinem Magen. Endlich wieder jemand, der mich will, der auf mich zugeht und nicht umgekehrt. Ein himmlisches Gefühl.
«Ich habe eine bessere Idee», simse ich Lorenz. Wir schreiben uns sehr viele SMS. Das ideale Kommunikationsmittel mit einem verheirateten Mann. Ich frage mich, wie die Männer früher ihre Frauen betrogen haben, als es noch keine Handys gab und kein E-Mail.
«Holst du mich um 20 Uhr mit dem Auto ab?»
«Wo fahren wir denn hin? :-) Bin neugierig!», antwortet Lorenz.
«Überraschung! Bis heute Abend …»

Da meine Picknickdecke leider dem Umzug zum Opfer gefallen ist, schwinge ich mich in mein Auto und düse zu IKEA in

Brunnthal. Ich widerstehe der Versuchung, neue Teelichter für die Ysenburgstraße zu erwerben (beim Kistenpacken habe ich noch sieben verschlossenen Packungen gefunden), und kaufe auch keine Caipirinha-Gläser. Stattdessen schaffe ich eine kuschelige, pink-orangefarbene Fleecedecke an und fünf Vanillekerzen im Glas. Auf dem Rückweg schaue ich im Supermarkt vorbei und besorge eine Flasche Prosecco und ein Sixpack Beck's Gold. Die ganze Zeit begleitet mich dieses vorfreudige Kribbeln, das ich noch gut aus der Zeit mit Paul kenne. Die Zeit mit Paul. Als ob das schon lange her wäre. Seufz. Aber immer schön positiv bleiben. Der Vorteil an Lorenz ist, dass erstens von Anfang an mit offenen Karten gespielt wird. Ich weiß, dass es nur eine Affäre ist, und das ist gut so, denn auf etwas Ernsthaftes könnte ich mich momentan sowieso nicht einlassen. Und zweitens ist Lorenz die Zuverlässigkeit in Person. Nie würde es ihm einfallen, mich auf Kuscheldecke und Alkohol sitzen zu lassen, sich erst mal nicht mehr zu melden und zehn Tage später eine lapidare «Bin in …»-SMS zu schicken. Das wäre einfach nicht Lorenz' Stil. Und ich bin ihm wahnsinnig dankbar dafür.

«Hallo Kleine», erscheint in diesem Moment eine SMS auf dem Display meines Handys, «ich habe heute noch einen Termin zur professionellen Zahnreinigung.»
Mir bleibt fast das Herz stehen. Bitte keine Absage. Habe ich sie heraufbeschworen mit meinen Gedanken?
«Und was heißt das???», simse ich mit zitternden Finger zurück.
«Du bist so süß! Das heißt, dass ich heute Abend weißere Zähne für dich habe :-)», ist die Antwort. Puh. Ich glaube, ich bin schwer traumatisiert. Paulmatisiert.

Punkt acht klingelt es an der Wohnungstür. Ich nehme die Reisetasche mit Decke, Kerzen und Getränken im Kühlbeutel, brülle «ich komm runter!» in die Gegensprechanlage und laufe Lorenz entgegen. Da steht er, lässig an sein Cabrio gelehnt, und grinst mit frisch polierten Zähnen. Er trägt ein kurzärmeliges, weißes Poloshirt (von Polo Ralph Lauren, versteht sich) und Jeans. Auf dem Rücksitz des BMWs liegt ein cremefarbener Zopfpulli. Einer von der Sorte, in denen Paul so umwerfend … Stopp. An Paul zu denken ist heute Abend verboten.
Ich werfe meine Tasche in den Fond des Wagens, lächle Lorenz bezaubernd an und steige in das Auto, dessen Tür er mir aufhält. Ich fühle mich ein bisschen wie in einem Rosamunde-Pilcher-Film. Lorenz ist Sigmar Solbach (als er noch etwas jünger und frischer war, versteht sich), und ich bin Mavie Hörbiger. Ich trage eine weiße Leinenhose und eine rosa-weiß gestreifte, kurzärmlige Bluse im 50er-Jahre-Stil. An den Füßen habe ich weiße Flipflops aus Leder mit kleinem Keilabsatz und um mein Haar habe ich ein weißes Tuch mit Glitzerfäden gebunden, unter dem ein paar blonde Haarsträhnen hervorlugen. Meine Haut ist noch braun vom Sommer auf der Südhalbkugel und duftet nach Sonnenspray …

Lorenz gibt mir einen Kuss. «Wo soll's hingehen, schöne Frau? Du siehst wirklich bezaubernd aus heute. Also, nicht dass du sonst nicht toll aussehen würdest, aber heute eben auch, und zwar ganz besonders …»
«Schon gut, danke», lache ich, «fahr am besten einfach auf den Ring Richtung Süden!» Lorenz startet den Boliden und tut wie geheißen. Wir fahren in der Abendsonne durch die Stadt und hören die Live-Version von *Hotel California* aus dem CD-Player. Ich gebe zu, es hat was, das Cruisen im Cabrio. Dann verlassen wir die Stadt und fahren auf die Autobahn. Bei Oberhaching lotse ich Lorenz auf die Landstraße, weiter nach Süden.

«Unten bei der Klostergaststätte links», sage ich, als wir in Dietramszell sind. Lorenz biegt ab, und wir fahren auf einen Kiesparkplatz am Waldrand.
«Und jetzt? Ich sterbe vor Neugier!», grinst er erwartungsvoll.
«Jetzt geht's zu Fuß weiter», sage ich und nehme die Tasche vom Rücksitz.
«Cool», freut sich Lorenz, «komm, lass mich die Tasche nehmen.»

Hand in Hand gehen wir den Waldweg entlang. Die Sonne ist gerade am Untergehen und wirft letzte schräge Strahlen durch die Bäume. Es riecht nach gemähtem Heu von den angrenzenden Wiesen, Sonne und Waldboden. Nach einer Viertelstunde erreichen wir mein Ziel: den Waldweiher. Die Badegäste des Tages sind schon nach Hause gegangen, und der kleine See liegt still und verlassen im Zwielicht.
«Wie wunderschön es hier ist», staunt Lorenz, «da lebe ich seit 38 Jahren in München, und dieses Paradies kannte ich noch nicht …»
«Siehste mal», sage ich und ziehe ihn auf einen schmalen Pfad am Seeufer. Wir klettern über Hügel und Baumwurzeln, biegen um eine Ecke, und da ist er: der Steg. Eine große, quadratische Plattform aus Holzbrettern direkt am von Buchen bestandenen Seeufer.
«Wow», sagt Lorenz nur und setzt die Tasche ab.

Ich hole die weiche Decke heraus, ziehe meine Schuhe aus und betrete den Steg. Er ist groß genug, dass man sich zu zweit draufsetzen oder -legen kann, ohne Gefahr zu laufen, unfreiwillig baden zu gehen. Ich zünde die Vanillekerzen an und verteile sie an den Ecken des Stegs. Dann hole ich die Getränke aus der Kühltasche.
«Was schaust du so», lächle ich Lorenz an, «komm her!»

«Ich bin total platt», gesteht er und tritt auf den Steg. «Das ist der schönste Platz der Welt …»
Wir setzen uns auf die Decke und genießen den Ort. Grillen zirpen, kleine Wellen plätschern sanft an die Pfosten des Stegs, und der Himmel färbt sich langsam von rosa zu dunkel. Die Luft ist warm und seidig. Es wäre fast kitschig, wenn es nicht so real wäre. Nur jetzt nicht an Paul …

Zum Glück küsst Lorenz mich und verscheucht damit meine uneingeladenen Gedanken. Nach vielen Minuten beginnt er, meine Bluse aufzuknöpfen, zieht sie mir dann aus. Ich tue dasselbe mit seinem Hemd. Lorenz streichelt meine nackten Schultern, meinen Rücken, meine Hüften. Dann öffnet er Knopf und Reißverschluss meiner Hose und streift mir auch diese ab. Kurze Zeit später liegt seine Jeans an Land. Und irgendwann sitzen wir ganz nackt nebeneinander. Inzwischen ist es dunkel geworden, nur die drei Kerzen werfen ihr flackerndes Licht auf unsere Haut. Ich fühle mich wohl. Ich fühle mich schön. Und ich habe wahnsinnig Lust auf Sex. Auf Sex mit Lorenz. Der setzt sich im Schneidersitz vor mich, küsst meinen Hals, meine Schultern, meine Brüste. Streichelt meine Beine, die Innenseiten meiner Oberschenkel, meinen Bauch. Ich vergehe fast vor Lust, aber er berührt mich noch nicht dort, wo ich es jetzt gerne hätte. Schließlich greife ich nach seinem Glied und massiere es, sehe Lorenz dabei in die Augen. Er stöhnt leise auf, und endlich spüre ich seine Finger zwischen meinen Beinen. So streicheln wir uns eine halbe Ewigkeit lang, sehen uns dabei in die Augen. Meine Lust wächst und wächst. Endlich fasst Lorenz mich an den Hüften, hebt mich ein wenig hoch und lässt mich dann auf sich gleiten. Ich schlinge meine Beine um seinen Rücken, und so schaukeln wir uns ganz sanft, ohne jede Eile, halten zwischendurch still, spüren uns nur und lauschen dem unermüdlichen Zirpen der Grillen.

Ich glaube, wir sitzen stundenlang ineinander verschlungen auf dem Steg. Mit gedämpfter Stimme erzählen wir uns aus unseren Leben, unseren Urlauben und von unseren Träumen. Trinken Prosecco und Beck's Gold. Und das alles, während wir Sex haben. So etwas habe ich noch nie erlebt. Und Lorenz auch nicht. Sagt er. Egal, wie das mit uns weitergeht – für diese Nacht hat es sich schon gelohnt.

Zwischendurch habe ich Anflüge von schlechtem Gewissen. Bin ich oberflächlich, weil ich intime Momente mit einem anderen Mann so sehr genießen kann, gut fünf Wochen, nachdem meine große Liebe geendet hat? Kann meine Liebe zu Paul so groß gewesen sein, wenn ich schon kurze Zeit später mit einem anderen poppen und es auch noch hemmungslos genießen kann? Doch ich schiebe meine Zweifel beiseite. Vielleicht hat mir Lorenz irgendwer geschickt, um mich wieder aus dem tiefen Loch herauszuholen, in dem ich mich befand. Wie auch immer. Es ist gut.
Irgendwann rollen wir uns in die Decke ein und schlafen eng umschlungen ein oder zwei Stunden. Es wird gerade hell, als uns das Konzert der Singvögel weckt.
«Wollen wir in der Stadt frühstücken?», schlage ich Lorenz vor, strecke meine Arme gen Himmel und reibe mir den Sand aus den Augen. «Ja. Gleich», sagt er, «lass uns erst noch schwimmen gehen!» Nackt, wie wir sind, lassen wir uns ins morgenkühle Wasser fallen und schwimmen eine Runde. Dann lege ich mich auf den Rücken in die Morgensonne, um meinen Körper zu trocknen. Plötzlich spüre ich Lorenz' Gewicht auf mir. «Guten Morgen, Schöne», flüstert er und dringt im selben Moment in mich ein. Erregung durchflutet mich vom Kopf bis zur Fußsohle.

Erst gegen neun Uhr vormittags verlassen wir unseren Steg. Das Frühstück im *Ruffini* ist wohl das müdeste, das ich je erlebt habe, und gleichzeitig habe ich so viel Energie wie nie. Ich fühle mich wie ein frisch aufgeladener Akku. Ich glaube, meine Haut ist straffer, mein Haar glänzender und mein Gang aufrechter als gestern. Eigentlich fast ein wenig schade, dass Lorenz verheiratet ist.

SONNTAG, 15. AUGUST 2004 – LIVING AT HOME

Die neue Wohnung ist fast fertig. Und wunderschön. Meine Möbel, die ja noch dieselben sind wie im alten Zuhause, sehen mit den hohen Wänden und dem glänzenden Dielenboden zusammen viel besser aus als vorher. Nur ein paar raffinierte Details fehlen irgendwie noch. Ich brauche Deko-Ideen. Auf der Suche nach selbigen stürme ich in den Kiosk an der Ecke und kaufe mir zum ersten Mal in meinem Leben ein Einrichtungsmagazin. *Living at Home* heißt es, glaube ich. Ich bin ja nicht so der Basteltyp. Aber ich hoffe auf ein paar Anregungen der Sorte: kleiner Aufwand, günstiger Preis, große Wirkung.

Hmpf. Ich will neue Möbel. Und am besten gleich eine neue Wohnung. Auf einmal gefällt mir mein alter Dielenboden in dem warmen Eichenholzton nicht mehr. Ich habe mich in das dunkelbraune, fast ebenholzfarbene Parkett verliebt, das in einer Fotostrecke der Zeitschrift zu sehen ist. Damit werden weiße und cremefarbene Möbel kombiniert und Accessoires in Schwarz-Weiß. Einzige Farbtupfer: eine dicke, echte Dahlie in Knallpink und ein asiatischer Glücksbambus in einer hohen, eckigen Glasvase. Ich bin begeistert. Das wäre genau meins. Klare Linien, alles passt zusammen, sieht wahnsinnig edel und gleichzeitig gemütlich aus.
Ich sehe mich in meinen Zimmern um. Das auberginefarbene

Alcantara-Sofa. Der Couchtisch mit mediterraner Mosaikplatte. Die weiße Bücherwand. Meine Mahagoni-Sideboards. Die Stühle in Schwarz und Chrom. Das einzig Einheitliche bei diesem Interieur sind meine cremefarbenen Church Candles. Und bis auf die müsste ich so gut wie alles hinauswerfen. Um dann halb so viele Möbel für zehnmal so viel Geld nachzukaufen. Ich frage mich, wie die Leute, deren Traumwohnungen in den Wohnmagazinen abgebildet sind, das machen. Normalerweise schleppt man doch gezwungenermaßen die Möbel, die man sich beim ersten Auszug von zu Hause zulegte, eine Weile mit sich durch die Weltgeschichte. Wer gibt schon all sein Mobiliar auf den Sperrmüll und richtet sich völlig neu ein? Aber vielleicht ist das auch nur die kleinkarierte Denke einer Einrichtungsbanausin wie mir.

Hmpf zwei. Wenigstens eine Kleinigkeit möchte ich verändern. Ich entscheide mich für den Vorschlag von Seite 123, weil Sonntag *und* Feiertag ist und ich nichts kaufen gehen kann, nicht mal ein schwarzes Designersofa von Rolf Benz – das übrigens immer «wie zufällig hingestellt» mitten im Raum stehen sollte, weil es sonst klobig wirkt. Für die Deko-Idee, die ich ausgewählt habe, genügen Papiertüten. Die, in die meine Mutter früher mein Pausenbrot einwickelte. Ich bastle begeistert. Schere, Kleber, fertig ist das Windlicht. Außen schreibe ich mit schwarzer Tinte «Casa Marie» auf das Papier. Jetzt das Kunstwerk um ein Trinkglas drapieren, Teelicht hinein und fertig ist das individuelle Windlicht. Wow. Sieht toll aus. Ich bin stolz wie Oskar und produziere gleich weitere acht Windlichter in Serie, die ich in meinem Wohnzimmer verteile. Als es langsam dunkel wird, sitze ich inmitten meiner sanft flackernden neuen Deko und freue mich. Schade nur, dass jetzt keiner da ist, der mich dafür lobt. Keiner, der sagt: «Ui, das sieht ja schön aus!»

Und keiner, der mir hilft, die neun brennenden Papiertüten zu löschen. Verdammt. Ich hätte es besser wissen sollen. Ich bin einfach nicht so der Basteltyp.

MITTWOCH, 18. AUGUST 2004 – PANNA COTTA À LA PRAG

Ich kann allen Frauen, die unter schwerem Liebeskummer leiden, nur empfehlen: Lenkt euch mit einem anderen Mann ab. Man glaubt es nicht, aber es funktioniert. Vor allem, wenn es Sommer ist und der andere Mann ein Volltreffer wie Lorenz. Er ist zuvorkommend, zuverlässig, liebenswert und ein wundervoller Liebhaber. Er macht mir ständig Komplimente, findet mich toll und hält mich auf Trab. Keine Ahnung, was der Mann seiner Frau erzählt, aber er hat wirklich viel Zeit für mich. Es vergeht kein Tag, an dem er sich nicht bei mir meldet (ich schwebe in himmlischen Sphären! Kein Warten auf SMS mehr!), und wir sehen uns mindestens dreimal die Woche. Wir gehen essen, spazieren im Nymphenburger Park oder kochen zusammen in meiner neuen Wohnung. Beate ist wieder mal auf Konzerttour, was mir Erklärungen erspart. Es ist wunderbar. Nur am Wochenende, da ist Lorenz bei seiner Familie und hat keine Zeit für mich. Doch selbst da bekomme ich ab und zu eine sehnsuchtsvolle SMS. Ich finde das Leben als Geliebte herrlich. Noch nie hat mich ein Mann dermaßen auf Händen getragen. Und ich denke nicht mehr ständig an Paul. Lorenz lässt mir einfach keine Zeit für trübe Gedanken. Er ist so ein «Typ Sonnenschein». Meistens gut drauf, fast immer mit einem Grinsen im Gesicht und ein gnadenloser Optimist und Schönfinder. Das steckt an.

Oh. Telefon. Er ist es. So früh schon. Wie schön.
«Hallo, Kleine!» Diese Begeisterung in seiner Stimme! «Na, wie geht's dir?»
«Prima, danke! Bin grad aufgestanden …»
«Marie, kannst du dir heute freinehmen?»
«Öhm, weiß nicht, wieso?»
«Das erfährst du später. Check bitte mal ab, ob die Redaktion heute auf dich verzichten kann, und dann ruf mich am Handy zurück, okay? Kuss!»
Tut-tut-tut. Verdutzt blicke ich auf mein Handy. Verbindung beendet. Also gut.
Ich bekomme tatsächlich frei. Dem Sommerloch sei Dank. Und meinem liberalen Chef, der mir in der Einarbeitungszeit Urlaub gibt.
«Lorenz? Grünes Licht!»
«Suuuuuper, Kleine, ich freu mich riesig! Pass auf. Pack ein paar Sachen ein, nicht zu viel, du wirst das meiste eh bald wieder ausziehen», sagt er grinsend, und es klingt gar nicht blöd aus seinem Munde. «Ich bin in einer halben Stunde bei dir. Und vergiss den Personalausweis nicht …»
Da ist es wieder, das Kribbeln. Lorenz schenkt mir eine Überraschung. Ich bin begeistert, obwohl ich eigentlich keine Überraschungen mag und lieber weiß, was auf mich zukommt. Aber ich vertraue Lorenz. Und ich muss keine Angst haben, dass er nicht auftaucht. In genau 30 Minuten wird er an der Tür klingeln.
Ich werfe rasch ein paar sommerliche Klamotten in meine Reisetasche. Von einer Nordpolexpedition hätte mir Lorenz sicher was gesagt, also packe ich nur einen leichten Sommerpulli ein. Waschbeutel, Brieftasche, Handy, Sonnenbrille, fertig. Seit ich Lorenz kenne, bin ich extrem lässig geworden, finde ich. Früher hätte ich es nie zustande gebracht, in fünf Minuten zu packen.

Ich fasse es nicht. Wir sind in Prag! Es ist gerade mal Mittag, und wir schlendern schon durch die Innenstadt. Wieder mal fühle ich mich wie in einem Film. Die junge Frau und ihr verbotener Liebhaber, der sie spontan in die Goldene Stadt entführt. Die beiden Arm in Arm auf der Karlsbrücke, turtelnd im Eiscafé, küssend auf dem Hradschin. Endlich als Liebespaar auftreten dürfen, ohne die Angst, Lorenz könnte einen Bekannten treffen. Paul und Lorenz' Frau haben wir 500 Kilometer hinter uns gelassen. Das ist ein geschenkter Tag für uns beide.

Wir wandern ein zweites Mal über die Karlsbrücke, zurück Richtung Altstadt. «Weißt du was?», flüstert Lorenz in mein Ohr.
«Nein?»
«Ich würde am liebsten jetzt und an Ort und Stelle Sex mit dir haben. Du siehst zum Anbeißen aus in deinem schwarzen Sommerkleid ...» Und er dirigiert mich zur Brückenmauer, stellt sich hinter mich und umarmt mich. Während wir wie ein ganz normales Touristenpaar scheinbar nur harmlos den Blick auf die Moldau genießen, drückt sich Lorenz von hinten an mich, und ich spüre seine Erregung. «Ich muss dich jetzt haben», flüstert er heiser, «ich halte das nicht mehr aus bis ins Hotel!»
«Du spinnst», lache ich leise, «wir sind doch gleich da ...»
«Nein», sagt Lorenz und nimmt meine Hand, «komm mit!»
Vielleicht ist das eine neue Ader, die ich an mir entdeckt habe, aber ich mag seine bestimmte Art. Ich mag, wie er sanft über mich verfügt, und es schmeichelt mir, wie sehr er mich will.
Im Laufschritt eilen wir von der Brücke, und Lorenz geht zielstrebig auf ein italienisches Lokal zu. Es ist voll, denn es ist gerade Mittagszeit. Lautes Besteckklappern vermischt sich mit internationalem Stimmengewirr. Lorenz begutachtet rasch die Location und steuert dann, mich immer noch fest an der Hand, die Kellertreppe an. Wir steigen hinunter in die dämmrige Küh-

le, und Lorenz öffnet die nächstbeste Tür. «Na bitte», sagt er, «hier hinein!» Spricht's, zieht mich in den Raum und sperrt die Tür hinter uns ab. Ich sehe mich um. Wir befinden uns – ganz klassisch – in einer Art Abstellkammer. Zu unserem Glück befindet sich sogar ein altes, zerschlissenes Sofa in dem kleinen Raum.

«O Gott, endlich bin ich mit dir alleine», stöhnt Lorenz und beginnt, mich leidenschaftlich zu küssen. Seine Erregung steckt mich unmittelbar an, und nach wilden zehn Minuten sinken wir erschöpft auf die alte Couch. «Danke», keucht Lorenz, «und sorry für den Quickie. Ich verspreche dir, heute Nacht gibt es die lange Version!»
Ich bestehe auf einem Mittagessen oben im Lokal. «Ich hab aber gar keinen Hunger», quengelt Lorenz.
«Ich auch nicht, aber man kann doch nicht einfach … ohne …»
«Du meinst, wir können nicht einfach in der Abstellkammer vögeln, ohne zu bezahlen?», sagt Lorenz und grinst. «Und wenn ich nach den Penne all'arrabiata noch eine Panna cotta als Nachspeise nehme – darf ich dir dann im Keller nochmal deinen Slip runterziehen, dein Kleid hochheben und …»
«Stopp!», rufe ich und füge flüsternd hinzu: «Das wäre nicht nötig. Rate mal, was ich hier in meiner Handtasche habe. Ich gebe dir einen Tipp. Es ist schwarz und ein wenig durchsichtig …»
«O Gott, Marie», stöhnt Lorenz, «du machst mich fertig, echt! Ich könnte auf der Stelle noch einmal mit dir in den Keller runtergehen und dich in der Abstellkammer…»

Der arme Mann. Er hat schon Schweißperlen auf der Stirn, trotz der Aircondition im Lokal. Ich muss ihn erlösen.

«Lorenz», sagte ich, «komm, erzähl mir was von deiner Frau!»
Er verschluckte sich fast an seinen Nudeln, blieb aber cool. «Willst du das wirklich?», fragte er und sah mich lieb und ein wenig prüfend an.
«Komm schon», ermutigte ich ihn, «wie alt ist sie, wie sieht sie aus, wie ist sie so? Ich bin doch neugierig.» Was war schon dabei. Ich wusste fast von Anfang an, dass er verheiratet ist. Und es machte mir nicht das Geringste aus.
«Also, Anja ist 33, etwa so groß wie du», begann Lorenz zögernd, «sie hat braune Locken, etwa schulterlang.» Komisch. Ich hatte mir eher eine energisch gepflegte Blondine vorgestellt.
Ich lächelte Lorenz auffordernd an: «Und? Weiter?»
«Na ja, was soll ich sagen ...» Er wand sich ein wenig, fuhr aber fort. Vor meinem inneren Auge entstand das Bild einer attraktiven Mittdreißigerin aus gutem Hause, nicht unsympathisch, aber komplett anders als ich. Mutter. Im Erziehungsurlaub. Angekommen in ihrem Leben. Glücklich und zufrieden mit Ehemann und Töchterchen Sophia. Fan von Kreuzfahrten mit der AIDA. Obwohl Lorenz Anjas Klamottenstil nicht beschrieb, sah ich sie in weißen Caprihosen vor mir und einem blau-weiß gestreiften Baumwollpulli, weiße Segelschuhe an den Füßen und eine Gucci-Sonnenbrille in den hochgesteckten Locken. Eine Frau wie aus dem Bonprix-Katalog. Gepflegt bis in die manikürten Gel-Fingernägel und stets nach Davidoff Cool Water Woman duftend. Eine Frau, die ein Abendmahl für sechs Personen aus dem Ärmel zaubern kann, wenn ihr Mann kurz nach Ladenschluss ein kurzfristiges Geschäftsessen im trauten Heim anberaumt. Natürlich müsste sie vorher nicht Ordnung machen, denn es wäre sowieso aufgeräumt und blitz-

sauber. Kurz, eine ziemlich perfekte Frau. So eine, wie ich nie sein werde.

«Liebst du deine Frau?», fragte ich Lorenz.

«Ja. Natürlich», antwortete er. Ich verkniff mir die Frage, was er mit dem zweiten Wort meinte. Muss man seine Frau lieben, wenn man verheiratet ist? Oder ist es so selbstverständlich?

Lorenz nutzte mein kurzes Schweigen und wechselte rasch das Thema. Über seine kleine Tochter Sophia zu sprechen fiel ihm sichtlich leichter. Er zeigte mir Fotos, die er auf seinem Handy gespeichert hatte, und erzählte mit leuchtenden Augen von den ersten Worten und großen Taten der Zweijährigen. Mir wurde wider Willen warm ums Herz. Und ich empfand ein kleines bisschen Wehmut. Weil sich mir hier eine Welt offenbarte, in die ich nie Eintritt finden würde. Eine Welt mit einem Mann, der Marie Sandmann ihren schönen Nachnamen wegnehmen und mit ihr eine Familie gründen will. Doppelhaushälfte, Einzelgarage, Pampers und Heimvideo. Stichworte, die mir früher einen Schauer über den Rücken jagten, lösten jetzt Wehmut in mir aus. Was war los mit mir?

«Was ist los mit dir?», fragte Lorenz und nahm über die rote Tischdecke hinweg meine Hand. Der Gute. Ganz schön sensibel für einen Mann, der gerade seine Frau betrügt.

Heute bin ich zurück in München und wieder im Büro, etwas übernächtigt, aber voller schöner Erinnerungen an Prag, an die sinnlichen Stunden im *Hotel de Paris* am Platz der Republik, mit drei Paar neuen Schuhen und jeder Menge Badekugeln aus dem Lush-Shop. Der lange Arbeitstag ist zum Glück fast vorbei. Um acht bin ich mit Simon im *Bobolovsky's* verabredet.

«Simon», eröffne ich das Gespräch, «was meinst du, wie schnell kann man über seine große Liebe hinwegkommen?»

«Das kommt drauf an», sagt er und dreht sich eine Zigarette. Na toll. Ich hasse diese Antwort. Immer kommt es auf alles an. Das weiß ich selber. Ich will klare Ansagen. Zwei Monate oder so was in der Richtung.
«Bei meiner bisher größten Liebe hat es zwei Monate gedauert, bis ich nicht mehr jeden Tag an sie gedacht habe ...», fährt Simon nachdenklich fort und klingt dabei so, als seien zwei Monate eine unendlich lange Zeitspanne.
Ich bin entsetzt. Nur zwei Monate, bis er nicht mehr täglich an die Liebe seines Lebens dachte?? Mein Gott, was sind Männer unsensibel! Ob Paul auch schon in einer Woche nicht mehr jeden Tag an mich denken wird? Ich schildere Simon die Geschichte vom Ende meiner Beziehung zu Paul und meine Bedenken.
«Ähm», sagt er, als ich mit meiner Story fertig bin, «und er hat seit diesem ‹Lassen wir es doch einfach so laufen› nichts mehr von sich hören lassen?»
«Doch.» Autsch.
«Wie jetzt?»
«Ich habe ihm vor etwa drei Wochen noch eine Mail geschrieben», gebe ich zu.
«Ups. Na ja. Kann man nix machen. Und was stand da drin?»
Ich erzähle Simon von meiner offenen, schonungslosen Mail an Paul und dessen eiskalter Reaktion. Diese fiese Antwort hatte ich ganz gut verdrängt. Doch als ich sie jetzt aus dem Gedächtnis zitiere, kommt das blöde, wunde, wütende Gefühl wieder hoch, als hätte ich die Zeilen vor ein paar Minuten erst gelesen.
«Und seitdem nichts mehr?», will Simon wissen.
«Nein ...»
«Oh.» Er bläst Rauchkringel in die Luft. Das ist ein extrem schlechtes Zeichen, wenn Simon, der mir sonst die Männer immer so gut erklären kann, Rauchkringel macht. Und «Oh» ist auch nicht gerade das, was ich hören wollte.

«Meinst du, es ist endgültig aus?», frage ich, rühre mit dem Strohhalm in meinem Caipiroshka und halte die Luft an.
«Schatzi …», beginnt Simon. Nicht gut. Sätze mit «Schatzi» am Anfang kündigen entweder die Bitte an, ihm Freikarten fürs Sportfreunde-Stiller-Konzert zu besorgen, oder eine unangenehme Wahrheit.
Simon will nicht aufs Konzert. «… ich denke mal, ja», sagt er und vermeidet es, mich anzusehen.
«Ja, das denke ich auch. Und weißt du was?», frage ich und schalte meine Stimme auf fröhlich, «ich habe mir einen Lover gesucht, um Paul zu vergessen. Und es funktioniert total gut!»
Dann erzähle ich ihm, wie ich Lorenz kennen lernte und wie super es mit uns läuft. Ich erwähne auch, dass Lorenz verheiratet ist und nicht vorhat, sich von seiner Familie zu trennen. Macht ja auch nichts. Will ich auch nicht, Gott bewahre. Schließlich bin ich nicht verliebt in ihn und werde das auch nie sein. Das ist ein reiner Übergangsmann. Jawohl. Und weil ich keine Lust auf Kommentare zu meiner Affäre habe, fahre ich schnell fort: «Und was machen deine Frauen? Wie läuft's mit der Bildhauerin? Die mit dem kleinen Sohn?»
«Nela? Och, mit der ist es aus. Ich habe mich von ihr getrennt.»
«Warum denn? Es war doch so toll mit ihr?» Sicher hat er Schluss gemacht, weil sie ihm zu sehr geklammert hat. Vielleicht hat sie den Fehler gemacht, schon nach wenigen Beziehungsmonaten einen gemeinsamen Urlaub anzupeilen, oder wollte ihre Beautytasche bei ihm im Bad parken. Määääp. Schwerer Fehler, Nela.
«Du, nachts sah die echt super aus», erklärt Simon, «aber tagsüber …»
«Wie bitte??»
Er zwinkert mir zu und sagt mit gespielter Empörung in der

Stimme: «Weißt du, was die Geburt eines Kindes mit dem Körper einer Frau anstellen kann?»
Ich ordere meinen dritten Caipiroshka. Das darf ja wohl nicht wahr sein. Das Kartenhaus «Männer sehen Cellulite gar nicht» bricht in sich zusammen. Und ich kenne Frauen, die mit zwei Kindern eine bessere Figur haben als ich ohne ein einziges. Toll. Ich kann mich beglückwünschen. Ich habe Schwangerschaftsstreifen, ohne jemals schwanger gewesen zu sein.

Zur Strafe erzähle ich Simon, dass Kati jetzt wieder zu haben ist, weil Max sich von ihr getrennt hat. Und ich bin ein kleines bisschen stolz darauf, dass mein Ex sich vom schönen, klugen, engelsgleichen Traumwesen getrennt hat und nicht sie sich von ihm. Simon horcht auf. Schließlich hat er damals sogar einen Treuetester auf Kati gehetzt, um sie und Max auseinander zu bringen. Ohne Erfolg. Max hat davon nie erfahren.
«Hast du ihre Nummer noch?», will Simon wissen. Klar habe ich die noch. Kati war schließlich gerade dabei, eine Freundin von mir zu werden.
«Ich glaube schon», sage ich, «aber nicht auf dem Handy gespeichert. Ich kann sie aber suchen.»
«Das wäre cool!»
«Vielleicht finde ich sie schneller, wenn du ...»
«Was kann ich für dich tun? Ich mache alles!»
«Du hast doch diesen Kollegen, der manchmal mit Paul zusammenarbeitet. Sprichst du den manchmal?»
«Ja, schon, wieso?»
«Versuch doch beim nächsten Mal unauffällig herauszufinden, ob er weiß, wie es Paul so geht.»
«Marie. Vergiss Paul. Der Typ hat dich gar nicht verdient!»

Wieder einer von diesen Sätzen, die immer fallen, wenn jemand Liebeskummer hat. Wahlweise hätte Simon auch sagen können:

Andere Mütter haben auch schöne Söhne. Oder: Der Richtige kommt bestimmt. Alles Bullshit. Natürlich weiß ich, dass Paul mich nicht verdient hat. Es nützt mir aber nichts. Weil es egal ist, ob er mich verdient hat oder nicht. Wenn man jemanden will, ist es unerheblich, ob derjenige sich dafür qualifiziert hat oder sich wie der letzte Idiot benimmt. Man will ihn trotzdem. Das ist ja gerade das Problem. Genau wie das mit den anderen Müttern und Mr. Right, der sicherlich eines Tages auf dem weißen Pferd dahergaloppiert kommt. Die anderen Söhne können einem gestohlen bleiben, wenn dieser eine blöde Sohn, den man leider liebt, einen nicht will. Und außerdem ist er natürlich der einzig Richtige, egal, wie er selbst das sieht. Ach Menno. Ich muss noch was trinken.

Ein paar Stunden später stehe ich einigermaßen angeschickert an der Münchner Freiheit und habe die letzte U-Bahn verpasst. So'n Mist. Ich brauche ein Taxi. Aber diesmal werde ich mich nicht wie eine schlechte Carrie-Kopie mitten auf die Straße stellen und «Taxiiii!!» brüllen. Einmal blamieren reicht. Ich gehe einfach schon mal los Richtung Neuhausen und halte mir unterwegs ein Taxi an.

Schon an der nächsten Ampel habe ich Glück. Da ist eines. Erleichtert öffne ich die hintere Tür und lasse mich auf den Rücksitz fallen. «Neuhausen bitte, Ysenburgstraße!», sage ich dem Fahrer.

«Äh, wie bitte?»

«Neuhausen, Ysenburgstraße», wiederhole ich etwas lauter und langsamer. Habe ich gelallt oder wie?

«Mh, ja. Und wo ist das?»

«Die Ysenburgstraße ist eine Seitenstraße der Nymphenburger, kurz hinter dem Rotkreuzplatz», erläutere ich. Der Fahrer sieht jung aus, sicher hat er seinen Taxischein noch nicht lange. Wollmamalnichsosein.

«Ach, in die Richtung muss ich eh», sagt er und gibt Gas.
Und schon, denke ich mir, du fährst hin, wo ich will, das ist der Sinn des Taxifahrens, junger Mann! Aber egal.

Als er vor meiner Haustür anhält, will ich den Preis auf dem Taxameter nachsehen. Doch da ist keiner. Komisch.
«Wie viel macht's denn?», frage ich vorsichtig. Will der mich über den Tisch ziehen?
«Nichts», sagt der Taxifahrer.
«Wie, nichts??»
Er lacht. «Ich bin kein Taxi!»
Hastig krabble ich aus dem Wagen. Und sehe, dass ich in einen hellen Mercedes ohne Taxi-Schild eingestiegen bin.
Der junge Mann, der kein Taxifahrer ist, winkt noch einmal freundlich und fährt dann davon.

FREITAG, 3. SEPTEMBER 2004 – DRAGOSTEA DIN TEI

Eigentlich ist alles super. Der Job läuft gut und macht Spaß. Mein Konto erholt sich durch die regelmäßigen Geldeingänge. Oder dadurch, dass ich keine Zeit mehr zum Ausgeben habe. Wenn ich abends die Redaktion verlasse, machen die Läden gerade zu. Die knielange Tunika in Türkis, die ich unbedingt haben musste, bevor sie jeder hat (es ist echt praktisch, beim Kaffeemachen immer einen heimlichen Blick in die Requisite der Moderedaktion werfen zu können), habe ich übers Internet kaufen müssen. Außerdem spart Lorenz mir eine Menge Geld. Wenn wir ausgehen, darf ich nie bezahlen. Nein, natürlich bin ich nicht deswegen mit ihm «zusammen». Der Mann tut mir im Moment so was von gut. Er baut mein angeschlagenes Ego wieder auf durch seine vielen Komplimente, seine regelmäßigen SMS und vielen Mails. Er hat mich noch nie versetzt, und wenn er sagt, dass er mir eine CD brennt oder ein Buch besorgt, das ich unbedingt lesen muss, habe ich Tonträger oder Lektüre am nächsten Tag auf dem Schreibtisch. Und ich mag ihn. Er ist charmant, nett, witzig, gebildet und warmherzig. Und sexy. Plus: ein Wahnsinns-Liebhaber. In Lorenz könnte man sich glatt verlieben. Gut, dass ich da nicht gefährdet bin. «Sobald ich mich verliebe, bin ich weg!», sagte ich kürzlich zu ihm. Und ich meine das ernst.

Und er ist so süß eifersüchtig! Heute habe ich ihm erzählt, dass ich übers Wochenende mit Vroni, Marlene, Bernd und Max nach Holland fahre. Wir besuchen meine Freundin Jenny aus Krefeld, die eine Ferienwohnung am Meer hat.
«Wer ist Bernd?», wollte Lorenz wissen.
«Bernd ist Vronis Freund», beruhigte ich ihn.
«Und wer ist Max??»
«Max ist mein Ex!» Das beruhigte ihn weniger. «Der, mit dem du so lange zusammen warst?»
«Ja, genau der.»
«Der liebt dich sicher immer noch!»
«Max? Auf keinen Fall!»
«Und er ist solo …»
«Ja und? Nicht jeder Solo-Mann ist verliebt in mich!» Schön wär's.
«Ich vermisse dich jetzt schon.»

Am Nachmittag traf ich mich mit meinen Freunden am Flughafen. Wir flogen mit *V-Bird* nach Weeze an den Niederrhein, wo Jenny uns mit ihrem alten VW-Bus abholte. Die Sonne schien, und wir waren bester Laune. Und zwar wirklich. Ich musste kurz an Paul denken, steckte den Stich ins Herz aber recht gut weg und verspürte eine große Dankbarkeit dafür, dass ich gute acht Wochen nach dem Ende schon wieder relativ glücklich sein konnte. Vielleicht hatte Simon doch Recht mit seiner Zweimonatstheorie? Oder war das nur eine gute Phase, und der richtige Zusammenbruch würde erst kommen? Ich spürte, wie das Denken meine Laune anknabberte. Schon komisch. Je älter man wird, desto mehr Ansprüche hat man an das Glück. Früher hätten das gute Wetter und die Aussicht auf zwei Tage Strand mit meinen besten Freunden gereicht, um mich in unbeschwerte, blendende Stimmung zu versetzen. Und noch länger ist es her, dass kleinere Ereignisse einen glücklich machen konnten. Das lang ersehnte Erscheinen des neuen Depeche-Mode-Albums, das Sonnwendfeuer auf dem Dorf oder der Beginn der großen Ferien. Vielleicht sogar der Kauf von fettigen Pommes im Freibad oder der Erwerb der lila Cordhose, auf die ich wochenlang emsig gespart hatte (und die ich neulich der Altkleidersammlung zugeführt habe, ohne mit der Wimper zu zucken). Heute läuft das alles so nebenbei. Klar freue ich mich auf die neue Scheibe von Coldplay, die hoffentlich irgendwann 2005 erscheinen wird. Aber dann werde ich sie mir kaufen, sie anhören und mich freuen, wenn sie gut ist. Das war's dann auch schon. Man fiebert nicht mehr auf etwas hin. Und wenn, dann nur noch auf Dinge, die man nicht haben kann. Beziehungen zu Männern, die einen nicht lieben, zum Beispiel.

Gleichzeitig mit dem Anspruch ans Glück steigt auch das Ausmaß, in dem man sich Gedanken über alles macht. Ich bin eigentlich ständig am Hinterfragen. Der Job, den ich mache: Ist es nicht völlig sinnlos, Redakteurin einer People-Zeitschrift zu sein und sich den ganzen Tag mit dem Leben, Lieben und Leiden von mehr oder weniger prominenten Menschen zu befassen? Hätte ich nicht lieber Ärztin werden und kranken Kindern in Entwicklungsländern das Leben retten sollen? Das Leben, das ich führe: Wäre es nicht besser, mit Ehemann und Kind in einer schmucken Doppelhaushälfte zu wohnen statt mit einer chaotischen, wenn auch liebenswerten Künstlerfreundin in einer WG in Neuhausen, die aus einer Notsituation entstanden ist? So könnte man das auf alle Bereiche des Lebens ausdehnen. Ständig gucke ich mir diese Marie Sandmann an und was sie gerade tut. Vergleiche mit Gleichaltrigen bringen einen nicht viel weiter. Denn die Frage ist: Ist das *mein* Leben, ist das authentisch? Sind das meine Ziele, die ich verfolge, meine Träume, die aus meinem Inneren kommen, oder sind das nur Dinge, die ich in der letzten BUNTEN gelesen oder bei Johannes B. Kerner aufgeschnappt habe? Die Kernfrage des Lebens ist nicht: Wie erreiche ich, was ich will, sondern: Was will ich eigentlich?

«Paul?», flüstert das Teufelchen. O nein. Gibt's die zwei auch noch.

«Falsch», zische ich leise. Es wäre viel zu einfach zu sagen: Ich will Paul, und alles wird gut. Abgesehen davon, dass ich ihn ja gar nicht mehr will. Vielmehr müsste ich mich fragen: Warum wollte ich Paul, was steckte dahinter? Was hatte Paul an sich, was ihn so begehrenswert für mich machte? Was wollte ich durch ihn leben? Welchen Traum verkörperte er?

«Marie!!»

Max stupst mich mit dem Finger in die Rippen. «Du denkst schon wieder zu viel», sagt er und lächelt mich an. «Ich weiß, es ist furchtbar oberflächlich, gute Laune zu haben, nur weil man mit Freunden ein sonniges Wochenende am Meer verbringt. Aber es funktioniert! Denk einfach nicht an München, nicht an Montag, sondern nur an Holland, heute und die beiden nächsten Tage.»

Ich glaube, er kann immer noch meine Gedanken lesen.

«'kay», sage ich und schüttle mich ein bisschen, um den Ballast abzustreifen. Tatsächlich. Es klappt.

Im Radio kommt «Dragostea din tei». Wird sicher der Wiesnhit dieses Jahr. Wenn sich die komischen Ossis mit ihrem noch seltsameren Holzmichl nicht in den Bierzelten breit machen. Wir singen laut mit, so gut das bei diesem Liedtext geht. Als das Lied zu Ende ist, bin ich wieder im Hier und Jetzt angekommen. Und unser VW-Bus in Scharendijke.

DIENSTAG, 14. SEPTEMBER 2004 – FALSCHER FEIER-ALARM

Beate und ich sitzen in unserer inzwischen fertig eingerichteten Wohnküche, trinken Beck's Gold, hören Annett Louisan und führen endlich mal wieder eines dieser wahnsinnig wichtigen Gespräche unter Freundinnen. Manchmal ist wochenlang keine Zeit dafür. Schade eigentlich.

Beate hat die Trennung von Robert relativ gut verwunden, dafür, dass das Ganze erst gut zwei Monate her ist. «Wie machst du das nur?», frage ich sie, «ihr wart sieben Jahre lang zusammen, so was kann man doch nicht so schnell abhaken?»
«Weißt du», sagt sie und zieht an ihrer Zigarette, «es war eigentlich schon seit über einem Jahr vorbei. Ich hab's nur nicht gemerkt. Deswegen bin ich schon viel weiter, als ich eigentlich sein sollte.»
«Ich freu mich echt für dich», sage ich, «ach, ich wünschte, ich wäre auch schon so weit.»
Dann erzähle ich ihr ein bisschen davon, dass ich Paul immer noch täglich, stündlich, fast minütlich vermisse, obwohl es mir eigentlich nicht schlecht geht. «Lorenz tut mir wirklich gut. Ich meine, er nimmt nicht Pauls Platz ein, das kann und soll er auch gar nicht. Aber er lenkt mich ab, und ich fühle mich nicht so verlassen.»

«Ist doch auch total okay, Süße», pflichtet Beate mir bei. «Du brauchst Lorenz unbedingt, für dein Ego. Jede Frau braucht das.»
Und dann berichtet sie mir von dem geheimnisvollen Fremden, mit dem sie sich seit ein paar Wochen E-Mails schreibt.
«Wo haste den denn her?», frage ich interessiert.
«Durch ein Versehen», sagt sie und lächelt, «oder Schicksal? Na, egal. Du kennst doch meine Mailadresse, die ich immer verwende, wenn ich nicht will, dass jemand meinen echten Namen liest. Dafür habe ich feier-alarm@gmx.de. Nun ja, am 10. August bekomme ich also eine E-Mail von einem Lars. Er wollte einem Kumpel schreiben, der anscheinend die Adresse feier-alarm@gmx.net hat. Jedenfalls landete er bei mir ...»
«Und du hast zurückgemailt?»
«Klar, musste ihm doch mitteilen, dass er sich vertippt hatte mit der Adresse. Außerdem war seine Mail wirklich lustig!»
«Aha. Weiter!»
«Na ja – wir sind ins Gespräch gekommen. Haben ein paarmal hin und her gemailt, erst nur so lustiges Blabla, aber dann wurde es allmählich, fast unmerklich, ein Flirt ... Jetzt schreiben wir uns täglich. Es ist wirklich schön und super spannend!»
«Wie, und telefonieren tut ihr nicht?»
«Nö. Ich weiß auch nicht genau, warum. Hat sich noch nicht ergeben.»
«Und ein Treffen?»
«Du, momentan genügt mir ehrlich gesagt die Mailerei. Ich will ja noch keinen neuen Freund, und ich bin so viel unterwegs, ich hätte nicht mal Zeit für einen Liebhaber ... Außerdem lebt Lars in Hamburg.»
«Aber das heißt, ihr schreibt schon über mehr als das Wetter und die aktuelle Weltlage?»
«Klar», kichert Beate, «du, das wird manchmal richtig erotisch. Der kann richtig gut schreiben. Habe schon überlegt, ob

er vielleicht beruflich mit Worten zu tun hat, so wie du. Vielleicht ist er auch Journalist, so wie du?»
«Wow, das klingt echt spannend!»
«Magst du mal eine Mail von Lars lesen?», bietet mir Beate an, doch ich lehne dankend ab. «Lass mal stecken, Süße», sage ich, «aber halt mich auf dem Laufenden, wie das mit Lars weitergeht, okay?»

SONNTAG, 26. SEPTEMBER 2004 –
SITZT DENN DER JUNGE WILDMOSER NOCH?

Holland ist schon wieder unglaubliche drei Wochen her und gedanklich abgeheftet im Album der schönen Erinnerungen. Meine Bräune verblasst langsam, da hilft auch all das Peelen und Cremen nichts.
Seit ich wieder da bin, habe ich drei große Artikel und einige kleine geschrieben, und der äußerst fragwürdige Randfichten-Song ist leider doch Wiesnhit geworden. Allerdings singt das Münchner Wiesn-Publikum nicht «Lebt denn der alte Holzmichl noch?», sondern konsequent «Sitzt denn der junge Wildmoser noch?». Jener ist der Sohn des alten Wildmoser, seines Zeichens ehemaliger Präsident der 60er, und er, also der Junior, hat wohl irgendeinen Dreck am Stecken, der mit dem Neubau der Allianz Arena zusammenhängt. Genauer weiß das eigentlich keiner. Ist aber auch egal. Er wird die U-Haft schon verdient haben.

Ich habe viel mit Max unternommen. Unser gemeinsames Schicksal – jemanden geliebt zu haben, der uns nicht wirklich wollte – hat uns zusammengeschweißt. Max ist der Einzige, der mich wirklich versteht. Vroni, Marlene und Beate sind der Meinung, ich solle mich freuen, Paul los zu sein, ich wäre seinetwegen doch sowieso 80 Prozent der Zeit unglücklich gewesen. Als ob man Gefühle in Prozentzahlen ausdrücken könnte. Und selbst wenn ich 99,9 Prozent der Zeit mit Paul verzweifelt statt glücklich gewesen wäre, würde er mir jetzt fehlen.

Max ist da um einiges realistischer.
«Fehlt Kati dir?», fragte ich ihn gestern, als wir mit dem Rad durch den Englischen Garten fuhren.
«Nö», meinte er, «das dachte ich am Anfang. Aber sie ist nicht das, was ich vermisse.»
«Was ist es dann?», bohrte ich nach.
«Weißt du, Marie, wenn man einen Menschen nicht so sieht, wie er ist, wenn man Illusionen um ihn herum spinnt und Träume an ihn dranhängt und Dinge auf ihn projiziert, und wenn dieser Mensch dann weg ist – vermisst man dann wirklich den Menschen? Oder eher das ganze Drumherum?»
«Hm …»
Das Gute an Max ist, dass er genau weiß, wann es angebracht ist, die Klappe zu halten. Hätte er jetzt versucht, mir seine Sicht der Dinge weiter zu erläutern, hätte ich wohl aus Prinzip auf stur geschaltet. Aber er radelte einfach weiter, pfiff eine Coldplay-Melodie vor sich hin und ließ seine Worte in mir arbeiten.
Und das taten sie.
«Du hast Recht», sagte ich eine halbe Stunde später, und Max wusste noch genau, worauf ich das bezog. «Ich bin gar nicht so traurig darüber, dass meine Beziehung zu Paul zu Ende ist. Was richtig wehtut, ist, dass meine Träume futsch sind. Und dass es nur *meine* Träume waren. Nicht seine.»
«Ja. Ich weiß», sagte Max einfach nur.
«Meinst du, man kann befreundet bleiben? Ich finde es so fies, dass ich gar nichts mehr von Paul gehört habe, dass er mich gar nicht mehr in seinem Leben haben will!»

«Freunde? Vergiss es!», lachte Max, «es gibt keine Freundschaft zwischen Männern und Frauen!»
«Gibt es wohl», protestierte ich, «Simon und ich zum Beispiel. Oder Philip und ich. Oder du und ich.»
«Alles Ausnahmen», widersprach Max, «Simon ist ein Kumpel, Philip ist so was wie dein Bruder, und wir zwei, wir waren mal zusammen, das gilt nicht!»

Wir waren mal zusammen. So wie er das sagte, klang es nicht nach Reue, dass unsere Beziehung Vergangenheit war. Ich ertappte mich dabei, das ein kleines bisschen schade zu finden. Natürlich wollte ich nichts mehr von Max. Aber ein bisschen Wehmut hätte er trotzdem zeigen können. Schließlich waren wir glücklich miteinander …
Ich sagte nichts mehr zu dem Thema, denn ich wusste aus Erfahrung, dass die Diskussion sonst endlos dauern und zu nichts führen würde.

Heute bin ich mit Marlene auf der Wiesn verabredet. Genau drei Monate ist es nun her, dass ich Paul zum letzten Mal gesehen habe. Und ich stelle mit Erschrecken fest, dass ich sein Gesicht zu vergessen beginne. Ich habe ein Foto von Paul auf meinem Rechner in der Redaktion gespeichert. Dummerweise habe ich es so gut in meiner Ordnerstruktur versteckt, dass ich es nicht mehr finde. Das ist immer so, wenn ich versuche, ordentlich zu sein. Seit ich zu Hause meine Steuerunterlagen, Rechnungen und sonstigen Papiere nicht mehr durcheinander in den großen Görtz-17-Karton werfe, sondern in Ordnern mit Trennblättern abhefte, finde ich nichts mehr. Die Struktur, die ich mit viel Mühe und Disziplin in mein chaotisches Leben gebracht habe, wendet sich heimtückisch gegen mich.

Als ich an der U-Bahn-Station Theresienwiese die Rolltreppe hinauffahre, muss ich an den Tag vor ziemlich genau einem Jahr denken. Mein letztes Date mit Paul, bevor er nach Lesotho flog. Meine Nervosität, als ich ebendiese Rolltreppe benutzte, auf der ich jetzt stehe. Unser wunderschöner Wiesntag und die Liebeserklärung, die Paul mir zu später Stunde auf den Stufen der Bavaria machte.

«Egal, was geschieht, Marie – ich liebe dich.» Das sagte Paul damals.

«Nach zwei Maß Bier», wirft das Teufelchen ein, das anscheinend unbedingt auch wieder mit aufs Oktoberfest wollte.

«Betrunkene und Kinder sagen die Wahrheit!», entgegne ich.

«Ja. Momentwahrheiten», sagt das Teufelchen und verschwindet blitzschnell in der Menschenmasse, bevor ich es erschlagen kann. Vielleicht hat es ja Recht. Vielleicht liebte Paul mich an diesem Tag, in dieser Minute in der kühlen Abendluft auf den Stufen der Bavaria. Vielleicht auch später, als er versuchte, mir an den Frankfurter Flughafen hinterherzufahren, und vielleicht auch, als er um die halbe Welt flog, um mit mir bei *Hugo's* in Bondi Beach, Australien, zu frühstücken. Mag alles sein. Aber es hat halt nicht gereicht. Nicht für einen Alltag ohne Verfallsdatum. Nicht dafür, sein Leben mit mir zu teilen.

Einigermaßen frustriert treffe ich Marlene am Geldautomaten, versuche aber, mir nichts anmerken zu lassen. Und auf dem Weg vom Eingang zum Augustinerzelt rettet Lorenz mich mit einer SMS.

«Um diese Zeit in drei Tagen bin ich mit meinem Schatz auf der Wiesn», schreibt er, «ich freu mich so so so sehr darauf! Tausend Küsse, Lorenz.» Es geht mir gleich um 100 Prozent besser. Nein. Lorenz kann mir Paul nicht ersetzen. Soll er auch gar nicht. Keiner kann Paul ersetzen. Und Lorenz schon gleich gar nicht. Er gehört mir weniger, als Paul mir je gehörte. Lorenz gehört zu seiner Frau und seiner kleinen Tochter. Ein entzückendes Mädchen, die kleine Sophia. Ich kenne ja die Fotos. Und auch eines seiner Frau. Ich habe heimlich einen Blick darauf geworfen, als wir neulich in seinem Büro ... na ja, jedenfalls war ich kurz alleine im Raum, als Lorenz sich danach ein wenig frisch machte, und da guckte ich mir das Bild an, das – ganz klassisch – auf seinem Schreibtisch stand. Es zeigte eine schlanke Mittdreißigerin in weißen Caprihosen und einem blau-weiß gestreiften, sommerlichen Baumwollpulli, weiße Segelschuhe an den Füßen und eine Gucci-Sonnenbrille in den braunen Locken. Exakt wie in meiner Vorstellung, als Lorenz von ihr erzählte, in Prag. Die Frau lachte und lehnte dabei an einem weißen Mäuerchen, das spanisch aussah. Oder portugiesisch, kann auch sein. Vielleicht war das Bild auf einem Landgang bei der Kreuzfahrt entstanden. Ganz sicher. Die Frau hatte so ein AIDA-Lächeln auf den Lippen. So, als ob sie sich schon auf das Relaxen am Schiffs-Pool freute oder auf die La-Stone-Wellness-Behandlung. Alles inklusive.

Ich bin gemein. Dabei will ich das gar nicht sein. Ich habe nichts gegen Anja, Lorenz' Frau. Ich bin auch nicht neidisch auf sie oder eifersüchtig. Ich mag Lorenz, ich bin vielleicht sogar ein kleines bisschen verknallt in ihn, und ich begehre ihn, aber ich will ihn nicht. Lorenz und ich haben einen Deal, auch wenn wir das nie so besprochen haben. Er bekommt die Affäre, die er sich gewünscht hat, und ich bekomme Streicheleinheiten für mein Ego und Hilfe, die Zeit nach dem Ende meiner Beziehung zu Paul zu überstehen. Und das Verrückteste: Es funktioniert. Ich fühle mich gut, seit ich Lorenz kenne. Seit er mir SMS mit tausend Küssen schickt und mit mir schläft. Er gibt mir das Gefühl, eine Rolle in seinem Leben zu spielen.

«Was ist denn mit dir los?», will Marlene wissen. Wir sitzen inzwischen mitten im Schottenhamelzelt. Im Augustiner war kein Platz mehr.
«Wieso, was soll los sein?», schreie ich gegen den Lärm und die Musik an.
«Na hör mal, du bist lustig. Und was bitte ist das hier?» Sie zeigt auf mein Handy, das aufgeklappt auf dem Biertisch liegt. Ein animierter Telefonhörer ist im Display zu sehen und darunter der Name «Lorenz». Der sitzt jetzt gerade im Auto und lauscht dem Wiesnlärm aus dem Schottenhamelzelt. Das war seine Idee. «Ruf mich an, Kleine, wenn du auf der Wiesn bist, dann kann ich ein bisschen Bierzeltatmosphäre schnuppern und dabei an dich denken. So, als ob ich dabei wäre», sagte er mir, als wir heute Morgen telefonierten. Ich fand das eine gute und romantische Idee. Und deshalb liegt mein Handy jetzt auf dem Tisch und telefoniert.

«Du spinnst», sagt Marlene, als ich ihr die Lage der Dinge erklärt habe, «und wer ist eigentlich Lorenz?» Hmpf. Eigentlich wollte ich mein Verhältnis ja niemandem offenbaren. Beate zählt nicht, denn sie ist meine Mitbewohnerin, und deswegen musste ich ihr natürlich erzählen, wer dieser Typ ist, der ab und zu in meinem Zimmer übernachtet. Aber abgesehen davon gehört das zu den Grundstatuten einer Affäre – dass sie geheim ist. Geheim und verboten. Weniger für mich als für Lorenz – aber auch mir könnte es schaden, wenn jeder wüsste, dass ich was mit Lorenz habe. Oberflächlichkeit könnte man mir vorwerfen, weil ich kein Trauerjahr einlege, seit Paul sich aus meinem Leben verkrümelt hat. Weil ich eine Frau bin, könnte ich auch leicht in Verruf geraten. Rascher Sexualpartnerwechsel ist immer noch ein Thema, bei dem deutlich wird, dass Männer und Frauen alles andere als gleichgestellt sind. Wenn Paul nach dem Ende unserer Beziehung munter durch die Gegend poppt (o Gott, nicht daran denken), ist er ein toller Hecht, der sich halt ablenkt und lebt. Steige ich hingegen mit einem anderen in die Kiste, bin ich eine Schlampe.

«Hallo? Marie? Nun rück schon raus damit!», fordert Marlene. Also gut.
«Lorenz habe ich beim Halbfinale der EM in der Reitschule kennen gelernt …», beginne ich und erzähle Marlene die ganze Geschichte. Vom ersten Kuss im BMW Cabrio über die traumhafte Nacht am Waldweiher bis zu Lorenz' Frau und seiner kleinen Tochter. Ich lasse nichts aus.
Als ich fertig bin, sehe ich Marlene erwartungsvoll an. Ich rechne nicht mit Applaus, aber mit wohlwollender Zustimmung und der Festigung meiner Annahme, dass ich das Richtige tue. Das, was Freundinnen halt so sagen, wenn man ihnen Geheimnisse erzählt.
Marlene jedoch hielt sich nicht an dieses ungeschriebene Gesetz.
«Und du findest, dass das richtig ist, was du da machst?»
«Äh, na ja, was heißt richtig? Richtig oder falsch … Schwarz und weiß …» Ich merke selbst, dass ich Quatsch rede.
«Lorenz tut mir gut», sage ich entschlossen.
«Ah ja?» Marlene genügt das nicht. «Und was ist mit seiner Frau?»
«Was soll mit ihr sein?»
«Weiß sie, dass ihr Mann einer anderen gut tut?»
«Natürlich nicht! Gott bewahre.»
«Also, ich fasse zusammen: Du hilfst einem Mann, seine Frau zu betrügen, und das tut dir gut.»
«Komm, Marlene …» Ich bin jetzt wirklich ein wenig beleidigt. «Dreh mir doch nicht das Wort im Mund herum. Ich betrüge niemanden. Das tut Lorenz ganz allein. Und es ist seine Sache. Ich zwinge ihn zu nichts …»

«Du machst es dir aber einfach, Schätzchen», erwidert Marlene. Au weia. Wenn sie «Schätzchen» zu mir sagt, verheißt das nichts Gutes.

«Hast du mal dran gedacht, wie es seiner Frau gehen würde, wenn sie es rauskriegt?»

«Nein.»

«Marie, der Mann ist verheiratet.»

«Das weiß ich. Ich will ihn seiner Frau ja auch nicht wegnehmen.»

«Du willst nur ein bisschen mit ihm poppen, dir von ihm dein Ego polieren lassen, Paul vergessen und ihn dann wieder heimschicken ins traute Familienglück?»

«Ja. So in etwa. Und ich weiß echt nicht, was so schlimm daran ist. Marlene, *ich* bin nicht verheiratet, ich betrüge niemanden!»

«Außer dich selbst vielleicht ...», sagt Marlene und schießt einen tödlichen Satz nach: «Aber du musst wissen, was du tust.» Diese sieben Worte sind das K.o. jeder Diskussion. Ich weiß aus Erfahrung, dass es keinen Zweck hat, jetzt nochmal anzuknüpfen. Marlene werde ich sowieso nicht davon überzeugen können, dass die Kiste mit Lorenz eine super Sache ist. Wenn ich moralische Unterstützung für mein Tun suche, muss ich es bei jemand anderem finden. Aber ich brauche ja eigentlich gar keinen Support. Ich weiß, was ich tue, und ich weiß, dass es gut ist. Für den Moment. Für diese Lebensphase. Im Grunde ist doch alles, was passiert, nur eine Phase im Leben. Und nur eines ist sicher: dass auch wieder eine andere kommen wird.

FREITAG, 1. OKTOBER 2004 – MEIN LEERES LEBEN

Das war ja klar. Der Klassiker. Was bin ich für ein gewöhnlicher und vorhersehbarer Mensch. Der Vortag meines 30. Geburtstages stürzt mich mal wieder in eine tiefe Lebenskrise. Dummerweise bin ich alleine zu Hause, was das Dilemma verschärft, weil ich mich ungestört meinen destruktiven Gedanken hingeben kann und vor niemandem Haltung bewahren muss. Tolle WG, wenn die Mitbewohnerin nie da ist. Beate ist gerade auf einem Vocal-Festival in Dubai. Singt dort für die Ölscheichs. Die hat es gut und sicher keine Zeit, sich zu viele Gedanken zu machen.

Das, was meinem Leben sonst Struktur verleiht – das Listenschreiben –, führte heute zu einer mittelschweren Katastrophe. Ich habe nämlich beim Wühlen in den Umzugskisten, die immer noch unausgepackt in der Rumpelkammer der schönen neuen Wohnung stehen und die ich schlauerweise allesamt mit «Diverses» beschriftet habe, alte Tagebücher gefunden. Das von 1991 ist mit hellblauem Stoff eingeschlagen, auf dem 1000 kleine weiße Herzen sind, und ein anderes stammt offensichtlich aus meiner umweltbewussten Phase, in der das Waldsterben meine größte Sorge war. Da hatte ich noch keinen Führerschein. Und keine Probleme. Waldsterben. Ich glaube, das gibt's heute gar nicht mehr. Seit unsere Wirtschaft so depressiv ist und die Welt vom Terror bedroht wird, geht es dem Forst entweder schlagartig gesundheitlich besser, oder die Kunde von kränkelnden Fichten und Tannen hat schlichtweg nicht mehr genug Kraft, die anderen Nachrichten an Negativität zu überbieten. Das wird's sein. Wen juckt schon das Lametta-Syndrom im Perlacher Forst, wenn ihm ab Januar Arbeitslosengeld II droht?

Das Umwelt-Tagebuch ist von einem leicht gräulichen Grün, besteht zu 100 Prozent aus recyceltem Altpapier und trägt die Silhouette eines Baumes auf der Vorderseite. Mitten im weißen Baumumriss habe ich einen Aufkleber angebracht. Damals. Ich muss wohl nicht extra erwähnen, dass es sich um die Weissagung der Cree handelt. Ja, genau die:

Erst wenn der letzte Baum gerodet,
der letzte Fluss vergiftet,
der letzte Fisch gefangen,
werdet ihr feststellen,
dass man Geld nicht essen kann!

Aber kommen wir zum Punkt. In ebendiesem graugrünen «Diary» habe ich damals, 1992, fatalerweise eine meiner Listen angelegt. Titel: «Bis ich 30 bin, möchte ich …» Als ich die Überschrift lese, habe ich noch den Bruchteil einer Sekunde Zeit, vernünftig zu reagieren, das Buch stante pede zuzuklappen, wieder in der Kiste verschwinden zu lassen und mich listenunbeeindruckt auf meinen Geburtstag zu freuen. Doch für diese Handlung braucht es zwei Dinge: Schnelligkeit und mangelnde Neugier. Beides kann ich mir nicht gerade auf die Fahnen schreiben. Und als der Sekundenbruchteil verstrichen ist, ist es zu spät. Ich lese die Liste.

Bis ich 30 bin, möchte ich …
1. den Mann fürs Leben gefunden haben
2. in einem Haus im Grünen leben
3. promoviert haben
4. einen tollen Job haben
5. genug Geld haben
6. immer noch nicht mehr als 55 Kilo wiegen
7. ein Kind haben

Bei Punkt eins sinkt meine Stimmung rapide, um bei Punkt zwei und drei in vorher ungeahnte Tiefen abzustürzen. Punkt vier und fünf hebt meine Laune kurz, worauf allerdings bei Punkt sechs und sieben der finale Niedergang erfolgt.
Ich rufe Vroni an. Zu etwas anderem bin ich in dem Moment nicht in der Lage.

«Alte Tagebücher liest du?», kreischt sie in den Hörer.
«Äh, ja.»
«Ja bist du denn des Wahnsinns fette Beute? Das weiß doch jedes Kind, dass man das nicht tun darf, wenn man sowieso seelisch labil ist. Und schon gar nicht am Vorabend des Dreißigsten. Echt, Marie, dir ist nicht mehr zu helfen!»
«Vroni, nicht schimpfen. Bau mich lieber auf. Mach mir irgendwie klar, dass ich nicht versagt habe, obwohl ich weder Mann noch Haus, noch Doktortitel oder gar Kind habe. Von den 55 Kilo ganz zu schweigen!»
«Jetzt jammer mal nicht rum. Die Liste ist doch völlig utopisch. So 'nen Quatsch schreibt man halt mit 18, wenn man noch bei Mama wohnt, gerade fürs Abi lernt und keinen blassen Schimmer davon hat, wie das Leben da draußen wirklich aussieht. Und außerdem – du hast doch was, du bist doch wer, Marie. Du hast studiert, du finanzierst dich selbst, seit du 19 bist, jetzt hast du auch noch den coolen Job. Die neue Wohnung ist top und viel lässiger als ein Häuschen im Grünen. Und was viel wichtiger ist – du hast gute Freunde und Leute, die dich mögen. Du bist gesund, und es stehen dir alle Möglichkeiten offen. Na?»
Vroni, mein persönlicher Coach. Wenn ich dich nicht hätte. Nur Vroni schafft es, mir den Kopf gerade zu rücken, ohne dass ich dabei mein Gesicht verliere. Das ist sehr viel wert, vor allem, wenn man Kritik so schlecht verträgt wie ich. Ich weiß nicht genau, *wie* sie's macht. Aber selbst wenn sie mir etwas

Unangenehmes sagt, tut sie das so, dass ich mit ihr zusammen darüber lachen kann, mir nicht blöd vorkomme und später im Stillen über den ernsten Kern der Sache nachdenken kann.

Heute nützt aber selbst das Telefonat mit Vroni nichts. Denn als ich weiter nachdenke, komme ich darauf, dass es nicht die verpassten Ziele sind, die mich in die Krise stürzen. Das Problem ist eher diese Leere. Die Leere in meinem Leben. Mein leeres Leben. Das wäre ein schöner Romantitel für ein leicht depressives Stück Zeitgeist. «Mein leeres Leben – Roman» von Marie Sandmann. Auf dem in Schwarz-Weiß gehaltenen Buchcover sähe man eine junge Frau, die den Kopf in den Nacken wirft und lacht. Auf den ersten Blick ein fröhliches Bild, doch an ihren Augen würde man sehen, dass sie eigentlich wahnsinnig traurig ist. Statt einer Widmung würde das Buch ein Zitat von Jean-Paul Sartre tragen: «Der sensible Mensch leidet nicht aus diesem oder jenem Grund, sondern einzig und allein, weil nichts auf dieser Welt seine Sehnsucht stillen kann.» Es würde ein Bestseller werden. Das Buch wäre sehr komisch und zugleich tieftraurig.

Ich verlasse das Kisten-Arbeits-Chaos-Zimmer, mache mir einen Kaffee mit Milchschaum, verziere den Schaum zur Feier des Tages mit Karamellsirup und setze mich an meinen Lieblingsplatz in der Wohnung. In der Wohnküche gibt es eine verwinkelte Ecke, in die gerade mal ein alter Korbstuhl passt und an der Wand ein winziges Brett, auf dem ein kleiner Bambus steht, ein dunkelbrauner Holzelefant aus Thailand und ab und zu mein Kaffeebecher. Der Platz ist perfekt. Im Rücken hat man eine Säule, und vorne ist ein Fenster, durch das man am Balkon vorbei in die Hinterhoflandschaft Neuhausens schauen kann. Die Füße kann man auf das niedrige Fensterbrett legen. Das ist mein Platz. Allein seinetwegen hat sich der Umzug mit all seinen Mühen und Kosten gelohnt. Beate hat nie in Frage gestellt, dass nur ich an diesem Platz sitzen darf, ich musste nicht mal etwas sagen. Worüber ich sehr froh bin. Aber wahrscheinlich legt sie auch gar keinen Wert auf diese Ecke. Lieblingsplätze sind eine sehr individuelle Sache. Wo der eine sich zusammenrollen möchte und schnurren wie eine zufriedene Katze, könnte der andere vielleicht keine Minute still sitzen. Aber ich glaube, dass jeder seine Lieblingsplätze hat und braucht. Ich habe mehrere solche Orte. Einer davon ist der Steg am Waldweiher, an dem ich mit Lorenz war. Natürlich hat er keine Ahnung, welches Geschenk ich ihm gemacht habe, indem ich diesen Ort mit ihm geteilt habe. Ich glaube nicht, dass er ein Mensch ist, der die Magie von Lieblingsplätzen spüren kann. Paul konnte das.

Ich kuschle mich in den knarzenden Korbstuhl, lege meine strickbesockten Füße auf das Fensterbrett und schaue nach draußen in den herbstlichen Regen. Im Küchen-CD-Player läuft Coldplay. Ziemlich genau vor zwei Jahren saß ich auch mit einem Kaffee alleine da, damals noch in meiner alten Wohnung auf dem Balkon, an einem strahlend schönen, bunten Herbsttag. Und träumte. Von Paul und von Sex mit ihm auf einer Alm in den Bergen. Und ich war glücklich. Mein Leben war prall, voll und rund. Wenn ich heute darüber nachdenke, beschleicht mich jedoch der Verdacht, dass nicht Paul mein Leben füllte und ihm den berühmten Sinn (Sinn?) gab. Ist es nicht eher so, dass Paul und meine On & Off-Beziehung mit ihm mich einfach nur perfekt ablenkten? Ablenkten von der darunter liegenden, gähnenden Leere? Ach ja, der Roman. Mein leeres Leben. Ich sehe das Buch in Stapeln bei Hugendubel liegen, Leute begierig an der Information danach fragen, hohläugige, erschöpfte Buchhändler verzweifelt die Augen gen Himmel drehen: «Schon wieder nachbestellen …» Artikel in der SZ, Feuilleton, Spiegel Bestsellerliste, Interviews, Vera am

Mittag, Johannes B. Kerner Show. «Wie wäre es mit dem Literatur-Nobelpreis?», fragt das Teufelchen frech. Was hat das an meinem magischen Lieblingsplatz verloren? «Der wäre ja wohl ein wenig übertrieben für einen Debütroman», kontere ich.

Mein leeres Leben. Manchmal glaube ich ja, dass das ganze menschliche Dasein nur ein Experiment ist von irgendjemandem, für den 80 Jahre Menschenleben nur einen Wimpernschlag bedeuten – oder vielleicht nicht mal das, weil diese Instanz kein Ende der Zeit kennt. Der Versuch kann nicht eskalieren, weil die Anordnung sich rechtzeitig selbst zerstören wird.
Abgesehen von diesem Verdacht, kann man bei näherem Hinsehen alles, was einem wichtig erscheint, als Ablenkungsmanöver und Zeit-Rumbringen enttarnen. Oder als Trick der Natur, um die Art zu erhalten. Die Liebe zum Beispiel. Liebe ist da, um Sex zu wollen, zu haben und dadurch Nachwuchs zu produzieren. Dieses geile Gefühl, wenn man verliebt ist, wenn man liebt und denkt, geliebt zu werden, die Inspiration, die daraus erwächst, die Empfindung, dass die Welt groß, bunt, leuchtend und schön ist, als ob jemand sie extra dafür geschaffen hätte, dass sie einen glücklich macht – alles nur durch Hormone hervorgerufen, um die Menschheit noch nicht aussterben zu lassen. Damit das Experiment in die nächste Runde geht. Träume und Ziele? Alles nur dazu da, um uns hinzuhalten und unsere Begeisterung für dieses Leben nicht erlöschen zu lassen.
Und Träume haben es ja sowieso in sich. Sobald man sich einen erfüllt – sei es nun die fabelhafte Wohnung in der Ysenburgstraße, der berufliche Aufstieg oder das Finden des Mannes fürs Leben –, ist der Traum auf einmal kein Traum mehr, sondern Realität. Und die kann nie so bunt sein wie der Traum. Ein weiterer Haken an der Sache: An nichts gewöhnt man sich so rasch wie an einen erfüllten Traum, an ein höheres Level. Was vorher Wunschdenken war, ist auf einmal Standard. Und

wenn man dann auf einmal kapiert, dass all das, wovon man träumt, nicht automatisch glücklich macht, ist man schon mitten drin in der Depression. Trotzdem. Es gibt glückliche Menschen. Und für ihre Zufriedenheit spielt es keine Rolle, ob sie arm oder reich sind, erfolgreich oder unambitioniert, dick oder dünn, schön oder hässlich. Es ist nicht wirklich von Belang, ob sie fünf Kinder haben oder Single sind, in Sydney oder Wladiwostock leben, ihre Wäsche im Keller einer Altbauwohnung in Neuhausen waschen oder in den trüben Fluten des Ganges. Was folgern wir daraus, Marie Sandmann?

Ich nehme einen Schluck von meinem köstlich süßen Caramel macchiato, bevor ich mich zu weiteren tiefschürfenden Denkergüssen hinreißen lasse. Und frage mich, ob das normal ist, am Vorabend seines 30. Geburtstags in der Küche zu sitzen, in den Regen zu starren und mit sich selbst über Gott und die Welt zu philosophieren. Egal. Normal bin ich sowieso nicht. Werde ich auch nicht mehr. Wer über ein Drittel seiner potenziell zur Verfügung stehenden Lebenszeit damit verbringt, nichts auf die Reihe zu kriegen, der lernt es nicht mehr. Dieses Kapitel kann ich getrost abhaken.

Weiterdenken, Marie. Wenn es also für das Glücksempfinden keine Rolle spielt, ob man seine Ziele erreicht oder nicht, dann muss das Glück woanders herkommen. Irgendwie von innen.
«Auch ein schöner Romantitel», scherzt das Teufelchen, «‹Irgendwie von innen›. Super. So neu und vor allem so präzise!»
«Klappe! Ich denke.»
Jetzt bin ich an dem Punkt, an dem ich nicht mehr weiterkomme. Ist etwa alles nur eine Frage der Perspektive, nur Einstellungssache? Muss man vielleicht nur beschließen, sich glücklich zu fühlen, um es dann auch so zu empfinden? Nö, das ist viel zu wenig konkret. Ich muss die Frage anders angehen.

Wann war ich glücklich? Wenn ich mit Paul zusammen war. In seine Augen tauchte, in seiner Stimme badete, mit seinen Gedanken schwamm. Wenn ich ihm ganz nah war, im Gespräch, im Schweigen oder in seinen Armen. Weiter. Ich war auch schon mal glücklich, bevor ich Paul kannte. Und ich war auch glücklich ohne Mann. Auf einem Islandpony an einem Strand in Dänemark. In Thailand, auf der Rückfahrt mit dem umgebauten Fischkutter von Kho Phi Phi nach Ao Nang. Beim Fotografieren. Auf einer Bergtour im Werdenfelser Land. In meinem Job, total versunken in das Schreiben eines Artikels. Im «Klenze 17» mit meinen Freunden. Beim Radeln durch den Englischen Garten im schrägen Sommerabendlicht. Und so weiter.

Ich lasse all diese Glücksmomente an meinem inneren Auge und an meiner Seele vorbeiziehen und suche nach dem gemeinsamen Nenner. Und auf einmal wird er mir klar. Glücklich bin ich immer dann, wenn sich etwas richtig anfühlt, das heißt, wenn ich so in einer Sache oder Situation aufgehe, dass ich alles andere um mich herum vergesse. Wenn ich das weiter denke, heißt das, dass ich eine Art zu leben, *meine* Art zu leben, finden muss, die so gut zu mir passt, dass ich immer wieder für einige Zeit total in dem versinken kann, was ich gerade tue. Klingt gut, oder? Sicher bin ich die Erste, die darauf kommt. Ha, ha. Aber ist das dann nicht wieder einfach nur eine gezielte Ablenkung vom großen Rest des Lebens? Wenn ich nur glücklich bin, wenn ich alles vergesse? Ich glaube, ich werde wirklich langsam verrückt. So fängt es an. Wie es weitergeht, ist eigentlich klar. Abwenden der Freunde. Verlust des sozialen Umfelds. Gesellschaftliche Isolation. Nachlassende Körperhygiene. Wirrer Blick. Irrer Blick. Hausarzt. Neurologe. Psychiater. Bezirkskrankenhaus Haar. Geschlossene Abteilung.

Ich überlege gerade, ob es Zwangsjacken auch in rosa Tweed und von Mexx gibt und ob sedierende Medikamente wohl Pickel hervorrufen, als das Telefon klingelt.

«Hmpf?»
«Marie?»
«Max!»
«Alles klar auf der Andrea Doria? Keine Panik auf der Titanic?»
«Klar wie Kloßbrühe! Alles im Griff auf dem sinkenden Schiff!»
Ich muss lachen. Es ist wie früher. Hoffentlich hört keiner mit auf der Leitung. Sonst wird das doch noch Realität mit Haar.
«Spaß beiseite», sagt Max – wieder so ein beliebter Anti-Spruch von damals –, «ich dachte gerade an den Vorabend meines 30. Geburtstags vor fünf Jahren. Ich will dich nicht mit Details langweilen, nur so viel: Er endete in einem totalen Besäufnis mit Verlust der Muttersprache.»
«Genau das brauche ich jetzt!»
«Bist du sicher? Morgen ist doch deine Party. Willst du da aussehen wie Uschi Glas ohne Botox?»
«Max, wenn ich nicht wüsste, dass es nicht so ist, könnte ich glatt denken, du seist schwul!»
Jetzt klingt er ehrlich empört. Männer. Fallen immer wieder drauf rein.
«Jetzt mach aber mal halblang. Den ganzen Schmarrn hab' ich doch von dir gelernt. Früher dachte ich, dass Botox ein Pflanzendünger ist und DKNY was mit digitalem Fernsehempfang zu tun hat!» Das stimmt allerdings. Am Anfang weigerte Max sich, die BUNTE zu lesen, «Leute heute» zu gucken und sich länger als zwei Minuten über Menschen zu unterhalten, die weder wichtige Politiker waren noch zu unserem direkten Bekanntenkreis zählten. Doch als er merkte, dass man die Mä-

dels wahnsinnig beeindrucken kann, wenn man verinnerlicht hat, dass Manolo Blahnik keine Zwölftonmusik macht und die Nachfolgemarke der *7 For All Mankind* Jeans *Citizens Of Humanity* heißt, begann er, sich einen Sport daraus zu machen, all diese überflüssigen, aber beileibe nicht nutzlosen Infos aufzusaugen und zu speichern. Und inzwischen ist es so weit gekommen, dass Max K & L Ruppert nicht mehr für ein Modelabel hält und seine Klamotten nun bei H & M kauft.

«Was ich sagen wollte», fährt er fort, «was hältst du von einem, zwei, sieben Bier in der *Schwabinger 7*?»
Och nö, nicht *der* Laden. Als ich das letzte Mal aus der Spelunke rausging, sah ich aus, als hieße mein neu entdecktes Hobby «Schlammcatchen in voller Bekleidung».
«Ein, zwei, sieben Bier klingt gut», sage ich, «aber wir könnten die doch auch im *Substanz* trinken. Da kann ich rüberradeln. Ich glaube, es hat aufgehört zu regnen.»
«Oki-doki», sagt Max, und ich muss schon wieder lachen, «dann um neun im *Substanz*!»
«Tschüssikowski, Max!»

SAMSTAG, 2. OKTOBER 2004 – ICH WILL DOCH NUR SPIELEN

30. Dreißig. Drei Jahrzehnte. Ich weiß, es ist nur ein Datum, und es ist total unerheblich, ob man einen Zweier oder einen Dreier vorne hat. Es ändert sich nichts, wenn man dreißig wird. Das Leben ändert sich oder bleibt, wie es ist, unabhängig von diesem runden Geburtstag. Trotzdem. Ich bin datumsgläubig. Und ich spüre, dass meine Jugend vorbei ist.
Besonders deutlich merkte ich das, als ich heute früh erwachte. So alt, wie ich mich fühlte, als ich die Augen öffnete, um

diesem besonderen Tag die Stirn zu bieten, kann ich gar nicht werden. Mag sein, dass das an den drei, sieben Bier lag, gestern im *Substanz* mit Max. Es war ein lustiger Abend. Nur wir beide, fast wie früher, als wir noch ein Paar waren. Die Kneipe war voll mit Männern in Lederhosen und Frauen im Dirndl. Kein Wunder, denn das *Substanz* liegt nur ein paar Fußminuten von der Theresienwiese entfernt, und wir schreiben das letzte Wiesn-Wochenende. Kurz vor Mitternacht verschwand Max kurz, um eine Minute vor zwölf mit einer Flasche Prosecco und zwei Gläsern wieder aufzutauchen. Und dann spielten sie «Ein Kompliment» von den Sportfreunden Stiller. Max sang inbrünstig mit und mich an:

> *Ich wollte dir nur mal eben sagen, dass du das Größte für mich bist …*

Mir standen die Tränen in den Augen, weil ich mich plötzlich daran erinnerte, wie Max mir früher nach jeder Party, auf der wir waren, sagte, dass ich die Schönste gewesen sei. Auch wenn das selten der Wahrheit entsprach. Aber es war damals seine Wahrheit. Aber nicht nur deswegen bekam ich feuchte Augen. Mein eigener Geburtstag rührt mich immer sehr, besonders, wenn jemand daran denkt. Und Bier und Prosecco taten ein Übriges. Nach dem Lied nahm Max mich fest in den Arm und gratulierte mir. Als wir die Umarmung wieder lösten, waren sich unsere Gesichter einen Moment lang ganz nah. Und ich schwöre, wir waren nur eine Haaresbreite davon entfernt, uns zu küssen. Doch eine Millisekunde, bevor unsere Lippen sich treffen konnten – ich konnte schon den vertrauten Duft von Max' Haut erschnuppern –, nahm er mich an den Schultern, lächelte und gab mir einen Kuss auf meine Nasenwurzel. So einen Schmatzer, der, könnte er sprechen, sagen würde: «Ich bin total freundschaftlich und nicht verwandt oder verschwägert mit dem erotischen Kuss.» Damit war die Situation entschärft, und ich hatte wieder etwas, worüber ich nachgrübeln konnte.

Worüber ich *heute* nachgrübeln kann, während ich fluchend meine Küchenschubladen durchwühle. Irgendwo muss doch da noch ein Alka-Seltzer sein. Wie immer, wenn ich etwas suche, finde ich tausend Dinge, die ich gerade nicht gebrauchen kann und von denen ich gar nicht wusste, dass ich sie besitze. Unglaublich, was man im Laufe der Jahre so alles ansammelt. Nicht mal der Umzug hat geholfen, die Masse der sinnlosen Besitztümer zu verringern. Wozu brauche ich sieben hölzerne Kochlöffel? Einer würde locker ausreichen, um die Spaghetti umzurühren, die ich alle paar Wochen zubereite und mit der praktischen Pesto rosso zusammen verspeise, die man nicht mal warm machen muss. Das nenne ich dann Kochen. Ferner besitze ich vier Dosenöffner, von denen drei nicht mehr funktionstüchtig sind oder es nie waren.
Statt Kopfschmerztabletten finde ich ein Fisherman's-Friend-Döschen mit namenlosen weißen Pillen drin. Ich schlucke beherzt zwei davon. Wird schon kein Zyankali sein.

Mein Handy piept. Das tut es heute natürlich nicht zum ersten Mal. Permanent klingelt es oder meldet Kurznachrichten. Ich bin freudig überrascht, wie viele Leute ich kenne beziehungsweise wie viele mich kennen und an meinen 30. denken. Ein paar habe ich vergessen, als ich vor drei Wochen die Einladung zu meiner Party verschickte. Aber die nominiere ich einfach schnell nach.
«Du, ich feiere heute Abend ein bisschen, hast du nicht Lust, in die *Josef Bar* zu kommen?» Klingt unheimlich lässig und spontan. Und überhaupt, die sollen froh sein, dass sie überhaupt dabei sein dürfen bei diesem Event.

Ich muss zugeben, dass ich bei jeder neuen SMS kurz hoffe und mich davor fürchte, es könnte eine von Paul sein. Ja. Hoffen und fürchten. Gleichzeitig. Das geht. Hoffen, weil ich einfach nicht glauben möchte, dass ich Paul so egal bin, dass er sogar meinen 30. Geburtstag vergisst. Und fürchten, weil ich nicht weiß, was so eine SMS bei mir auslösen würde. Obwohl Paul und ich nun schon ein Vierteljahr getrennt sind und ich seit über zwei Monaten kein Wort von ihm gehört habe, fürchte ich, dass ich immer noch in der Phase bin, in der die Seele die Luft anhält, damit der Schmerz erträglich wird. Lorenz lenkt mich super ab, genauso wie Max, mein Ex, dessen Absichten oder Nicht-Absichten mir ein absolutes Rätsel sind. Aber ich träume trotzdem noch fast jede Nacht von Paul. Er ist das Erste, woran ich denke, wenn ich morgens zur Besinnung komme, und sein Gesicht ist das letzte Bild, das ich nachts vor meinen geschlossenen Augen habe, bevor ich einschlafe.

Die SMS ist von Lorenz.

> *Hi Kleine, ich wünsche dir jetzt nicht alles, alles Liebe und Gute zum Geburtstag, denn ich möchte dich unbedingt sehen heute, und wenn es nur für eine halbe Stunde ist. Tausend Küsse, Lorenz*

Wie süß. Und das am Wochenende. Normalerweise ist, einer unausgesprochenen Verabredung zufolge, bei Lorenz und mir Funkstille von Freitagabend bis Montag früh. Das ist eben so, wenn man eine Affäre mit einem verheirateten Mann und Familienvater hat. Ich leide nicht darunter und habe mich schnell daran gewöhnt. Aber ich bin ja auch nicht verliebt in Lorenz. Trotzdem freut es mich, dass er heute diese Regel bricht.
Ich schaue auf die Uhr. Schon nach Mittag. Viel Zeit bleibt nicht mehr, wenn ich mich noch regenerieren will bis heute Abend.

«Wo, wann?», simse ich zurück.
«In einer Stunde in meinem Büro?», folgt prompt die Antwort.
In Lorenz' Büro? Seltsamer Ort für ein Date. Aber gut. Sein Office ist in Schwabing, am Hohenzollernplatz, ich muss nur die 12er Tram nehmen und bin in ein paar Minuten drüben.
«Bis gleich», tippe ich und tappe unter die Dusche.

Um kurz vor zwei klingle ich bei Lorenz' Firma. Er kommt die Treppen heruntergelaufen und öffnet mir grinsend die Tür. «Kleine! Geburtstagskind! Komm rein!» Kaum bin ich im Gebäude, küsst er mich leidenschaftlich. «Alles, alles Liebe zum Geburtstag!»
«Danke …», schnaufe ich und schnappe nach Luft. Sosehr es mir schmeichelt, wie er mich begehrt – an dieses «von null auf hundert» muss ich mich jedes Mal aufs Neue gewöhnen. Aber auch das ist eben so bei einer verbotenen Affäre. Da kann man nicht viel Zeit mit Aufwärm-Talk verschwenden. «Wo sind meine Geschenke?», frage ich atemlos zwischen zwei Küssen und nehme Lorenz' Hand von meiner linken Brust. «Gleich», lacht Lorenz, und ich muss ihm zum Glück nicht erklären, dass ich nur Spaß mache und keineswegs Präsente von ihm erwarte.
«Erst muss ich dir meinen neuen Besprechungstisch zeigen», sagt er, und so, wie er es sagt, kann ich schon ahnen, dass es ihm nicht darum geht, mich die Maserung des Buchenholzes bewundern zu lassen.

In seinem Büro angekommen, spüre ich dann den neuen Tisch auch mehr, als ich ihn sehe. Denn Lorenz drängt mich küssend gegen ihn und zieht mich dabei aus. «Ich bin schon seit Tagen dermaßen scharf auf dich», flüstert er, «das war fast nicht auszuhalten …» Einen Moment lang bin ich noch etwas überrumpelt, doch dann beginnt seine Lust, mich anzustecken. Begehrt zu werden ist das beste Aphrodisiakum. Ich setze mich auf den Besprechungstisch und schlinge meine Beine um Lorenz, der vor mir steht und mir inzwischen Jacke, Bluse und BH ausgezogen hat. Und dann treiben wir es auf dem schönen Buchenholztisch. Gut, dass ich nicht seine Sekretärin bin. Sonst müsste ich wirklich Angst haben, mich in einem Fernsehfilm des ARD-Abendprogramms zu befinden.

Immerhin habe ich meinen dreißigsten Geburtstag nicht sexlos verbracht. Im Gegenteil. Mit Lorenz gibt es keine schnellen Nummern. Wenn mir nach einer Viertelstunde nicht der Hintern an der Tischkante wehgetan hätte und ich ihn durch ein paar gezielte Bewegungen und Worte auf die Zielgerade geschubst hätte, hätte das stundenlang so weitergehen können. Unglaublich, der Mann. Und das mit fast vierzig. Als wir schnaufend und schwitzend voneinander lassen, erinnere ich ihn an meine Geschenke.

«Hier, Schatz», sagt Lorenz, geht nackt, wie er ist, zu seinem Schreibtisch und holt ein Päckchen heraus. Ich gucke blöd. Er hat wirklich etwas für mich. Ich hatte doch nur Spaß gemacht.

Lorenz' Geschenke treiben mir erneut die Rührungsfeuchte in die Augen. Ich bekomme ein Buch und eine DVD, beide Male «Die Brücken am Fluss».

«Eine wunderschöne Liebesgeschichte», sagt Lorenz, «ich musste dabei an uns denken.»

Ups. Wie romantisch. Ich wäre ausgeflippt vor Freude, hätte Paul mir jemals so ein Geschenk mit solchen Worten gemacht. Aber Lorenz …? Ich meine, wirklich, ich mag ihn, er ist ein toller Liebhaber, er sieht gut aus, ist nett, und ich kann mich gut mit ihm unterhalten. Aber Liebe? Hm. Nö. Wäre ja auch tragisch, wenn ich in einen verheirateten Mann verliebt wäre.

Noch einer, der mich nicht wollen würde. Nein danke. Diese bittere Erfahrung muss ich kein zweites Mal haben.

«Ich habe noch eine Überraschung für dich, Kleine», sagt Lorenz und strahlt mich begeistert an. Übrigens macht er immer noch keine Anstalten, sich wieder was anzuziehen. Er geht zu einem Ordner, auf dem «Lorenz Lederer privat» steht, schlägt ihn auf und entnimmt ihm ein DIN-A4-Blatt, das in einer Plastikhülle steckt. Huch? Was wird das? Eine Aktie? Ich wundere mich.

«Das», sagt Lorenz und präsentiert mir stolz das Blatt Papier, «wird unsere Insel vom Alltag!» Insel? Alltag? Wir? Wovon spricht der nackte Mann? Ich glotze auf das Stück Papier wie eine bayerische Kuh, der man eine Landkarte von Schleswig-Holstein vor die Nase hält.

Irgendwann, nach ungefähr acht langen Sekunden, begreife ich. Ich halte den Plan einer Wohnung in den Händen, genauer gesagt, den eines Apartments. Ich erkenne darauf einen circa 30 Quadratmeter großen Raum mit Küchenzeile, daneben ein kleines Bad.

«Wo ist das denn?», frage ich, damit Lorenz nicht denkt, ich hätte immer noch nicht kapiert, dass dies der Grundriss einer kleinen Wohnung ist. Im selben Moment könnte ich mich in den Hintern beißen für diese blöde Frage. Wo ist das denn. Oh, Mann. Richtig wäre gewesen, zu fragen, was das soll. Und wie er auf so eine Idee kommt. Und so weiter.

«In Haidhausen, in der Breisacher Straße», antwortet Lorenz unterdessen, «Altbau, 35 Quadratmeter, klein, aber fein!» Dann fährt er fort: «Weißt du, ich dachte mir, wir brauchen eine gemeinsame Bleibe. Ich meine, bei mir können wir uns ja nicht treffen», er grinst unpassenderweise breit, «und bei dir sind wir ja auch meistens nicht ungestört, wegen deiner Mitbewohnerin.»

Damit hat er allerdings Recht. Es war schon ein bisschen peinlich, als Beate neulich nichts ahnend in mein Zimmer gestürzt kam, weil sie sich meinen türkisfarbenen Pashmina ausleihen wollte. Ich hatte Lorenz ein Sex-Tipp-Booklet mit 666 erotischen Anregungen, das in diesem Monat auf meiner Frauenzeitschrift pappte, geschenkt, und wir waren gerade dabei, Ratschlag 124 auszuprobieren. Ich glaube, Beate kann nie wieder Erdbeeren essen, ohne rot zu werden. Aber das kommt davon, wenn man in die Zimmer anderer Leute platzt, ohne anzuklopfen.
«Und wirklich gemütlich ist es ja hier im Büro auch nicht», referiert Lorenz weiter, «da dachte ich, ich miete dieses Apartment für uns.»
«Quasi ein … Liebesnest?», frage ich ihn ungläubig.
«Das ist ein schöner Ausdruck dafür», freut Lorenz sich, «ja, ein Liebesnest!»
«Lorenz, ich weiß nicht …», gebe ich zu bedenken, «ehrlich gesagt finde ich die 600 Euro, die ich jeden Monat für meine neue Wohnung bezahlen muss, schon ziemlich heftig.» Es ist mir ein wenig peinlich, zugeben zu müssen, dass ich nicht über unbegrenzte Geldvorräte verfüge. Aber München ist nun mal teuer, und die Medienbranche zahlt schlecht.
«Hey, Kleine, natürlich zahle ich die Miete für die Wohnung», sagt Lorenz, «war ja auch meine Idee. Mach dir darüber keine Gedanken!»
«Hast du den Vertrag schon unterschrieben?», frage ich erschrocken. Hoffentlich nicht. Wäre ja auch ganz schön bescheuert, eine Wohnung zu mieten, ohne den anderen vorher … Gut. Lassen wir das.
«Natürlich nicht. Aber wir können Montag vorbeischauen, und dann kannst du sagen, ob sie dir gefällt.»

Sehr gut. Aufschub. Ich kann mir bis Montag überlegen, wie ich Lorenz schonend beibringe, dass ich die Sache mit dem

Apartment in der Breisacher Straße für einen ausgemachten Schwachsinn halte. Ich will kein Liebesnest. Lorenz soll mich noch eine Weile ablenken und mein Ego streicheln. Als Gegenleistung bekommt er guten Sex und eine schöne Zeit, eine Auszeit von seinem anstrengenden Ehemann-und-Vater-Alltag. Es ist ein fairer Deal. «Vor allem der unwissenden Ehefrau gegenüber ist es unglaublich fair», mischt sich das Engelchen ein. «Du nervst!!!», zische ich. «Was sagst du, Kleine?», will Lorenz wissen. «Nichts, nichts», beschwichtige ich ihn, und zu Engelchen wispere ich fast lautlos: «Das ist nicht mein Bier, das ist sein Problem!» Trotzdem habe ich das Gefühl, dass Lorenz' Ehefrau misstrauisch aus ihrem silbernen Bilderrahmen auf dem Schreibtisch zu uns hinüberschaut. Mist. Sie muss sogar Lorenz' nackten Hintern gesehen haben, den er ihr zuwandte, als er mich auf dem Besprechungstisch …
Auf einmal fühle ich mich unwohl in diesem Büro. Außerdem muss ich weg. Ich bin schon viel zu lange hier und habe noch einiges zu erledigen für heute Abend.

«Lorenz …», beginne ich und streichle dabei entschuldigend seine Hüfte. Fehler. Lorenz der Zweite reagiert prompt. Wenn er grinsen könnte, täte er das jetzt. Sein Besitzer guckt nach unten, selbst überrascht, und lacht. «Er mag dich», sagt er, und dann wird seine Stimme einen Deut tiefer und rauer, «nein, mehr, er begehrt dich, Marie, er will dich, und er kann gar nicht genug von dir bekommen. Von dir und deiner … Kleinen.» Aaaah. Immer das gleiche Problem. Wie nennt man die Geschlechtsorgane, ohne sie zu verniedlichen, ohne vulgär zu sein oder peinlich? Beim Mann ist das ja noch vergleichsweise einfach. Ich mag das Wort Schwanz. Es ist deutlich, aber nicht zu ordinär, und die Männer benutzen es selbst gerne für ihre besten Stücke. Glied ist auch noch okay, vielleicht einen Tick zu anatomisch. Aber was sagt man bei der Frau? Muschi?

Geht gar nicht. Da muss ich an Frau Stoiber denken, und alles ist vorbei. Das F-Wort ist schrecklich. Scheide klingt nach ausscheiden und damit eher nach Toilette als sexueller Ekstase. Und sonst? Yoni? Uuuh, Räucherstäbchenalarm. Schoß ist ganz gut. Aber nicht gerade konkret. Möse? Reimt sich auf böse. Nicht schlecht. Hat aber keinen schönen Klang.

Während ich noch über das sexuelle Vokabular nachgrüble, ist Lorenz bereits wieder zur Praxis übergegangen. Mein Slip hängt an meinen Knöcheln. Und Lorenz kniet vor mir. Ich spüre, wie meine Lust wiederkehrt. Begehrt zu werden ist toll. Klar hätte ich jetzt nichts gegen eine weitere Nummer mit diesem begnadeten Liebhaber, vielleicht eine etwas langsamere, zärtlichere. Aber ich habe doch keine Zeit. Verstohlen werfe ich einen Blick auf die Uhr. Schon fast vier. Und ich muss noch einkaufen, aufräumen, putzen, mir ein hübsches Oberteil zum Geburtstag schenken, essen, ein bisschen vorschlafen, duschen und schließlich um 20 Uhr in der *Josef Bar* sein, bevor meine Gäste dort eintrudeln. Es hilft nichts. Ich muss die Situation hier abbrechen.

«Sag mal, Lorenz», beginne ich, «hast du eigentlich noch Sex mit deiner Frau?» Sein Gesicht taucht zwischen meinen Beinen auf und sieht mich einigermaßen entgeistert an. «Was soll denn die Frage jetzt?» Und mit sanfter Stimme fügt er hinzu: «Lass mich lieber weitermachen. Du schmeckst soooo gut …»
«Interessiert mich aber», insistiere ich, und um ganz sicherzugehen, schiebe ich noch einen Satz hinterher, in dem zweimal «deine Frau» vorkommt. Bei der insgesamt dritten Erwähnung seiner Angetrauten wird Lorenz endgültig von seiner Erektion verlassen.
«Was ist denn?», frage ich und tue enttäuscht. «Ist es schon so spät?» Ein Blick auf die Uhr. «Tatsächlich, oje … Wahnsinn, wie schnell die Zeit vergeht. Es ist schon nach vier!»

Lorenz lässt sich seine gute Laune nicht verderben. «Ich freue mich schon auf unsere kleine Wohnung», sagt er und grinst, «da machen wir es uns so richtig schön gemütlich!»
Ich nicke und sammle meine Klamotten zusammen. Auch Lorenz steigt seufzend wieder in seine Joop!-Unterwäsche. Polo-Ralph-Lauren-Shirt und Boss-Jeans lässt er jedoch noch liegen. «Ich bring dich raus», sagt er und gibt mir einen Kuss. Wir gehen zur Bürotür. Lorenz dreht am Schlüssel, mit dem er vorsichtshalber von innen abgeschlossen hat. Kluger Mann. Wäre nicht so gut für seine Autorität als Chef, wenn ein übereifriger, samstags arbeiten wollender Mitarbeiter seinen Boss beim Vögeln auf dem Besprechungstisch überraschen würde. «Verdammt, das blöde Schloss klemmt immer», flucht Lorenz und ruckelt am Schlüssel. «Vorsicht», wende ich ein, doch da ist es schon passiert. «Knack» macht es, und der Schlüssel bricht entzwei. Ich brauche ein paar Sekunden, bis ich die Situation überblicken und «Scheiße» sagen kann. Na toll. Ich wollte heute Abend mit 80 Leuten ganz groß meinen Dreißigsten feiern. Stattdessen werde ich mit meinem überpotenten Liebhaber bis Montagmorgen in dessen Büro festsitzen und mir den Hintern auf dem Besprechungstisch wund scheuern. «Gibt es keinen zweiten Ausgang?», will ich wissen. «Nö», sagt Lorenz, «das ist ein Altbau!» «Na bravo. Ersatzschlüssel?» «Hat meine Frau. Keine Panik, Kleine. Ich rufe meinen Geschäftspartner Michael an, der hat auch einen Schlüssel zum Büro. Wenn ich den abgebrochenen Teil mit der Zange aus dem Schloss ziehe, müsste er von außen aufsperren können.»

O Gott. Ich glaube, mir ist das Ganze peinlicher als Lorenz selbst. Der ruft in aller Seelenruhe seinen Kumpel an und erzählt ihm irgendeine Geschichte.
«Er ist in fünf Minuten da», sagt er, als er aufgelegt hat, «jetzt bitte keinen Mucks, Mäuschen.» Und er schiebt mich sanft ins

Herrenklo. Wie erniedrigend. Geliebte zu sein ist nicht immer lustig. Mäuschen. Und was, wenn ich niesen muss? Natürlich muss ich nicht. Als ich höre, wie jemand die Tür aufschließt, lege ich selbstverständlich neugierig mein Auge an das Schlüsselloch der Toilettentür. Michael betritt das Büro. «Lorenz, alter Schwede», kumpelt er seinen Freund an, «was arbeitest du auch immer so viel, und das am Wochenende?» Dann guckt er auf einmal leicht irritiert. Ich brauche ein wenig, bis ich begreife, warum. Lorenz läuft immer noch in seiner Joop!-Unterwäsche rum. Aber cool ist er schon, das muss man ihm lassen. Während ich in der Herrentoilette tausend Tode sterbe und mich winde, behauptet Lorenz seelenruhig, er könne in Unterwäsche einfach besser und freier denken als in Jeans und Polo-Shirt. Lachend und sich auf die Schultern klopfend, verlassen die Männer schließlich – beide voll bekleidet – das Büro. Ich warte die verabredeten fünf Minuten, bis ich mich wie ein Dieb aus dem Haus stehle. Was für ein Geburtstag.

Josef Bar, Klenzestraße, nach Mitternacht

Paul hat sich nicht gemeldet. Hat meinen Geburtstag vergessen. Hat mich vergessen. Aus seinem Leben radiert. Wenn ich überhaupt jemals darin eingezeichnet war.
Trotzdem, und das verwundert mich ein wenig, kann ich mein Fest genießen. Alle sind da. Vroni und Bernd, Beate, Marlene, Simon, Martin, Max, Svenja und ungefähr siebzig weitere Freunde, Bekannte und Freunde von Freunden. Im schummrigen Licht der *Josef Bar*, das eigentlich nur durch eine rot angestrahlte Discokugel erzeugt wird, sehen wir alle aus wie direkt den Society-Seiten der BUNTEN entsprungen. Jeder H & M- oder Zara-Fetzen wirkt in dieser Umgebung und Beleuchtung wie ein Haute-Couture-Stück. Max markiert den DJ und legt

ein Lieblingslied nach dem anderen auf. Coldplay, Helden, Keane, Anajo, Depeche Mode, 2raumwohnung und The Cure – ich höre gar nicht mehr auf zu tanzen. Und habe wirklich Spaß dabei.

Doch gleichzeitig hoffe ich insgeheim bis in die frühen Morgenstunden, dass sich der Vorhang der Eingangstür öffnet und Paul auf einmal dasteht. Mit seinem leicht verwundert wirkenden Gesichtsausdruck, den Mantelkragen hochgeschlagen und mich mit den Augen suchend. Und dann würde er schweigend auf mich zugehen. Die Bewegungen der Tanzenden würden auf einmal in Zeitlupe stattfinden, ich würde die Musik nicht mehr hören, und meine Freunde würden eine Gasse bilden, durch die Paul langsam auf mich zukäme. Dann würde er eine kleine Ewigkeit vor mir stehen und mich einfach nur ansehen. Und dabei nicht lächeln. Schließlich würde er mein Gesicht in seine Hände nehmen und mich küssen. Aus, Ende, Abspann.

Wie es danach weitergehen würde, möchte ich gar nicht wissen. Die blöde Realität kann mir gestohlen bleiben. Mit ihren vorschnell abgeschlossenen Mietverträgen für Altbauwohnungen in Neuhausen und dem ganzen anderen Kram, der die schönen Märchen kaputtmacht. Vielleicht ist es doch gut, dass Paul und ich nicht mehr zusammen sind. So kann ich wenigstens ungestört von ihm träumen. Und das kann mir keiner nehmen. Nicht mal an dem Tag, an dem ich mich von meiner Jugend verabschiede.

DONNERSTAG, 21. OKTOBER 2004 – MAN MUSS NIE VERZWEIFELN ODER: BERLIN, BEN UND RILKE

Ich muss sagen, dass ich relativ stolz auf mich bin. Ich habe meine kleine Hilfe-schon-dreißig-und-noch-nichts-erreicht-Depression überwunden. Irgendwie geht es ja immer weiter, selbst wenn man zwischendurch echt keine Lust mehr auf dieses Leben hat. Wenn einen alles ankotzt. Wenn man sich fühlt wie ein Hamster im Rad, ständig am Machen und Tun, ohne dass ein Fortschritt zu erkennen ist. Arbeiten, um Miete bezahlen zu können, Miete bezahlen, um wohnen zu können, wohnen, um arbeiten zu können. Alles muss ständig gepflegt oder repariert werden, nur um den Status quo aufrechtzuerhalten. Das fängt beim Putzen an und hört bei Freundschaften auf. Und fertig wird man nie. Wenn das Bad blitzt und duftet, liegt garantiert im Wohnzimmer schon wieder eine Staubschicht auf den Regalen. Wenn mit Vroni und Beate alles klar ist, wir uns gut verstehen, ich gerade auf dem Laufenden bin über das Leben, Lieben und die Probleme meiner Freundinnen, fühlt sich garantiert Marlene vernachlässigt.
Oft bin ich kurz davor, entnervt alles hinzuschmeißen, den nächsten Flieger nach Sydney zu nehmen und dort die Zeit zu genießen, bis meine Probleme gemerkt haben, dass ich nicht mehr in München bin, und mir nachgereist kommen. Doch es geht immer irgendwie weiter. Im richtigen Moment kommt ein toller Abend mit den Freunden, eine besondere Begegnung, ein spannendes Projekt im Job. Man muss sich nur entspannen und darauf vertrauen, dass diese Momente eintreten, wenn man sie braucht. Ganz bestimmt.

Heute passiert so etwas. Ich bin mit Lorenz in Berlin. Das heißt, eigentlich sind wir beide geschäftlich in der Hauptstadt. Ich

darf für mein Magazin ein Interview mit Ben Becker führen, und Lorenz trifft ebenfalls ein paar wichtige Leute für seinen Job.
Nach wie vor bin ich begeistert, wenn ich ins Flugzeug steigen, in eine andere Stadt fliegen und dort abenteuerliche Dinge erleben darf. Und so was nennt sich dann auch noch Arbeit. Toll. Viele meiner Kolleginnen sind genervt, wenn sie frühmorgens an den Flughafen fahren und die Nacht im Hotel verbringen müssen. Ich nicht. Ich liebe Geschäftsreisen. Gut, und die Nacht im Hotel wird auch nicht langweilig werden. Eher kurz und ohne viel Schlaf. Denn natürlich teilen Lorenz und ich uns ein Zimmer.

Aber vorher treffe ich Ben Becker in der *Newton Bar* am Gendarmenmarkt. Ich habe mir extra für ihn neue Schuhe gekauft. Schwarze, spitze Pumps. Sie passen hervorragend zu meinem Outfit für wichtige Ereignisse: ein schwarzer, asymmetrisch fallender Rock, ein lavendelfarbenes Poloshirt aus weichem Stoff und ein enger, schwarzer Baumwollpulli mit V-Ausschnitt.
Ben sieht müde aus, ist aber sehr nett zu mir. Ein freundlicher Mensch mit Ringen unter den sanften Augen und einem Wahnsinn von einer Stimme. Er bietet mir das Du an. Und dann reden wir. Eigentlich sollte ich ihn tausend Dinge fragen. Unter anderem zu seiner Arbeit für das Rilke-Projekt und zu seinen Plänen für das Schiller-Jahr 2005. Das Interview ist schnell vergessen. Wir philosophieren über Rilke und seine wunderbaren Texte, und ich bin das erste Mal in meinem Leben glücklich darüber, dass ich Germanistik studiert habe und mich einigermaßen auskenne. Ben Becker soll mich nicht für eine ungebildete Lifestyle-Tussi halten.
«Mein Lieblingsstück auf der ersten CD ist ‹Du, nur du›», sage ich, und er beginnt zu meiner Entzückung mit seiner tiefen, schweren Stimme zu rezitieren:

Du, der ich's nicht sage, dass ich bei Nacht
weinend liege,
deren Wesen mich müde macht
wie eine Wiege.
Du, die mir nicht sagt, wenn sie wacht
meinetwillen:
wie, wenn wir diese Pracht
ohne sie zu stillen
in uns ertrügen?
Sieh dir die Liebenden an,
wenn erst das Bekennen begann,
wie bald sie lügen.

Während er den Text spricht, langsam und fast feierlich, sieht er mir die ganze Zeit in die Augen. Aber ich fühle mich nicht angestarrt, sondern wahrgenommen. Ich bin hin und weg. Diese Stimme. Sie erinnert mich an Paul. Seine Stimme ging auch in meine Ohren und breitete sich von dort in meinem ganzen Körper aus. Und dieser Text dazu. Er macht mich traurig und tröstet mich gleichzeitig. Rilke muss auch eine unglückliche Liebe erlebt haben. Sein Text benennt den einzigen Ausweg, den ich habe, wenn ich Paul nicht vergessen kann, aber ohne ihn leben muss.

Ben merkt, wie ergriffen ich bin. «So, wie dich dieser Text berührt, muss ich dir unbedingt noch einen anderen von Rilke zitieren. Der kommt allerdings nicht auf der CD vor. Aber vielleicht kannst du ja etwas damit anfangen.» Und er sagt:

Man muss nie verzweifeln, wenn einem etwas verloren geht, ein Mensch oder eine Freude oder ein Glück; es kommt alles noch herrlicher wieder. Was abfallen muss, fällt ab; was zu uns gehört, bleibt bei uns, denn es geht al-

les nach Gesetzen vor sich, die größer sind und mit denen wir nur scheinbar im Widerspruch stehen. Man muss in sich selber leben und an das ganze Leben denken, an alle seine Millionen Möglichkeiten, Weiten und Zukünfte, denen gegenüber es nichts Vergangenes und Verlorenes gibt.

Am Ende des zweistündigen Interviews habe ich keinerlei neue Informationen auf meinem Diktiergerät, dafür aber zahlreiche Verse von Rilke – von Ben Becker für mich gesprochen.
«Für das Interview können wir ja dann nochmal telefonieren», sagt Ben, als wir gezahlt haben und das Lokal verlassen, und gibt mir seine private Telefonnummer. Ja. O ja. Telefonieren.

Mit Rilkes Texten, ohne Interview und mit Bens Stimme in Ohr und Herz laufe ich durch das spätabendliche Berlin. Wenn ich mich beeile, bin ich in zwanzig Minuten im Hotel am Alexanderplatz, wo Lorenz sicher schon ungeduldig auf mich wartet. «Hallo Kleine», wird er sagen, wenn er mir die Zimmertür öffnet, «na, hast du einen erfolgreichen Tag gehabt?» Dabei wird er von einem Ohr zum anderen grinsen, weil er sich wirklich freut, mich zu sehen. Und weil er sich auf den Sex mit mir freut. Und weil er einfach ein Mann ist, der immer alles positiv sieht, das Beste aus jeder Situation macht und dessen Lebenssinn darin besteht, seine Zeit so intensiv wie möglich zu genießen. Nicht, dass das falsch wäre. Da das Leben eh keinen tieferen Sinn hat, warum sollte man es dann nicht maximal genießen und sich ein paar schöne Jahrzehnte machen? Manchmal steckt Lorenz' pure Lebensfreude und Fröhlichkeit mich an, reißt mich mit, macht mich sogar glücklich, für den Moment. Aber manchmal würde ich mir auch wünschen, ihn mal in einem melancholischen oder traurigen Moment zu erwischen, mit schlechter Laune oder in grüblerischer Stimmung.

Auf einmal merke ich, dass ich keine Lust habe, die Nacht mit ihm im Hotel zu verbringen. Was viel mehr mit meiner traurig-schönen, aufgewühlten Stimmung zusammenhängt als mit ihm. Aber wie sage ich ihm das, ohne dass er beleidigt, sauer oder traurig (?) ist? Kurz spiele ich mit dem Gedanken, den Mailboxtrick anzuwenden. Man muss nur eine zweistellige Zahl zwischen Vorwahl und Rufnummer eingeben und schon kommt man direkt zur Mailbox, auch wenn das Handy eingeschaltet ist oder der andere die Mailbox nicht mal eingeschaltet hat. Praktische Sache, wenn man zum Beispiel mit Jürgen und Irene auf dem Tollwood verabredet ist, plötzlich aber doch viel mehr Lust hat, auf der Couch liegen zu bleiben und beim Tatort eine Tafel Noisette-Schokolade zu vertilgen.

Nö, das kann ich nicht bringen. Ich muss ihn anrufen. Mit ihm sprechen.
«Kleine! Wo bist du?»
«Hallo Lorenz ...»
«Schon fertig mit dem Interview? Wie war's?»
«Äh, gut. Sehr ... interessant. Du, Lorenz ...»
«Wann kommst du? Ich hab Sehnsucht nach dir!»
«Lorenz, bitte sei mir nicht böse, aber ich möchte heute Nacht lieber alleine sein. Es hat nichts mit dir zu tun.»
«Ist es wegen Ben Becker?»
Ja, will ich sagen, es ist wegen Ben Becker, aber nicht so, wie du denkst. Doch gerade noch rechtzeitig fällt mir ein, dass es nie funktioniert, jemandem zu erklären, ein Sachverhalt sei anders, als er denke. Im Gegenteil. Die Formulierung «Es ist nicht so, wie du denkst» bringt sogar den gutgläubigsten Menschen dazu, seinem Gegenüber zu misstrauen.
«Nein. Mir geht's einfach nicht so gut», schwindle ich also. Mir geht's prima. Obwohl ich melancholisch gestimmt bin, vielleicht sogar ein wenig traurig. Es ist eine schöne Traurig-

keit, und ich möchte gerne über Rilkes klugen Satz nachdenken, den Ben Becker mir sagte. Ich habe ihn gleich in meinem schwarzen Moleskine-Notizbuch aufgeschrieben.
Lorenz kapituliert. Er merkt, dass er heute keine Chancen bei mir hat.
«Ist okay, Kleine», sagt er mit sanfter Stimme, und ich weiß, dass er mir nicht böse ist. «Pass auf dich auf. Berlin ist nicht München, Berlin ist eine Großstadt. Soll ich dir noch ein Hotelzimmer organisieren?»
Der Gute. Jetzt bekomme ich beinahe ein schlechtes Gewissen.
«Danke, nicht nötig, aber lieb von dir», antworte ich, «ich stehe hier gerade vor einer netten Pension in der Charlottenstraße, ich glaube, hier bleibe ich. Schlaf gut, Lorenz. Wir sehen uns morgen im Flieger.»

Eine Stunde später liege ich im weißen Federbett. Kann ein Satz ein Leben verändern? Können Worte überhaupt trösten? «Es kommt alles noch herrlicher wieder», murmle ich zu mir selbst, «es gibt nichts Vergangenes und Verlorenes.» Alles wird gut.

DIENSTAG, 2. NOVEMBER 2004 –
AUS DIE MAUS

Manchmal frage ich mich ja schon, ob nur ich mir diese Fragen stelle. Heute Morgen war ich bei Tchibo am Rotkreuzplatz, weil deren Newsletter mich überzeugt hatte, dass ich unbedingt mein Bad neu gestalten muss und dass das nur mit den Produkten geht, die es diese Woche dort zu kaufen gibt. Leider war alles, was ich gerne gehabt hätte, bereits ausverkauft. Ich liebäugelte kurz mit der Olivenschnecke, dem Espressoset und der Blümchenbettwäsche, die auch noch verfügbar waren, ließ es dann aber bleiben. Mein Keller ist auch so schon voll genug. Wenn Tchibo mal Container zum mülltrennungsfreien Entrümpeln im Angebot hat, werde ich beherzt zugreifen.

Im Tchibo-Laden duftete es wahnsinnig gut nach frisch gemahlenem Kaffee. Ob das das Geheimnis von Tchibo Erfolg ist? Erzeugt Kaffeeduft beim Deutschen ein Kaufbedürfnis? Aber wie machen die das dann mit ihrem Onlineshop? Jedenfalls ging ich zur Theke und sagte: «Einen mittleren Milchkaffee zum Mitnehmen, bitte.»

«Mir ham koan Ausschank», informierte mich die Kaffeeröstérin hinter dem Tresen. Ich guckte irritiert. Stammelte eine Entschuldigung (warum entschuldige ich mich eigentlich immer, wenn ich nicht weiß, was ich sonst tun soll?) und verließ fluchtartig den Laden. Draußen warf ich einen verunsicherten Blick zurück. Doch. Tchibo. Ich war im Kaffee-Geschäft. Im Kaffee-Geschäft, in dem es keinen Kaffee gibt. Ich meine, ich sage ja nichts, wenn ich bei Gucci keine Pommes rot-weiß ordern kann. Aber keinen Kaffee bei Tchibo? Und wenn *mich* das schon so schockiert, wie muss es dann erst meiner 80-jährigen Nachbarin gehen? Die versteht doch die Welt nicht mehr.

Weitere Fragen, die vermutlich nur ich mir stelle: Warum laufen Freundinnen, besonders die in der Altersklasse von 18 bis 25, so gerne im gleichen Outfit rum? Okay, bei der Dünneren von beiden kann ich das noch verstehen. Aber meistens hat ja eine die schlechtere Figur. Und ist sich dessen hundertprozentig bewusst. Frauen sind sich jedes kleinen Makels ihres Körpers bewusst, kennen jede Cellulite-Delle mit Namen und vergeben eigene Postleitzahlen an Pickel, die Dritte gar nicht sehen. Die Dicke weiß also, dass ihre Freundin schlanker ist. Trotzdem zieht sie das Gleiche an. Letzten Sommer waren es zum Beispiel gekrempelte Dreiviertel-Jeans mit einem Tuch als Gürtel und dazu ein weißes Spaghettiträger-Oberteil und Flipflops. Natürlich wird dem Betrachter der direkte Vergleich leicht gemacht beziehungsweise aufgedrängt, wenn die beiden Mädels das Gleiche anhaben. Deswegen verstehe ich das nicht. Marlene und ich haben auch ein paar gleiche Kleidungsstücke. Doch wenn eine von uns eines davon anzieht, wenn wir uns hinterher treffen, schickt sie eine SMS an die andere, um Partnerlook zu vermeiden. «fcuk» steht zum Beispiel in so einer Textnachricht, was so viel heißt wie: «Hey Marie, ich ziehe heute das schwarze Shirt von french connection uk an, also sieh zu, dass du was anderes trägst, Bussi Marlene.»

Ferner frage ich mich, warum Mütter so viel Wert darauf legen, dass man Vorhänge in seiner Wohnung anbringt. Als ich meiner voller Stolz Beates und meine neue Bleibe in der Ysenburgstraße zeigte, verlor sie kein Wort über den wunderschönen Dielenboden, die gemütliche Wohnküche oder die weißen Flügeltüren. Sie sagte «schön, schön», kräuselte ihre Nase und meinte dann:

«Schnuppel, ich habe noch Vorhänge für dich im Keller. Wann hängen wir die denn mal auf?»

Schnuppel war irritiert. Schnuppel konnte sich nämlich nicht erinnern, einen Vorhangkauf in Auftrag gegeben zu haben.

«Mama, ich hatte eigentlich nicht vor, Vorhänge anzubringen.»

«Wie – keine Vorhänge?!», fragte sie alarmiert.

«Nö.»

«Aber dann kann dir doch jeder bis zum Bauchnabel gucken!»

Jeder war leicht übertrieben für die eine Wohnung auf der anderen Seite der Straße, von der aus man theoretisch einen Blick in Beates und meine Zimmer werfen konnte. Ich teilte meiner

Mutter mit, dass «jeder» eine alte und höchstwahrscheinlich ebenso taube wie fehlsichtige Frau war.
«Aber wie sieht denn das aus, so ganz ohne Vorhänge ...»
Schließlich einigten wir uns auf cremefarbene Raffrollos aus Stoff. Von IKEA. Die liegen jetzt seit drei Monaten originalverpackt in der Rumpelkammer. Aber bitte nicht meiner Mutter davon erzählen.

Ich werde mit Lorenz Schluss machen. Das mit dem Apartment, mit unserem Liebesnest, das konnte ich gerade noch abbiegen. Lorenz war Feuer und Flamme für die Idee, aber meine Gegenargumente überzeugten ihn schließlich. Zu gefährlich, so ein Zweitwohnsitz, zu hoch die Wahrscheinlichkeit aufzufliegen. Er stimmte mir letztendlich zu, aber ich hatte nicht das Gefühl, dass er richtig Panik hatte, seine Frau könne etwas merken. Und genau das machte *mir* Panik. Unser Spiel war dabei, seine Leichtigkeit zu verlieren. Es hatten sich keine großen Dinge verändert. Deswegen hatte ich den Wandel zunächst auch nicht bemerkt. Aber seit Lorenz diese Apartment-Idee hatte, habe ich etwas genauer hingesehen und einige Kleinigkeiten entdeckt. Er küsst mich zum Beispiel anders in letzter Zeit. Nicht viel anders, es ist eigentlich auch nicht der Kuss an sich, der sich verändert hat, sondern dieser Moment, wenn der leidenschaftliche Zungenkuss vorbei ist. Die Art, wie Lorenz dann noch einmal meine Lippen mit seinen berührt, passt nicht zu einer unverbindlichen Affäre. Ich kenne mich damit aus. Paul küsste mich auch so. Auf eine unendlich zärtliche Art legte er am Schluss immer nochmal seinen Mund auf meinen.
Engelchen und Teufelchen räuspern sich synchron. Aber ich beachte sie gar nicht. Ignorieren hilft immer noch am besten gegen meine zwei ungebetenen Ratgeber.

Aber wie beendet man eine Affäre? Geht man schön zum Essen in die Trattoria in der Klugstraße und bespricht bei einem Glas Chianti, dass sich die Wege trennen werden? Oder schickt man eine Mail, in der man seine Gründe erläutert? Macht man einen Spaziergang, oder ist man einfach nicht mehr erreichbar für den anderen? Nein, so werde ich es nicht machen. Das wäre nicht fair. Was du nicht willst, das man dir tu, das füg auch keinem andren zu. Irgendwo habe ich mal gelesen, dass man den Charakter einer Frau (oder war es der eines Menschen?) bei einer Trennung erkennt.

Ich gehe mit Lorenz ins *Maria Passagne*, eine kleine Bar in Haidhausen. Das Besondere am *Maria Passagne* ist, dass man es nicht findet, wenn man es nicht kennt. Die Tür trägt kein Schild, nichts deutet darauf hin, dass sich hinter der unscheinbaren Pforte eine angesagte kleine Lounge befindet. Am Anfang hat sich das Wissen um die Existenz dieser Bar nur durch Mund-zu-Mund-Propaganda herumgesprochen. Inzwischen ist das *Maria Passagne* leider in jedem zweiten München-Guide verzeichnet. Lorenz jedoch kennt es noch nicht.
Wir treffen uns am Weißenburger Platz und schlendern von dort die Kellerstraße entlang, biegen dann rechts in die Steinstraße ein. Es ist kalt. Aber trotzdem ein schöner Abend. Klare Luft, die nach Schnee riecht. Ja, wirklich, ich kann Schnee riechen. Man muss nur in einer kalten Nacht scharf einatmen. Wenn Schnee in der Luft liegt, fühlt sich das an, als sei ein Schwimmbad in der Nähe, dessen ganz leichten Chlorgeruch man einatmet.
«Hey, Fräulein Smilla», lacht Lorenz, als ich ihm von meinen übersinnlichen Fähigkeiten berichte.
«Du wirst sehen, es wird schneien. Morgen, spätestens übermorgen wirst du daran denken, was ich gesagt habe!»
Schluck. Morgen und übermorgen wird Lorenz mich vielleicht

hassen, weil ich mit ihm Schluss gemacht habe. Ich darf das Ziel dieses Abends nicht aus den Augen verlieren. Bin ja nicht zum Vergnügen mit Lorenz unterwegs.

«Nee, das glaube ich nicht!», lache ich und spucke beinahe mein Sushi quer über den Tisch.
«Äh, doch. Das war so», bekräftigt Lorenz.
«Du hast dir wirklich den Hintern verbrannt, weil du zu lange an einem neuseeländischen Strand gevögelt hast?» Ich stelle mir einen sehr jungen Lorenz vor und sehe seinen nackten Po bildlich vor mir, wie er am Ngaranui Beach über einer hübschen britischen Backpackerin in der erbarmungslosen neuseeländischen Sonne wippt.
«Das T-Shirt hatte ich extra angelassen», informiert Lorenz mich, «ich meine, ich war zwar jung, aber nicht dumm, und auch damals gab es schon die Problematik mit dem Ozonloch …»
Ich überlege, welche peinliche Popp-Geschichte ich ihm im Gegenzug erzählen kann. Vielleicht die, als Paul und ich damals in der Wiese seines Gartens ineinander versanken und leider die Zeit vergaßen sowie die Tatsache, dass wir seine besten Freunde zum Grillen eingeladen hatten mit dem Hinweis, sie sollten doch nicht vorne, sondern durch das Gartentor hereinkommen. Ich öffne den Mund, um die Story zum Besten zu geben, als mir wieder einfällt, warum ich hier mit Lorenz sitze.

«Sag mal, ist Beate eigentlich grad in München oder auf Tournee?», fragt mich Lorenz, bevor ich etwas sagen kann. Ich weiß, was diese Frage bedeutet. Bin ja nicht blöd. Er möchte poppen. Nach dem *Maria Passagne*. Na ja. Lorenz will eigentlich ständig poppen. Ich meine das nicht abwertend, im Gegenteil. Es ehrt mich (denn momentan möchte er ja mit *mir* ins Bett, was heißt, dass ich auch mit 30 noch eine begehrenswerte

Frau bin). Und er kommuniziert seine ausgeprägte Libido so natürlich und offen, dass ich nichts Schlimmes daran finden kann. Da weiß frau wenigstens, woran sie ist.
Im Grunde wollen doch fast alle Männer ständig Sex. Aber die wirklich Schlimmen sind nicht die, die es uns sagen und zeigen. Die Schlimmen sind diejenigen, die so tun, als sei es anders. Diejenigen, die sich abendelang in Cafés und Bars mit uns herumquälen und Interesse für unser Seelenleben oder die Gedichte von Rainer Maria Rilke vortäuschen, obwohl sie nur eines wollen und auch an gar nichts anderes mehr denken können. Das sind die, die uns dann noch im Hausflur das Sommerkleid zerfetzen, hektisch und ungeschickt mit dem Gummi herumhantieren, bis uns selbst der letzte Anflug von Lust vergangen ist, und die dann (zum Glück) nach anderthalb Minuten keuchend kommen.

«Äh, nee, Beate ist leider da», schwindle ich, denn Sex mit Lorenz wäre in meiner Situation und mit meiner Zielsetzung wirklich kontraproduktiv. Obwohl es schon schön wäre, so ein letztes Mal ... Wer weiß, wann ich wieder mal so einen guten Liebhaber ins Bett bekomme ... Nein, Marie.
«Wieso?», kann ich mir trotzdem nicht verkneifen zu fragen.
«Och, weißt du», sagt Lorenz und guckt ein bisschen zerknirscht, «ich war heute beim Arzt, genereller Check-up.»
Hä?
«Willst du das Ergebnis sehen?» Er zieht ein gefaltetes DIN-A4-Blatt aus der Hemdtasche und reicht es mir. Oje, Lorenz wird doch nicht unheilbar krank sein? Und mich bitten, bis an sein nahendes Lebensende so oft wie möglich mit ihm zu schlafen? Um ins Guinness-Buch der Rekorde zu kommen und dann am Meer zu sterben? Bevor meine Phantasie vollends mit mir durchgeht, entfalte ich den Zettel und lese:

Gesundheits-Check für Lorenz Lederer
Praxis Dr. Wohlgemuth, Facharzt für Allgemeinmedizin,
Possartstraße 17, 81679 München
02.11.2004
Befund
Herz: unauffällig
Lunge: unauffällig
Nieren: unauffällig
Leber: unauffällig
Genitalien: unauffällig

«Du meinst ...», lache ich und schaue Lorenz an.
«Kannst du dir vorstellen, wie man sich als Mann fühlt, wenn man das liest??»
«Tröste dich, mein Lieber», sage ich, «ich kann dir versichern, dass deine Genitalien keinesfalls unauffällig sind. Mir sind sie jedenfalls immer aufgefallen. Positiv!»
«Danke. Aber ehrlich gesagt wäre es mir schon lieber, wenn du nochmal nachschauen könntest. Sicher ist sicher!»
«Ja, aber Beate ...»
«Ich kenne da ein entzückendes kleines Hotel im Lehel. Nicht weit von hier, fünf Minuten mit dem Taxi. Ich habe uns vorsichtshalber mal ein Zimmer dort reserviert ...»

«Lorenz ...»
«Ja, Schatz?»
Los jetzt, Marie. Mut gefasst und auf geht's. Tacheles.
«Ich genieße es echt sehr, mit dir Zeit zu verbringen. Macht total Spaß mit dir. Mit dir zu reden, zu lachen, spazieren zu gehen, durch die Bars zu ziehen, und der Sex mit dir ist wirklich traumhaft ...» Aaaaaaaaaah. Falscher Text! Neues Tape.
«Aber, Lorenz, ich glaube, wir sollten nicht so weitermachen. Ich möchte mich nicht in deine Ehe drängen. Die Affäre mit

dir war wunderschön, aber solche Verhältnisse haben nun mal eine Halbwertszeit ...»

«M-hm.»

Wie jetzt. Ist das alles? Ich bin ja froh, dass er keinen hysterischen Anfall bekommt, aber «M-hm» ist dann doch ein bisschen zu lau. M-hm sage ich, wenn mir die Bäckereifachverkäuferin bei Müller offenbart, dass die Krustis aus sind.

«Lorenz?»

«Entschuldige, Kleine, aber ich bin froh, dass du das sagst. Genauso froh, wie ich bin, dass du das mit unserem Apartment abgebogen hast. Das war wirklich eine totale Schnapsidee von mir.»

«...?»

«Weißt du», sagt er und nimmt meine Hand, «ich hätte sowieso nicht mehr lange so weitermachen können. Anja ist im sechsten Monat, und irgendwie kriege ich das gefühlsmäßig nicht mehr richtig auf die Reihe.»

Ich brauche etwa drei Minuten und muss meinen Caipiroshka, der gerade frisch gebracht wurde, austrinken, bis ich in der Lage bin, einen Satz zu formulieren. Subjekt – Prädikat – Objekt, Marie Sandmann, denke ich und stammle:

«Deine Frau ist ... was?!»

«Schwanger. In der 23. Woche. Es wird ein Junge», sagt Lorenz und trieft vor Vaterstolz. Ich rechne hastig im Kopf nach. Uff. Das Kind muss entstanden sein, bevor ich Lorenz auch nur kannte. Wenigstens etwas.

Die nächste Erkenntnis ist weniger angenehm. Ich habe drei Monate lang eine schwangere Frau betrogen. Klar, in erster Linie war es Lorenz, der das tat. Aber auf einmal fühle ich mich mitschuldig. Weibliche Solidarität? Vielleicht. Ich stelle mir vor, ich wäre schwanger. Puh. Zugegeben, eine sehr befremdliche Vorstellung. Mann, Marie, du bist jetzt dreißig Jahre alt, andere Frauen haben in deinem Alter schon Kinder, die das Gymnasium besuchen. Und bekommst bei dem Gedanken, einen Bauch vor dir herzutragen, der nicht von hemmungslosem Häagen-Dazs Strawberry-Cheesecake-Eis herrührt, Beklemmungen. Das ist doch nicht normal. Und es liegt nicht mal daran, dass kein potenzieller Erzeuger griffbereit ist.

«Marie? Alles okay?»
«Äh, ja, klar.»
«Es tut mir total Leid, dass ich unsere wunderschöne Begegnung so beenden muss, so vom Kopf her, aus der Vernunft heraus. Aber es muss sein. Ich muss jetzt ganz für meine Familie da sein, mit meiner ganzen Aufmerksamkeit, und ich kann einfach nicht mit Kopf und Herz bei einer anderen Frau sein, während meine Frau es immer beschwerlicher hat, unser gemeinsames Kind auszutragen ...»
Moment mal. Irgendwas läuft hier schief, verdammt schief. War nicht *ich* diejenige, die Schluss machen wollte mit Lorenz? Wurde es nicht *mir* zu eng, zu viel, zu nah, zu verbindlich? Und jetzt sitze ich hier im *Maria Passagne* und komme mir vor wie ein dummes Gör, das gerade von seinem erwachsenen Lover abgesägt wird, weil dessen Familienplanung keinen Raum mehr für eine Geliebte bietet.
«Das ist nicht fair», denke ich. Leider laut. Und natürlich versteht Lorenz mich miss.
«Marie, es tut mir Leid. Ich weiß, ich hätte es dir schonender beibringen müssen, und vielleicht hätte ich es dir auch früher sagen sollen. Aber du hast mich so mitgerissen mit deiner Lebensfreude, deinen leuchtenden Augen, deiner Fröhlichkeit. Ich hab dich wirklich total lieb, Marie, das musst du mir glauben, und es fällt mir unendlich schwer, dich gehen zu lassen, aber es geht nicht anders ...»
AAAAAAAAH. Sülz. Geht es noch groschenromaniger? Und

überhaupt: Lebensfreude. Leuchtende Augen. Fröhlichkeit. Der Mann kennt mich anscheinend kein bisschen.

«Die Lebensfreude war ausschließlich hormonbedingt, und meine leuchtenden Augen kamen daher, dass ich froh war, dass du mich ein wenig von Paul abgelenkt hast, von meiner einzigen, großen Liebe!», will ich sagen, verkneife es mir aber. Es stimmt auch nicht ganz. Ich mag Lorenz, er gefällt mir, und vielleicht bin ich doch ein wenig verliebt in ihn? Egal, selbst wenn er hässlich, klein und ungebildet wäre, würde es wehtun, so schnöde abserviert zu werden. Vor allem, wenn man vorhatte, den anderen abzuservieren – wenn auch auf eine sensiblere und feinere Art.
Mir schießen die Tränen in die Augen. O nein, Lorenz soll mich nicht heulen sehen. Er würde bestimmt denken, ich würde um ihn weinen. Ich reiße die Augen auf (was man im Schummerlicht der Bar zum Glück nicht so sieht), damit sich die Feuchtigkeit besser in ihnen verteilt, meine Kontaktlinsen sie aufsaugen können und kein Nass mein Auge verlässt. Puh. Es klappt. Keine Tränen. Aber ich war kurz davor.

Und dann sage ich wieder mal diesen Satz, der mir so bekannt vorkommt: «Ich glaube, es ist besser, wenn ich jetzt gehe.»

Erst als ich durchs kalte Haidhausen zur Trambahn laufe, den Pashmina fest um den Hals gewickelt und schnellen Schrittes, fällt mir ein, wann ich diesen Satz schon einmal gesagt habe. Es war damals, als Paul mir eröffnete, dass er keine Beziehung mit mir wollte, weil er nach Lesotho gehen würde. Weil er etwas Besseres, Wichtigeres vorhatte – genau wie Lorenz jetzt. Irgendwie scheine ich immer den Kürzeren zu ziehen. In wessen Lebensplanung bin ich eigentlich von Bedeutung? Wer würde jemals etwas anderes *für mich* aufgeben? Warum werde immer ich für anderes aufgegeben? Und nun laufen mir die Tränen die Wangen hinunter, und ich bemühe mich nicht mehr, sie wegzutricksen. Meine Absätze klappern durch das nächtliche München, und ich weine, weine um das verloren gegangene, um das geklaute Gefühl, nicht alleine zu sein, jemanden zu interessieren, gemocht zu werden, wichtig zu sein. Ich beweine Paul, den ich so sehr vermisse, diese leere, wunde Stelle in meinem Inneren, die nie weggeht, und ein kleines bisschen trauere ich um meinen verlorenen Liebhaber. Er war wirklich gut im Bett.

FREITAG, 12. NOVEMBER 2004 – AUFMÜPFIGE HORMONE

Sie verfolgen mich. Und sie sind überall. Morgens steigen sie am Stiglmaierplatz in die U1. Mittags hängen sie im *San Francisco Coffee Shop* herum, wenn ich eigentlich nur in Ruhe meinen Medium Caramel Macchiato genießen will. Abends stehen sie vor mir in der Schlange an der Kasse des Kaufhofs am Rotkreuzplatz. Auf einmal scheinen sie allgegenwärtig zu sein. Bauchansätze, kleine Kugeln, medizinballartige Ausbuchtungen unter sich spannenden Latzhosen. Egal, ob eine Frau im fünften Monat oder kurz vor den ersten Presswehen ist, ich bemerke jede Schwangere.
Und diese Verschwörung der rentensichernden Bevölkerungsgruppe macht nicht mal vor meinem Freundeskreis halt. Heute Nachmittag, ich brüte gerade über einem anspruchsvollen Text über die – selbstverständlich schwangere – Maxima der Niederlande, klingelt mein Telefon. Alexa ist dran.

«Naaaaaa, Marie?» Schon an ihrem Tonfall ist klar zu erkennen, dass sie nicht anruft, um hallo zu sagen oder sich mit mir auf ein Feierabendbier im Augustiner zu verabreden.

«Hey Alexa, schön, dich zu hören», sage ich und fange sofort an, ihr ein paar Storys aus meinem lustigen Arbeitsleben zu erzählen. Ich merke, wie sie immer ungeduldiger wird, während ich von Ben Becker erzähle, von Sandra Bullock und Denise Richards. Kurz bevor sie mir ins Wort fallen kann, erlöse ich Alexa.

«Und – was gibt's Neues bei dir und Marco?»

«Es stehen einige Veränderungen an», druckst sie auf einmal rum, jetzt, wo ich ihr eine Steilvorlage geliefert habe. Weiber.

«Veränderungen?» Okay, ich kann mich auch blöd stellen. Natürlich weiß ich längst, was los ist. Alexa ist seit zwei Jahren verheiratet und gerade mit Marco in ein Reihenhaus in Gröbenzell übergesiedelt. Schon seit längerem sind die beiden nicht mehr dabei, wenn Vroni, Bernd, Max, Marlene, Beate, Simon und ich abends die Landeshauptstadt unsicher machen. Manche Leute werden eben leider schon langweilig, bevor sie Veranlassung dazu haben.

«Habt ihr die Küche doch in Terracotta gestrichen? Plant ihr die Anschaffung eines BMW Cabrios? Oder wollt ihr etwa dieses Jahr nicht nach Sardinien in den Urlaub fliegen?» Boah, was bin ich fies. Na ja. Reiner Selbstschutz. Und Alexa nimmt meine Spitzen eh nicht wahr.

«Nein, Marie», kichert sie, «es ist eher so, dass unser Arbeitszimmer demnächst kein Arbeitszimmer mehr sein wird ...»

«Wievielte Woche?», frage ich.

«Dreizehnte», sagt Alexa nach einer kurzen, überraschten Pause, und ich höre das Grinsen in ihrer Stimme. War klar. Alle teilen einem das bevorstehende freudige Ereignis in der dreizehnten Woche mit. Außer Lorenz. Der wartete bis zur 24.

«Herzlichen Glückwunsch!», sage ich pflichtschuldig und streiche in Gedanken Alexa und Marco aus meinem Filofax, Abteilung «Freunde, mit denen man auch mal weggehen kann». Was heißt hier, ich bin unfair und gemein? Ich bin nur realistisch.

Menschen, die Mütter oder Väter werden, pflegen ziemlich nachhaltig das Interesse an den schnöden Freuden ihrer Singlefreunde zu verlieren.

«Weißt du, wenn du ein Kind hast, ist dir so was wie Karriere plötzlich gar nicht mehr wichtig», sagte zum Beispiel Tanja, meine Sandkastenfreundin, als ihr Söhnchen Lukas auf der Welt war. Das Wort «Karriere» sprach sie dabei aus, als würde sie «gebratene Heuschrecken» sagen. «Und auch das Ausgehen, Kneipe, Kino, Club – das ist auf einmal so wenig wesentlich», fuhr Tanja damals fort, «weißt du, Marie, die Prioritäten verschieben sich, und du merkst auf einmal, was wirklich wichtig im Leben ist.» Auf jeden Fall nicht mehr dein Äußeres im Allgemeinen und deine Figur im Speziellen, dachte ich damals despektierlich, ich oberflächliche, kinderlose Lifestyle-Tussi.

Klar bin ich nur neidisch. Ich würde auch gerne einen Lebenssinn geschenkt bekommen. Ist doch super. Vorbei wären die verregneten Grübelnachmittage an meinem Lieblingsplatz in der Wohnküche, Vergangenheit die Sinnkrisen, wenn meine Textchefin mir mal wieder eine Doppelseite auf drei Absätze zusammenstreichen würde. Für solche Banalitäten hätte ich dann sowieso keine Zeit mehr, weil Klein-Franziska lautstark ihr Bedürfnis äußern würde, eine Stunde lang meine Brust zu deformieren.

Als ich das Telefonat mit Alexa hinter mich gebracht habe («Du, sei mir nicht böse, aber lass uns ein andermal weiterquatschen – ich muss dringend weiter*arbeiten*»), klingelt das Telefon erneut. Sicher hat sie noch ein Detail vergessen.
«Ja?»
«Äh, hallo. Ist da die Ilse?»

«Wenn ich Ilse heißen würde, würde ich mich erschießen!», fauche ich in den Hörer und knalle ihn auf die Gabel.
«Na, sind wir ein kleines bisschen gereizt, Frau Sandmann?», grinst meine Textchefin Katja. Scheiß-Großraumbüro.
Nicht mal in Ruhe telefonieren kann man hier. Zum Glück brauche ich das Internet für meine täglichen Recherchen, sodass es keiner merkt, wenn ich mal kurz privat surfe. Und zum Glück gibt es Google. Da kann man einfach Wörter eingeben. Ähm, ja. Irgendwas ist in meinem Körper durcheinander geraten. Eigentlich hätte ich vor einer Woche meine Periode bekommen sollen.

Was wäre, wenn ich jetzt schwanger wäre? Von einem verheirateten Mann, der mich gerade abgesägt hat, weil seine Frau das zweite Kind von ihm bekommt. Na toll. Super Voraussetzungen für eine unbeschwerte Mutterschaft. Vom armen Kind ganz zu schweigen. Mein schöner, neuer Job wäre futsch. Das ist der Worst Case, der Super-GAU einer Arbeitnehmerin wie mir: als Schwangerschaftsvertretung selber schwanger zu werden. Das Einzige, was passen würde, wäre die neue Wohnung. Platz wäre dort genug. Obwohl – dritter Stock ohne Lift, und das mit Kinderwagen? Ich schiebe all diese praktischen Probleme zur Seite und überlege: Würde ich ein Kind wollen? Ganz klar: ja. Unter einer Bedingung. Ich möchte nicht, dass mein Leben sich grundlegend verändert. Ich liebe es nämlich so, wie es ist. Das Wohnen im quirligen Neuhausen in der Wohnung über der Kneipe, die Stadt mit ihrem Lärm und ihrer Lebendigkeit, meine Freunde, meine Arbeit. Ich will frei sein, ausgehen, Erfolg haben, Geld verdienen, reisen, Herausforderungen annehmen, Abenteuer erleben.
«Ein Kind ist das größte Abenteuer und die größte Herausforderung, die das Leben dir bieten kann», sagt Engelchen sanft. Ach, halt doch die Klappe. Und was würden erst meine Eltern

sagen? So hatten sie das sicher nicht gemeint, als sie durchblicken ließen, dass jetzt allmählich mal ein Enkelkind angesagt wäre. Sie dachten da sicher eher in den Kategorien «Netten Mann finden» (vorzugsweise einen Rechtsanwalt oder Arzt) – «Heiraten» – «Immobilie im Grünen». Und dann bitte der Nachwuchs. Alles schön der Reihe nach. Wobei ich persönlich ja auch Anhängerin dieser Theorie bin. Spießig? Ja. Aber was soll ich in einem Reihenhaus in Baldham, wenn ich kinderlos bleibe? Dann hätte ich doch bitteschön lieber die schicke Maisonettewohnung in Schwabing oder Nymphenburg.

Andererseits – ich bin jetzt 30. Ich habe nicht mehr ewig Zeit, eine Familie zu gründen. Was, wenn ich das mit dem Kinderkriegen ewig vor mir herschiebe und es dann mit 36, wenn ein Baby in meine Lebensplanung passen würde, zu spät ist? Soll ja vorkommen. Vielleicht wäre es doch gar nicht so schlecht, wenn ich jetzt schwanger wäre. Dann hätte mir das Schicksal einfach die Entscheidung abgenommen. Hm. Ob man das Zusammentreffen eines potenziell fruchtbaren Zyklustages mit einem geplatzten Gummi Schicksal nennen kann?

«Marie?» Katja steht schon wieder vor meinem Schreibtisch. Hastig klicke ich Google weg, bevor sie mein Suchwort erspähen kann. «Einnistungsblutung» macht sich in dieser Redaktion, in der es um Hollywood, Glamour und Schuhe geht, die 800 Euro kosten, nicht so gut.
«Katja, was kann ich für dich tun?», frage ich zuckersüß.
Sie bittet mich um ein Update zur Bambiverleihung, die in sechs Tagen in Hamburg stattfinden wird.
Innerhalb einer Stunde habe ich die Aufgabe erledigt. Dann verlasse ich rasch das Büro. Destination Apotheke. Schwangerschaftstest besorgen. Diese Was-wäre-wenn-Quälerei muss ein Ende haben.

Es ist nicht das erste Mal, dass ich einen Schwangerschaftstest kaufe. Aber es ist das erste Mal, dass ich einen anwende. Ein denkwürdiger Moment? Na ja. Als ich so auf der Toilette sitze und versuche, exakt vier Sekunden lang auf den weißen Teststreifen zu pinkeln, kommt mir das nicht besonders bedeutungsvoll vor. Und nicht eben würdevoll obendrein. Und dann diese erniedrigende Warterei nach dem Zielpinkeln. Zwei bis fünf Minuten kann es dauern, bis man das Ergebnis sieht, steht in der Gebrauchsanleitung. «Vielleicht möchten Sie das Teststäbchen während der Wartezeit in die Verschlusskappe zurückschieben und ablegen», steht da noch. Wie, vielleicht. Ich brauche klare Anweisungen, keine Vorschläge. Und schon gar nicht von einer Gebrauchsanleitung.
Fünf Minuten später. Ist das jetzt ein Plus oder ein Minus? Ich brauche meine Brille. Hm. Auch mit Sehhilfe kann ich nicht mehr erkennen. Eigentlich ist es ein Minus. Also nicht schwanger. Puh. Obwohl? Ein ganz schwacher senkrechter blauer Strich ist da schon zu sehen, oder? Oje. Ich bin ein bisschen schwanger.

«Marlene?»
«Ja, Hasi?»
Marlene ist Expertin für Schwangerschaftstests. Ich glaube, sie macht jeden Monat einen. So wie andere Leute ihre Umsatzsteuervoranmeldung. Rein routinemäßig.
«Sag mal, Marlene, bedeutet ein ganz schwacher vertikaler Strich etwas??»
Sie weiß sofort, wovon ich spreche, obwohl ich gar nicht gesagt habe, dass es um einen Schwangerschaftstest geht.
«Nö, keine Panik. Das ist immer so. Hat nichts zu sagen!»
«Danke. Gut. Ach, übrigens, ich habe mit Lorenz Schluss gemacht!», berichte ich stolz und lasse elegant unter den Tisch fallen, dass ich mit Lorenz Schluss machen *wollte* und dass

er mir zuvorgekommen war. Solche Details spielen jetzt keine Rolle mehr. Hauptsache, die Affäre ist beendet, und Marlene schimpft nicht mehr mit mir.
«Sehr gut», sagt sie, «jetzt geht's dir besser, gell?»
«Ja. Na ja. Ja!», sage ich im Brustton der Überzeugung. Und dann: «Marlene?»
«Ja, was denn, Hasi?» Argh. Sie sagt schon wieder «Hasi» zu mir. Kommt sich jetzt groß-schwesterlich vor, weil ich sie um einen Rat gebeten und einen andern von ihr befolgt habe. Dabei ist Marlene gerade mal zwei Wochen älter als ich.
«Willst du eigentlich mal Kinder?» Seltsam, über dieses Thema haben Marlene und ich nie gesprochen. Wir lernten uns damals beim Studium kennen. Und zwar so, wie man sich an der Münchner Uni kennen lernt. Ich studierte Germanistik, wie Vroni, Marlene machte BWL. Vroni jobbte bei einer Versicherung im Telefonmarketing. Dort traf sie Marlene. Marlene und ich lernten uns im Dezember 1997 kennen, auf einem Demonstrationszug der Studenten durch München. Ich weiß nicht mehr, worum es genau ging, aber ich unterhielt mich recht angeregt mit Marlene. Dann sahen wir uns ein, zwei Jahre lang gelegentlich, unternahmen manchmal etwas zu dritt, Marlene, Vroni und ich. Aber irgendwie war sie immer Vronis Freundin, wertfrei – es war einfach so. Irgendwann fragte Marlene mich, ob ich mal mit ihr zum Skifahren gehen würde. Das war in der Zeit, als Vroni sich beharrlich weigerte, das Skifahren zu lernen. Gesagt, getan. Wir fuhren nach Hintertux und hatten eine Menge Spaß.
Seitdem sind wir befreundet. Und seitdem ist Marlene Single. Was nicht heißt, dass sie keine Männer kennen lernt. Sie sieht super aus mit ihren langen, naturgelockten, brünetten Haaren und ihrer hellen Haut. Sie ist klug (Wirtschaftsprüferin, ich glaube, da muss man klug sein), witzig, selbstbewusst. Und es ist nicht so, dass sich nicht ab und zu ein Mann in sie verlie-

ben würde. Das Problem ist eher, dass Marlene sich nicht in die Männer verliebt. Und wenn, dann in die total Falschen, von denen sie dann, konsequent, wie sie ist, die Finger lässt, bevor überhaupt etwas anfangen kann. Verheiratete Männer, gute Freunde und so weiter kommen für Marlene nicht in Frage. Manchmal hätte ich gerne ein Stück von ihrer taffen Geradlinigkeit. Ich würde ihr dafür ein bisschen von meiner schwachen Sanftheit abgeben, die könnte ihr ganz gut stehen. Eine Mischung aus Marlene und mir, das wäre super. Und der Traum aller Männer.

«Also ich weiß nicht», beginnt Marlene, meine Frage nach dem Kinderwunsch zu beantworten, «wenn ich mich so im Bekanntenkreis umschaue, tendiere ich eher zu dem Entschluss, dass Kinder nichts für mich sind. Mal ganz davon abgesehen, dass mir erst mal ein qualifizierter Erzeuger über den Weg laufen müsste.» Bevor ich etwas sagen kann, fährt sie fort:
«Weißte, um mal Klartext zu reden: Die Leute werden doch alle zu Langweilern, wenn sie Kinder haben. Ob sie wollen oder nicht. Mein Chef zum Beispiel, du weißt ja, der ist vor einem halben Jahr Vater geworden, mit 40. Früher sind die immer schick in den Urlaub gefahren, Tauchen auf den Seychellen, Castello in der Toskana, Skifahren in Aspen und so weiter. Jetzt waren sie wieder im Urlaub. Am Neusiedler See. Habe ihn gefragt, wie es so war. Ich meine, Urlaub in Österreich ist ja an sich nichts Schlechtes, kann echt total cool sein! ‹Ja mei›, hat er gesagt, ‹wie das halt so ist, wenn man ein Kind hat.› Und dabei hat er ein Gesicht gemacht, als hätte man ihm seine Bang & Olufsen-Stereoanlage weggenommen. Weißt du, was ich meine, Marie?»
Ich muss lachen. «Ja!» Marlene ist noch nicht fertig.
«Und am schlimmsten sind die, die sich vorher noch über die Langweiler mit Kind aufgeregt haben. Das sind diejenigen,

die dir dann, wenn sie sich selbst erfolgreich reproduziert haben, eine halbe Stunde lang erzählen, was der kleine Dominik heute Tolles gemacht hat. Ich meine, was kann ein Einjähriger schon Tolles machen? Und selbst wenn: Interessiert es mich? Nö!»

Mist. Sie hat sich in Rage geredet. Als sie eine kurze Pause einlegt und hörbar an ihrer Zigarette zieht, nutze ich meine Chance und sage:
«Aber was ist mit dir, Marlene? Abgesehen von diesen ganzen Bedenken – spürst du keinen Kinderwunsch?»
Das ist nämlich genau das Problem. Klar weiß ich, dass ich a) eine miserable Mutter wäre, viel zu egozentrisch und spaßorientiert, und b) dass ein Kind denkbar schlecht in mein Leben passen würde. Aber er ist trotzdem da – dieser nicht erklärbare Wunsch nach einem Baby. Ich spüre ihn, wenn ich gleichaltrige Frauen mit Kind sehe, wenn wieder mal eine meiner Freundinnen schwanger ist und wenn Lorenz mir von Sophia erzählte. Aus unerklärlichen Gründen trieb mir das stets die Feuchtigkeit in die Augen. Mir, der unabhängigen, lebensfrohen, erfolgreichen Marie, für die ein Leben zwischen Windeleimer und Spielplatz die Horrorvorstellung schlechthin ist. Aber wenn Lorenz von seiner Tochter sprach, veränderte sich jedes Mal der ganze Mann. Verschwunden war seine Business-Härte, jegliche Nadelstreifenattitüde. Seine Stimme wurde weicher und einen Tick höher, seine Gesichtszüge entspannten sich, und der ganze Lorenz begann von innen heraus zu strahlen. Wahnsinn. Irgendwas muss da dran sein.

«Klar», sagt Marlene, «ist doch logisch mit dreißig. Aber das sind nur die Hormone. Das resultiert nicht aus meinem Charakter, sondern ist eine Message meines Körpers, der fruchtbarkeitstechnisch auf dem absteigenden Ast ist. Aber ich lasse mir doch nicht von ein paar aufmüpfigen Hormonen meine Lebensplanung aufdrücken!»

Ich liebe Marlene und ihre brüske Art. Sie hat mir schon so oft geholfen, die Dinge in einem anderen Licht zu sehen als in meinem, das oft viel zu sentimental und gefühlsbetont ist.

«Marlene?»

«Ja, Hasi?»

«Ich glaube, ich habe zu viel Beck's Gold gekauft. Kommst du vorbei?»

Das lässt sie sich nicht zweimal sagen. Zu Hause werfe ich schnell die Bierflaschen in das Gefrierfach, laufe ins *Ysenegger* hinunter, um zwei Packungen rote Gauloises zu holen, und freue mich darauf, mich mit meiner Freundin zu betrinken, zu viel zu rauchen und hemmungslos unsere kinderlose, von aufmüpfigen Hormonen unbeeinträchtigte Freiheit zu feiern.

MONTAG, 6. DEZEMBER 2004 – DER MAX-TEST

Die Zeit vergeht wie im Flug. In den letzten Wochen habe ich gearbeitet wie eine Irre. Und Geld rausgehauen. Ebenfalls, als ob ich nicht ganz dicht wäre. Aber – ich habe keinen Cent ausgegeben, den ich mir nicht selbst erarbeitet habe, und mein Konto hatte stets einen gewissen Bodensatz. In Carrie-Bradshaw-Manier habe ich meinen Anrufbeantworter mit «Hier ist Marie. Ich bin Schuhe kaufen» besprochen. Wobei das gar nicht der Wahrheit entspricht. Von den hohen schwarzen Stiefeln, den Puma-Sneakers in hellblauem Wildleder und den Ballerinapumps in Altrosé abgesehen, habe ich eher andere Dinge erstanden. Sinnvolle, praktische Dinge wie die Federpuschellichterkette für mein Bad zum Beispiel. Als ich dieses

Objekt sah, konnte ich mir ein Leben und vor allem ein Baden ohne Federpuschellichterkette einfach nicht mehr vorstellen. Das Licht, das sie erzeugt, ist fast so sanft wie das von Kerzen. Wundervoll. Überhaupt ist mein Bad (ja, mein Bad, Beate hat ja ihr eigenes) mein liebster Rückzugsort geworden. Stundenlang kann ich in meiner Wanne liegen, im Rosmarinschaumbad von Clarins plätschern, immer wieder heißes Wasser nachlaufen lassen, indem ich mit dem großen Zeh den Warmwasserhahn aufdrehe, und alles, was außerhalb dieser vier Quadratmeter liegt, für eine Weile vergessen. Und an dieser entspannenden Atmosphäre ist meine Federpuschellichterkette maßgeblich beteiligt.

Außerdem habe ich meine Garderobe überdacht und festgestellt, dass es Zeit ist, dem ausschließlichen Klamottenerwerb bei H & M, Zara und s.Oliver auf Wiedersehen zu sagen und mich in teurere Gefilde vorzuwagen. Schließlich bin ich jetzt eine Redakteurin mit festem Einkommen. Also kann ich ruhig auch mal einen Rock bei Kookai kaufen und die dazu passenden Schuhe bei Bally, auch wenn sie 250 Euro kosten.

«Meinst du nicht, dass du's ein bisschen übertreibst?», meinte Max, als ich ihm von meinen Beutezügen durch die Münchner Geschäfte berichtete wie ein Broker von seinen erfolgreichen Aktienkäufen.
«Wieso? Geld muss fließen. Dann kommt auch wieder welches nach», widersprach ich. Das stammt nicht von mir. Es ist einer der Sätze, die ich mal irgendwo aufgeschnappt habe und die sich aus unerklärlichen Gründen in meinem Gehirn festgebissen haben. Manche dieser Sätze wird man sein Leben lang nicht mehr los. Und irgendwann glaubt man dann der Einfachheit halber dran. Und wenn man nur fest genug an etwas glaubt, neigt das dazu, Wirklichkeit zu werden. Das Phänomen

ist ja bekannt. Self-fulfilling prophecy. Ich hatte so lange Angst gehabt, Paul könne mich verlassen, bis er es irgendwann tat. Vielleicht wären wir noch zusammen, wenn ich daran geglaubt hätte? Wenn ich an uns geglaubt hätte? Aber selbst in unseren glücklichsten Zeiten, im Sommer 2003 oder Anfang diesen Jahres in Australien und Neuseeland, war da immer dieser kleine Zweifel, diese winzige Angst, ihn zu verlieren. Bingo.

Max schüttelte spöttisch grinsend den Kopf und nahm meine Nasenspitze zwischen Zeige- und Mittelfinger. Das macht er seit kurzem ab und zu. Und es irritiert mich jedes Mal aufs Neue. Was bedeutet diese Geste? Ist das brüderlich, freundschaftlich, neutral oder gar liebevoll bis neckisch-anbandelnd gemeint? Ich konnte ihn ja schlecht fragen: «Hey Max, was willst du damit ausdrücken, wenn du meine Nasenspitze zwischen Zeige- und Mittelfinger nimmst? Bitte erläutere mir doch mal detailliert deine Motive für diese Gebärde.» Der würde doch denken, ich hätte einen an der Klatsche.

Ich musste anders vorgehen. Max musste getestet werden. Also ließ ich, als wir gestern zusammen ins Kino gingen und «Die fetten Jahre sind vorbei» anguckten, mit voller Absicht meinen warmen, kirschroten Flanellmantel von More & More zu Hause und zog nur den dünnen schwarzen Sommer-Trenchcoat von H & M an. Schon in der Tram auf dem Weg ins Arri-Kino fror ich erbärmlich, doch als ich Max vor dem Kino in der Türkenstraße traf, biss ich die klappernden Zähne zusammen und ließ mir nichts anmerken.
Gut sah der wieder aus. Gegen die Kälte (ja, es war kalt, bitterkalt) trug er eine schwarze Filzkappe auf dem Kopf, die ich ihm einst aus einem Tunesienurlaub mitgebracht hatte. Bei jedem anderen hätte das Ding albern ausgesehen, doch Max mit seinen kurzen dunkelblonden Haaren verlieh die Mütze das gewisse

Etwas. Irgendwie intellektuell und doch sportlich. Schwer zu erklären. Als wir an der Bar des Kinos standen und vor Beginn des Films noch ein Bier nahmen, bemerkte ich diese speziellen Blicke der anderen Frauen. Sie streifen einen, und wenn man selbst Frau ist, weiß man, dass sie einen in Wirklichkeit in Blitzesschnelle scannen. In wenigen Sekundenbruchteilen rattert ein Haufen Informationen und gezogene Schlüsse durch das verwinkelte weibliche Gehirn. «Aha», geht das dann in etwa, «der gut aussehende, große Typ mit der interessanten, weil ungewöhnlichen schwarzen Filzmütze auf dem Kopf, die er jetzt gerade mit seinen schlanken Pianistenhänden abnimmt, ist zusammen mit der Frau hier, die trotz Eiseskälte einen billigen dünnen Baumwollmantel von H & M trägt, einen etwas zu pinken Pashmina – sicher unecht – und deren blonde Strähnen auch mal wieder eine Auffrischung vertragen könnten. Die beiden sind kein Paar, sie haben sich mit Küsschen-links-Küsschen-rechts begrüßt, aber entweder waren sie mal eines, oder sie würden gerne eines werden, denn ihre Gesten gleichen sich auf verdächtig harmonische Weise. Aber auf jeden Fall sind sie im Moment nicht zusammen, das heißt, der Typ wäre zu haben …»
Und eine dieser Frauen mit dem Scannerblick kam dann sogar an die Bar, stellte sich direkt neben Max und streifte ihn aus Versehen, als sie ihren Geldbeutel aus der Handtasche kramte. «Oh, sorry», sagte sie und wimpernklimperte Max von unten an. «Nix passiert», sagte Max, lächelte und führte sein Gespräch mit mir fort. Ha, ha. Gewonnen.

Der Film war super. «Ich möchte eigentlich einfach nur wild und frei leben», sagte Hauptdarstellerin Julia Jentsch, aber sie sagte es so, dass es nicht platt und einfallslos klang, sondern wie eine komplette, in einfachen Worten ausgedrückte Lebensphilosophie. Auch so ein Kandidat für Sätze, die mich nicht mehr loslassen.

Max und ich traten in die noch schneidender gewordene Dezemberluft hinaus. Ich musste nicht so tun, als würde ich frieren. Ich tat es ganz von selbst.
«Mensch Marie, du holst dir ja den Tod», sagte Max prompt besorgt, zog umgehend seinen dicken Wollmantel aus und legte ihn mir um die Schultern. «Und Handschuhe hast du auch keine an!» Er nahm meine Hände zwischen seine. Die waren wie immer wunderbar warm. Obwohl sie aussehen wie die eines Pianisten. Max, mein Taschenofen. Ich zitterte noch ein bisschen weiter und rückte näher zu Max. Und der nahm mich in den Arm. So standen wir auf der Türkenstraße. Ich atmete seinen vertrauten Geruch ein, schloss die Augen und fühlte mich zu Hause. Mein Test war erfolgreich. Ich hatte bei Max die Beschützerinstinkte hervorgerufen, die Männer nur gegenüber Frauen hegen, die ihnen etwas bedeuten.

«Also wirklich», sagte Max da, «ich versteh dich nicht, Marie. Seit Tagen hat es unter null Grad, und du rennst in einem dünnen Baumwollmantel draußen rum, ohne Handschuhe und ohne Mütze. Wenn du morgen krank bist, brauchst du dich wirklich nicht zu beschweren! Wie kann man nur so gedankenlos sein ...»
Wie bitte?! Was waren denn das für Töne? Ich öffnete meine Augen wieder, rückte ein Stück von Max ab und erblickte sein ungläubiges Kopfschütteln. Von wegen «etwas bedeuten» und Beschützerinstinkte. Was Max da von sich gab, klang eher väterlich als sonst etwas.

«Passt schon. Ich nehme mir ein Taxi. Mach dir um mich bloß keine Sorgen!», fauchte ich, schmiss ihm seinen Mantel zu und ließ ihn einfach stehen. Ich bin sicher, dass er mir einigermaßen verdutzt hinterherschaute. Zum Glück kam gerade ein Taxi um die Ecke gebogen, in das ich mich flüchten konnte. Nicht ohne vor dem Einsteigen dreimal zu gucken, ob es auch wirklich ein gelbes Schild auf dem Dach hatte.

DONNERSTAG, 9. DEZEMBER 2004 – LEIPZSCH

Irgendwie läuft es zurzeit echt beschissen mit mir und den Männern. Ich kann es leider nicht anders ausdrücken. Paul hat mich vergessen. So viel ist mittlerweile sicher.
Lorenz meldet sich zwar noch ab und zu, seit er mich absägte, als ich mit ihm Schluss machen wollte, aber er macht mit so viel – zu viel – demonstrativer Fröhlichkeit einen auf Freundschaft, dass es mich eher nervt als freut. Außerdem habe ich keine Lust auf Werdender-Vater-Geschichten. Nicht mein Thema, sorry.
Max spielt großer Bruder, und mein Freund Martin, der mich früher wenigstens immer noch ein wenig anhimmelte, plant gerade seine Hochzeit mit seiner Verlobten und darf ansonsten das Haus nicht mehr alleine verlassen, glaube ich. Und wie immer, wenn man dringend einen Verehrer bräuchte oder wenigstens einen feschen One-Night-Stand zum Angeben, sind weit und breit keine annehmbaren Männer in Sicht. Alles, was da draußen frei rumläuft und nicht glücklich verliebt oder verheiratet ist, gehört der Sorte Dummschwätzer an, ist langweiliger als ein Stück Roggenbrot oder beides. Beziehungsweise optisch inakzeptabel. Ich weiß, ein Mann muss nicht schön sein, und es kommt auch gar nicht auf Äußerlichkeiten an. Aber manche Dinge gehen trotzdem gar nicht. Der faszinierendste Charakter kann leider keine fettigen langen Haare, starke Oberlippenbehaarung oder zu kurze Stonewashed Jeans rausreißen.

Aber zum Glück gibt es im Leben ja noch andere Dinge als Männer! Und es tut mal ganz gut, nicht immer nur über Paul und seine Artgenossen nachzugrübeln, sondern zur Abwechslung mal was Sinnvolles zu machen. Wie ich heute. Ich fahre mit dem Zug nach Leipzig, eine Geschäftsreise. Ich soll dort für eine Serie über die Tatort-Kommissare Peter Sodann interviewen. Der Job ist wie gemacht für mich, die ich die Tatort-Reihe liebe. Wenn ich mich für ein Lieblings-Ermittlerduo entscheiden müsste, täte ich mich schwer. Franz Leitmayr und Ivo Batic aus München? Klar, Heimatstadtbonus. Und außerdem habe ich schon mal in einer Berliner Bar auf Udos Bier aufgepasst. Leider baggerte er, während ich sein Pils bewachte, auf der anderen Seite der Bar eine schnieke Brünette an, aber gut. Jeder kann sich mal im Geschmack verirren. Oder doch Ballauf und Schenk aus Köln? 10 Extrapunkte für Max Ballaufs Stimme. Er könnte die Örtlichen von Mecklenburg-Vorpommern vorlesen, ich würde die CD sofort kaufen. Hm, oder vielleicht Ritter und Stark aus Berlin? Til Ritter alias Dominic Raacke hat so was Verruchtes. Ein grimmiger, einsamer Mann. Wunderbar.

Guter Dinge besteige ich den Mittags-ICE nach Leipzig. Die Sonne scheint. Es ist kalt. Und ich habe fünf Stunden vor mir, in denen ich gemütlich iPod hören und mich entspannen kann. Dann ein netter Plausch mit einem charmanten älteren Herrn, ein leckeres Essen auf Arbeitgeberkosten und später ein hübsches Hotelzimmer im besten Haus am Platz, ebenfalls nicht meine Privatrechnung belastend. Morgen früh wieder zurück nach München, und am Wochenende fahre ich mit meinen Freunden wie fast jedes Jahr auf die Skihütte nach Obertauern. Das Leben kann so schön sein! Was brauche ich Männer.

Entspannt verlasse ich in Leipzig Hauptbahnhof meinen Zug. Der hat hier ein paar Minuten Aufenthalt und fährt dann weiter nach Berlin. Ich ziehe meinen Trolley hinter mir her und gehe Richtung Ausgang. Die Sonne ist gerade untergegangen.

Ich habe die weißen Kopfhörer des iPods noch in den Ohren, gerade läuft ausnahmsweise mal nicht Coldplay, Anajo oder Mozart, sondern U2.

Through the storm we reach the shore
You give it all but I want more
And I'm waiting for you
With or without you
With or without you
I can't live
With or without you

Kurz vor dem Ende des Bahnsteigs – es ist ein Kopfbahnhof wie der Münchener – hat sich eine kleine Menschentraube gebildet. Ein Dutzend ältere Leute in einheitlichem Rentnerbeige studiert angestrengt den Wagenstandsanzeiger. Ich schlage einen Haken und umrunde die Gruppe auf der linken Seite. Durch den plötzlichen Richtungswechsel kommt mein Trolley leicht ins Schlingern, und ich werfe einen Blick über meine rechte Schulter, um zu sehen, ob er sich stabilisiert oder ob ich anhalten muss. Im nächsten Augenblick laufe ich frontal gegen einen Wollmantel. Ich blicke wieder nach vorne und stammle «Ups, sorry», bevor ich nach oben gucke und schaue, mit wem ich da gerade so unsanft kollidiert bin.

Ungefähr zwei Zentimeter vor mir steht Paul.

In meinem Kopf fängt Bono herzzerreißend und verzweifelt an zu schreien. «Wooohooohooohoooaaah, with or without youuuuuu ...» Wie war das mit dem Soundtrack fürs Leben? Na, passt doch. Unpassend wäre in diesem Moment zum Beispiel «Mit Pfefferminz bin ich dein Prinz» von Marius Müller-Westernhagen gewesen. Oder «Komm, o Tod, du Schlafes

Bruder» aus der Kantate «Ich will den Kreuzstab gerne tragen» von Johann Sebastian Bach. Beides ebenfalls auf meinem iPod gespeichert. Während ich all dies denke, vergehen nur Bruchteile von Sekunden.

«Hallo», sagt Paul.
«Hallo», antworte ich.
«Ähm, ja ...»
Schluck.
«Auf Gleis 11 steht zur Abfahrt bereit der ICE 1523 über Lutherstadt Wittenberg nach Berlin Zoologischer Garten. Bitte einsteigen, die Türen schließen selbsttätig», sagt Paul. Ach nein, es ist der Bahnhofslautsprecher.
«Ich ... ich müsste jetzt eigentlich da ... also ... hm», sagt Paul.
«Du, lass dich nicht aufhalten», erwidere ich cool. Und ich klinge nicht nur gelassen. Ich *bin* es. Klar hämmert mir das Herz in der Brust, klar bin ich einer Ohnmacht nahe, klar scheint mein pinkfarbener Pashmina sich immer fester um meinen Hals zu ziehen und mir die Luft abzudrücken. Aber abgesehen von diesem körperlichen Ausnahmezustand bin ich ganz ruhig. Und ich wünsche mir, dass Paul jetzt in seinen verdammten Zug steigt und nach Berlin fährt und ich ganz schnell vergessen kann, dass ich ihm begegnet bin. Schon komisch. Monatelang hatte ich beim Weggehen in München Angst, ihn in der *Josef Bar*, im *Haidhauser Augustiner* oder bei der 3-Uhr-morgens-Currywurst im *Bergwolf* an der Fraunhofer Straße zu treffen. Und wo laufe ich ihm über den Weg? Als ich am wenigsten damit rechne, 450 Kilometer von zu Hause weg, in Leipzig. Das Leben hat sie doch nicht mehr alle.

Paul steigt nicht in seinen verdammten Zug. Die Türen schließen selbsttätig und ohne ihn. Statt sich in Luft aufzulösen oder

wenigstens nach Berlin zu fahren, nimmt Paul mir meinen Trolley ab, mich mit der freien Hand am Arm und geht mit mir in das Bahnhofsgebäude.
«Lass das, nimm deine Finger von mir, lass mich in Ruhe und fahr hin, wo immer du hinfahren willst, aber bloß weg von mir!», will ich schreien, aber ich tue es nicht. Ich lasse mich wie eine sehr, sehr alte Frau von Paul durch den Bahnhof führen und auf der anderen Seite wieder heraus.

«Wo musst du hin?», fragt Paul mich auf dem Vorplatz, und ich höre mich antworten, als wären wir noch ein Paar und gerade zusammen von München nach Leipzig gereist.
«Okay», sagt Paul, «wann bist du fertig mit deinem Interview?»
«So gegen neun», höre ich mich weiter sagen.
«Gut. Ich bin ab neun in der Bar des *Best Western*. Bis später!» Und weg ist er.

Ich habe keine Zeit, über das nachzudenken, was mir da gerade widerfahren ist. Ich habe nicht mal Zeit, meine Gefühle zu sortieren, geschweige denn, ihnen Namen zu geben. Aber vielleicht sind da auch gar keine. Geht das? Kann man etwas so wahnsinnig schrecklich Schönes erleben und nichts, rein gar nichts dabei fühlen außer einer gewissen Lähmung und diese seltsame Ruhe? «Sie steht unter Schock ...», wispert das Engelchen dem Teufelchen zu, und das nickt so heftig, dass die schwarzen Locken hüpfen. Na ja. Wenn die zwei da sind, kann es nicht so schlimm um mich bestellt sein.

Ich eile zu meinem Termin im Best Western Hotel *Victor's Residenz*. Und führe ein sehr nettes, lustiges, lockeres Interview mit Peter Sodann, dem Darsteller des Leipziger Tatorts. Es ist mehr als bloßes Funktionieren. Ich bin völlig klar im Kopf. Um drei

Minuten vor neun sind wir fertig, schütteln uns die Hand, und Herr Sodann wünscht mir eine gute Zeit in Leipzig und eine angenehme Heimreise.

Punkt einundzwanzig Uhr gehe ich an der Hotelbar vorbei. Wenn Paul jetzt nicht da ist, sage ich zu mir selbst, dann gehe ich schnurstracks durch die Drehtür, nehme mir draußen ein Taxi und fahre in mein Hotel, in dem ich übernachten werde. Und das erste Mal, seit ich Paul kenne – und das sind jetzt schon über drei Jahre –, zittere ich nicht, weil ich befürchte, er könne mich versetzen, sondern weil ich Angst habe, er könne da sein.

Natürlich sitzt Paul an der Bar. Und sieht mich sofort. Springt auf und kommt auf mich zu. Keine Chance zur Flucht.
«Ich brauche ein Bier und eine Kippe», sage ich, und wir gehen zurück zur Bar.
«Holla die Waldfee, du siehst gut aus ... Die längeren Haare stehen dir super!»
Ach ja?
«Wie geht's dir, Süße?», will Paul wissen, als ich einen tiefen Schluck von meinem Wernesgrüner genommen und an meiner Zigarette gezogen habe.
Süße? Er wagt es, mich Süße zu nennen, nach allem, was war?
«Gut, sehr gut», sage ich und erzähle ihm von der schönen Wohnung und meiner WG mit Beate, von meinem tollen und spannenden Job, von Vroni, die happy mit Bernd ist, von Marlene und davon, dass ich übermorgen auf die Skihütte fahren werde.
«Und du?», frage ich dann, aber eher, weil man das halt so fragt, wenn man gerade eine Viertelstunde aus seinem Leben referiert hat, und nicht, weil es mich wirklich interessiert. Was ist nur los mit mir? Wo ist meine große, unsterbliche Liebe

zu Paul hin? Ich habe ihn so vermisst, die ganze Zeit, immer wieder, habe mir gewünscht, er würde mich anrufen, mir eine SMS oder E-Mail schicken, sogar an meinem 30. Geburtstag habe ich alle paar Minuten zur Tür der *Josef* Bar geschielt und gehofft, Pauls blonden Kopf am Eingang zu entdecken. Und jetzt? Ich sehe ihn an, und es ist, als würde ein anderer Mensch neben mir sitzen, nicht der Paul, den ich so sehr geliebt habe, mit dem ich so gerne mein Leben verbracht hätte und der mir das Herz brach, als er diesen Vorschlag nicht für gut befand.
Paul erzählt nun aus seinem Leben, von seinen Aufträgen, der Katze, die ihm zugelaufen ist (Paul und eine streunende Katze adoptieren? Das sind ja ganz neue Töne!), von den Promis, die er getroffen hat, und von seinen Freunden.

Ich jubiliere innerlich. Ich bin über ihn hinweg. Ich kann hier ganz entspannt sitzen, Bier trinken und mit Paul plaudern. Es macht mir nichts aus. Ich habe es überlebt! Ich bin frei. Und todtraurig. So einfach stirbt die große Liebe? Ist das so? Ein halbes Jahr Sehnsucht, Ablenkung, Lover und Arbeit, und schon verdünnisieren sich die ach so großen Gefühle? Wohin gehen die? Waren sie je da? Oder war alles nur Einbildung? Kann ich vielleicht überhaupt nicht richtig LIEBEN?

Ich betrachte Pauls Gesicht, während er redet. Seine blonden Haare, die ziemlich wirr von seinem Kopf abstehen. Seine Stirn mit den vier wellenförmigen Querlinien darauf. Seine blonden Augenbrauen und die kleine Lücke in der rechten von ihnen. Die grüngrauen Augen. Seine gerade Nase, seinen schönen Mund mit der kleinen, senkrechten Kerbe in der Unterlippe. Die kleine Grube in seinem Kinn. Ich erkenne jedes Detail wieder, denn ich habe ihn so oft angeschaut, mir alles ganz genau eingeprägt. Jede Einzelheit, jeder Quadratmillimeter seiner

Haut ist mir vertraut. Das hat sich nicht geändert. Ich finde Paul nach wie vor wunderschön. Aber irgendwie hat das nichts mehr mit mir zu tun. Er ist einfach nur noch schön, ohne es für mich zu sein.

«Ich bin müde, Paul», sage ich, und er nickt, zahlt und meint: «Ich bringe dich noch in dein Hotel.»
Paul zieht meinen Trolley, und wir gehen die Viertelstunde bis zum *Hotel de Saxe* zu Fuß. In einem Schweigen, das nicht unangenehm ist. Ich hole meinen Schlüssel an der Rezeption, und Paul trägt mir mein Gepäck bis vor die Zimmertür.
«Ja dann …», sage ich, «danke für die Biere und das Koffertragen.»
«Gern geschehen», sagt Paul, «gute Nacht, Marie.» Und er drückt mir einen Kuss auf die Wange. Was dann passiert, wäre nicht geschehen, wenn ich nicht einen kleinen Fehler gemacht hätte.
Als Pauls Gesicht dem meinen ganz nah ist, atme ich etwas tiefer ein, um Pauls Geruch in die Nase zu bekommen. Das soll der letzte Test sein. Wenn ich Paul einatme und nicht rückfällig werde, bin ich wirklich über ihn hinweg. Liebe ihn nicht mehr. Paul jedoch hört diesen einen etwas tieferen Atemzug, der ein bisschen klingt wie ein kleiner Seufzer. Und dieses Geräusch führt dazu, dass er mein Gesicht in seine Hände nimmt und mich küsst. Nicht stürmisch und leidenschaftlich wie früher immer, sondern zärtlich, vorsichtig und beinahe ein wenig ängstlich. Es kommt, wie es kommen muss. Es ist, wie wenn man beim Aufzugfahren oder im Flugzeug belegte Ohren hat, sie dann beim Schlucken mit einem Ploppen plötzlich wieder frei werden und man wieder klar und deutlich hört, was sich vorher wie unter einer Käseglocke zu befinden schien. So etwas Ähnliches passiert mit meinen Gefühlen, die ich schon als vermisst melden wollte. Hallo, Gefühle, schön, dass ihr wieder

da seid. Aber ihr kommt ungelegen. Ich kann mich nicht schon wieder von Paul ins Unglück stürzen lassen. Zwei Mal sind genug. Oder?

Ich löse mich sanft von Paul und lächle ihn an. Sperre meine Zimmertür auf.

«Gute Nacht, Paul.»

SAMSTAG, 1. JANUAR 2005 – TSUNAMI

Dieses Silvesterfest wird anders als die, die ich bisher erlebt habe. Vor fünf Tagen ist der Tsunami über Südostasien hereingebrochen. Als die ersten Fernsehberichte zu sehen waren, fühlte ich mich auf äußerst bedrückende Weise an den 11. September 2001 erinnert. Auch damals saß ich fassungslos vor meinem TV-Gerät und sah mir die Bilder an, die sich ständig wiederholten, immer und immer wieder. Was ich sah, ließ mir die Tränen über das Gesicht laufen, genau wie das, was ich die letzten Tage anschaute. Aber ich konnte nicht damit aufhören. Und natürlich bin ich sofort das Telefonbuch meines Handys durchgegangen und habe überlegt, ob nicht einer meiner Freunde vielleicht gerade in Thailand oder auf Sri Lanka Urlaub machte. Zum Glück fiel mir niemand ein.

Am letzten Tag des Jahres habe ich eine Fernsehpause eingelegt. Habe mir selbst eine Auszeit von den schrecklichen Bildern verordnet. Vielleicht muss man auch mal verdrängen, wenn es zu viel wird. Wir werden trotz Tsunamikatastrophe heute Abend rausgehen und das neue Jahr begrüßen, meine besten Freunde und ich: Vroni und Bernd, Marlene, Beate, Simon, Max natürlich, Martin, Jessica, Philipp, Nina und Ralf. Allerdings gehen wir nicht weit, zumindest nicht Beate und ich. Wir essen und trinken im *Ysenegger*.

Die Stimmung ist gar nicht so schlecht. Etwas gedämpft, aber wir haben trotzdem einen den Umständen entsprechend netten Abend. Die selbst auferlegte Fernsehfastenkur des heutigen Tages hat sich bemerkbar gemacht. Schon erstaunlich, wie schnell das geht und wie sehr der Mensch durch Bilder beeinflusst wird. Ein Tag lang keine grausamen Filmberichte aus Asien, und schon rückt die Katastrophe ein wenig von einem ab. Und das eigene kleine Leben geht sowieso weiter, egal, was draußen in der Welt passiert. In ein paar Monaten wird der Tsunami von Südostasien nur noch eine verblasste Erinnerung an eine der vielen Katastrophen sein, die man in seinem Leben so als Zuschauer miterlebt.

Nach Mitternacht gehen wir hinauf in Beates und meine Wohnung. Wir essen die Reste des Weihnachtsessens auf, das es bei meinen Eltern gab. Wie immer hatte meine Mutter gekocht, als würde ich mit ihren sieben Enkelkindern zum Heiligabend-Dinner anrücken. Dabei komme ich doch jedes Jahr alleine. Müsste sie allmählich wissen. Na ja, meine Freunde freut's. Lachspastete, Chili con Carne und Bayerisch Creme finden reißenden Absatz. Als dann alle pappsatt und jammernd («mir ist sooooo schlecht») auf Beates und meinen Polstermöbeln herumhängen, muss Schnaps her, um die Mägen wieder in Ordnung zu bringen. Das Ende vom Lied ist, dass ich gegen sechs Uhr morgens vor lauter Obstler kaum den Weg in mein Bett finde und obendrein zehn Übernachtungsgäste überall in der Wohnung herumliegen habe.

Drei Stunden später wachen wir wieder auf, mein Kater und ich. Nie wieder Alkohol, so viel ist sicher. Ächzend schleppen wir uns in die Küche, wo der Laptop ist. Apothekennotdienst herausfinden übers Internet. Wenn erst die andern elf Menschen aufwachen, die in dieser Wohnung den Sauerstoff verbrauchen, wird ein wilder Kampf um die drei Aspirin entbrennen, die ich noch im Bad gefunden habe.

Mein Laptop ist besetzt. Von Beate.

«Beateschatzwasmachsndusofrühiminternet?», interviewe ich meine Freundin. Oje, hoffentlich sehe ich nicht so schlecht aus wie sie. Das, was sie da unter den Augen hat, Ringe zu nennen, wäre, wie wenn man die Nürnberger Autobahn als Feldweg bezeichnen würde.

«Lars», sagt Beate nur, ohne ihren Blick vom Bildschirm zu wenden, «Lars hat schon geschrieben!»

Lars? Wer ist eigentlich Lars? Ach so, ja, der ominöse E-Mail-Verfasser, mit dem sich Beate seit dem Sommer mailt, ohne ihn bisher getroffen zu haben. Lars, der in Hamburg lebt.

«Er ist auf einer Hütte in Österreich», erzählt Beate.

«Aha. Von Hamburg fährt der über Silvester auf eine Hütte in die Alpen? Seltsam.»

«Er kennt auch Leute in München, die er besucht hat, er hat sogar mal viele Jahre hier gelebt …», erklärt Beate.

«Hast du wenigstens mal ein Foto von deinem ominösen Lars?»

«Nein.»

«Warum nicht?»

«Du weißt doch, wie das mit Bildern so ist. Sie geben selten die Realität wieder.»

Das stimmt. Wenn man nur nach Fotos gehen würde, hätten weder Max, Paul noch Lorenz jemals auch nur in Erwägung gezogen, mit mir intim zu werden.

Beate klebt dicht vor dem Monitor und liest Lars' E-Mail.

«Süße, du verdirbst dir die Augen», sage ich automatisch zu

ihr, obwohl ich weiß, dass diese mütterliche Besorgnis inzwischen überholt ist. Man kann sich die Augen nicht verderben.

«Wo sind deine Kontaktlinsen?»

Beate zuckt mit den Schultern und deutet auf zwei leere Schnapsgläser, die auf dem Küchentisch stehen.

«Habe letzte Nacht den Linsenbehälter nicht gefunden und sie dort in Wasser eingelegt. Irgendeine Nase von den so genannten Freunden, die gerade komatös in unserer Wohnung abhängen, hat sie ausgetrunken.»

«Das neue Jahr geht ja gut los ...»

«Es geht los wie immer. Ich kann mich an keinen Neujahrsmorgen erinnern, an dem nicht irgendein Depp meine Kontaktlinsen getrunken hätte», sagt Beate und nimmt es gelassen.

«Marie, lies bitte mal», sagt sie dann und dreht den Laptop zu mir.

«Och Beate. Ich lese so ungern die Mails anderer Leute!»

«Ich bin keine anderen Leute. Falls du's vergessen hast, ich bin deine gute Freundin Beate, mit der du außerdem die Wohnung teilst. Und ich will, dass du jetzt auch diese Mail mit mir teilst. Lies!»

Widerspruch scheint zwecklos. Ich gieße mir ein großes Glas gutes Münchner Leitungswasser ein, ziehe mir einen Stuhl heran, setze mich seufzend und beginne zu lesen.

From: Lars ‹lars_menzel_65@gmx.net›
To: Beate ‹dieschoenesaengerin@yahoo.com›
Sun, 01 Jan 2005, 04:14:11
Subject: Erster?

Meine liebe Beate,

ich hoffe, ich bin derjenige, der dir die erste Mail des Jahres 2005 schreibt, das jetzt gerade mal vier Stunden alt ist. Bitte verzeih etwaige Tippfehler, ich bin, wie du dir vielleicht vorstellen kannst, nicht mehr beziehungsweise noch nicht ganz nüchtern. Holla die Waldfee, war das ein Silvesterfest. Mein Freund Nick aus London ist extra angereist, und auch sonst habe ich viele gute alte Freunde wieder getroffen, die ich seit Jahren nicht gesehen habe. Und die Hütte ist großartig. Wir, also meine Freunde und ich, fahren eigentlich jedes Jahr hier nach Tirol. In dieser Hinsicht beneide ich euch Münchner – diese wunderbaren Berge sind ja quasi euer Vorgarten.

Ich will dich gar nicht über Gebühr mit meinen Saufgeschichten von dieser Nacht langweilen, meine liebe Beate, ich muss mich jetzt auch unbedingt hinlegen, bevor die Stube sich so schnell um mich dreht, dass mir schlecht wird. Ich wollte dir nur schnell schreiben und dir sagen, wie sehr ich mich freue, dass mein schludrigkeitsbedingter Tippfehler in der E-Mail-Adresse uns zusammengeführt hat. Ich hatte noch nie eine reine Brieffreundschaft (oder Briefbeziehung?) zu einer Frau. Wobei ich ja sehr hoffe, dass wir uns so bald wie möglich mal «live» sehen. Ich muss zwar leider morgen schon wieder auf direktem Wege nach Hamburg zurück, aber die Gelegenheit kommt bestimmt. Ich kann es ehrlich gesagt kaum erwarten. Und ich kann jetzt schon sagen, dass diese rein virtuelle Beziehung mit dir mehr Qualität hat als so manch reale, die ich in meinem Leben hatte. Ist das nicht verrückt? Man tauscht nur schriftlich Gedanken aus, aber es entsteht Nähe dadurch.

Beate, ich freue mich auf dich in 2005. Ich spüre es, das Jahr hält einiges für uns bereit. Ich würde jetzt gerne über deine duftenden blonden Haare streichen, dann meine

Hand in deinen Nacken legen und dich küssen. Und dann einen langen, dekadenten und furchtbar faulen Neujahrstag im Bett mit dir verbringen, ach, das wäre schön. Aber wer weiß …

Ich küsse dich
Dein Lars

«Ich habe fertig», sage ich zu Beate und schaue sie mit gerunzelter Stirn an.
«Und?? Schreibt er nicht wunderbar?», strahlt sie. Sogar ihre Augenringe sind ein wenig feldwegähnlicher geworden.
«Na ja, äh, hmpf.»
«Hmpf???»
«Bisschen schwülstig, aber ganz okay.»
«Das ist nicht schwülstig! Das ist gefühlvoll!», protestiert Beate.
«Süße, bitte nicht streiten jetzt. Du wolltest, dass ich das lese, und ich habe dir meine Meinung dazu gesagt. Okay?»
«Hast du nicht! Du hast nur gesagt, Lars würde schwülstig schreiben. Das ist keine qualifizierte Meinung», entgegnet sie, viel zu engagiert für einen Neujahrsmorgen nach Schnapsorgie um halb zehn Uhr früh.
«Beate, für eine qualifizierte Meinung ist mein körperlicher Zustand wirklich zu labil, entschuldige! Ich freue mich ja, dass du die Mailerei mit Lars genießt, aber sei bitte ein wenig vorsichtig. Man weiß nie, wer wirklich hinter so einer GMX-Adresse steckt!»
Määäp, Fehler. Jetzt denkt sie, ich würde ihr nichts gönnen.
«Du gönnst es mir bloß nicht», sagt Beate eingeschnappt und klappt den Laptop zu, «ich kann auch nichts dafür, dass du immer so ein Pech mit den Kerlen hast.»
«Beate!!!» Autsch. Schreien schmerzt im Kopf. «Jetzt mach

mal halblang. Ich nenne dir jetzt ein paar Zahlen. Also. Halb zehn Uhr. Circa einskommafünf Promille. Drei Stunden Schlaf. Elf Schnapsleichen in der Bude verteilt. Was macht das? Null Bock auf Diskussionen!»

Ich verlasse die Küche und schleppe mich wieder Richtung Bett. Das fängt ja super an, das Jahr 2005. Tsunami, Kopfschmerzen und Streit mit meiner Freundin. Klasse, Marie Sandmann. Wärst du doch lieber gleich im Bett geblieben.

MONTAG, 17. JANUAR 2005 – J WIE JAN

Und es wurde nicht wirklich besser. Kaum war der erste Tsunami-Schock halbwegs verdaut und sichergestellt, dass sich keine Freunde oder Bekannten in Südostasien befanden, kam der nächste Hammer. Ich las es Freitag früh im Internet: Mosi ist tot! Ermordet, unser Mosi, das Münchner Original, der auf keiner wichtigen oder unwichtigen Party fehlte und immer diesen Wischmopp namens Daisy mit sich herumschleppte. Als ich von dem heimtückischen Mord erfuhr (von einem Stricher mit dem Telefonkabel erdrosselt zu werden ist nun wirklich kein angemessener Tod für einen Prominenten), fiel mir plötzlich auf, dass ich Mosi eigentlich ganz gern hatte. Und dass er mir fehlen wird. Mir und München.

Nach dem kleinen Neujahrs-Streit mit Beate um Lars machte ich mir einen Tag lang Sorgen, sie könne ernsthaft beleidigt sein. Diese Befürchtung stellte sich jedoch als unbegründet heraus, da Beate schon am nächsten Tag den Vorfall in der Küche schlicht und einfach vergessen hatte. «Wo sind eigentlich meine Kontaktlinsen?», fragte sie mich, als wir endlich unsere Freunde wieder in ihre eigenen Wohnungen geschickt hatten und das größte Chaos in unserer Bude beseitigt hatten. Da wusste ich, dass sie sich auch an unseren Streit um Lars nicht mehr erinnerte. Manchmal ist Alkohol schon eine feine Sache.

Die E-Mail von Lars jedoch ging mir nicht ganz aus dem Kopf. Irgendwas war seltsam an ihr. Aber ich kam nicht drauf, was. Beate ist erwachsen und weiß, was sie tut, dachte ich mir und verdrängte die Geschichte erfolgreich.

Genauso wie ich die Gedanken an Paul verdränge. Seit unserer Begegnung in Leipzig hatte ich nichts mehr von ihm gehört. Keine SMS, kein Anruf, keine Mail. Kein «Frohe Weihnachten», kein «Guten Rutsch», kein «Frohes neues Jahr». Aber das war eh noch nie wirklich Pauls Ding, an solche Jahrestage zu denken. Vroni meint, er sei beleidigt, weil ich ihn nicht mit in mein Hotelzimmer genommen hatte. «Verletzte männliche Eitelkeit, klare Sache!», attestierte sie, «sei doch froh. Mach einen Haken dran. Du willst ihn doch gar nicht mehr!»

Nein, natürlich will ich ihn nicht mehr. Es ist vorbei, ein für alle Mal. Meine Gefühle für Paul sind irgendwo, aber nicht mehr in meinem Herzen. Das hatte ich deutlich gemerkt, als wir in der Hotelbar saßen. Wäre dieser winzige Moment nicht gewesen, als er mich küsste, dieses Ploppen in meiner Seele wie das belegter Ohren … Halt. Stopp. Hier ist jetzt Schluss. Ende Gelände. Das bringt doch alles nichts.

Um auf andere Gedanken zu kommen, werde ich aktiv. Im Job ist viel zu tun, aber auch das Privatleben kann einen vorgezogenen Frühjahrsputz gebrauchen. Ich nehme also mein Handy zur Hand und blättere das Telefonbuch durch. 124 Nummern und Namen sind darin gespeichert. 124 von 1000 Plätzen auf dem Telefon belegt. Tausend? Wer bitte kennt tausend Leute? Mit Telefonnummern? Ich fühle mich ein bisschen einsam, weil ich nur 124 Leute kenne. Und nicht mal das stimmt. Ich habe 124 Nummern in meinem Mobiltelefon gespeichert. Das

sind Handynummern, Büronummern, Festnetznummern. Na ja, egal.
Ich lösche alle Namen aus der Liste, bei denen mir kein Gesicht einfällt und mir die Nummer nichts sagt. Was brauche ich auch sieben Marions und vier Silkes in meinem Speicher? Als das erledigt ist, gehe ich nochmal durch die ausgedünnte Liste und notiere mir die Namen der Leute, mit denen ich wieder Kontakt aufnehmen möchte und die ich vernachlässigt habe. Freundschaften muss man pflegen. Das ist das eine. Aber auch Bekanntschaften bedürfen einer gewissen Arbeit. Alles nicht so einfach.

Beim Buchstaben J bleibe ich am Eintrag «Jan» hängen. Ich habe ein Bild zu ihm in meinem Kopf. Er ist nicht besonders groß, blond, mit etwas längeren, verstrubbelten Haaren und sieht immer ein bisschen so aus, als sei er gerade erst aufgewacht und wundere sich über die Welt und das Leben. Süß, eigentlich. Irgendwie knuffig. Aber uninteressant. Nicht zu verwechseln mit unsympathisch. Im Gegenteil. Er passt bloß so gar nicht in mein Beuteschema. Blond finde ich gut, aber damit hat sich's dann auch schon wieder. Ich stehe mehr auf den skandinavischen Typ Mann: groß, breites Kreuz, aber trotzdem schlaksig, hellhaarig und -häutig, hohe Wangenknochen, blaue oder grüne Augen, kurze Haare.
Nun von dem Typ Mann, der mir Magenflattern verursacht, zurück zu Jan. Ich kenne ihn schon lange, genauer gesagt über vier Jahre. Aber ich habe ihn bisher nur vier Mal gesehen. Wir lernten uns im Jahr 2000 am letzten Wiesnsonntag im Hackerzelt kennen. Ich gehe dort jedes Jahr hin, weil es einfach wunderschön ist. Als letztes Lied spielt die Band immer «Guten Abend, gut' Nacht», und dazu zündet jeder im Zelt die Wunderkerze an, die er vorher bekommen hat. Allein beim Gedanken an diese feierliche Stimmung im Bierzelt bekomme ich eine

Gänsehaut. Seit 2000 also treffe ich Jan jedes Jahr am letzten Wiesnsonntag im Hackerzelt, am selben Tisch. Wir verabreden uns nicht extra, es ist selbstverständlich, dass wir beide da sind. Dafür habe ich schon Urlaube verschoben. Also, für den letzten Wiesnsonntag, nicht für Jan.

Eigentlich ist es ziemlich blöd, dass wir uns immer nur einmal im Jahr sehen. Wir verstehen uns immer so gut. «Keine Kunst – im Vollteе nach drei Maß Bier», raunt das Teufelchen. Ja, ja. Du mich auch. Jan und ich reden zwar jedes Jahr davon, dass wir unbedingt auch außerhalb der Wiesnzeit etwas miteinander unternehmen müssten, mal ins «Lido», ins Kino oder zum Inlineskaten gehen sollten – es scheiterte aber bisher immer an der konkreten Umsetzung. Und meistens hat so was ja Gründe. Wenn man wirklich etwas zusammen unternehmen will, tut man es einfach, statt nur darüber zu reden.
Hm. Ich könnte ihn einfach mal anrufen. «Jan» steht immer noch in meinem Handydisplay. Ich drücke die grüne Taste. Das Telefon beginnt zu wählen. Ich drücke die rote Taste. «Verbindung zu Jan beendet.» Was soll ich denn sagen? «Hi, hier ist Marie»? Und wenn er dann gar nicht weiß, wer ich bin? Möglicherweise hat er acht Maries in seinem Handyspeicher. «Die vom letzten Wiesnsonntag?» Hilfreich. Aber blöd. Und selbst wenn – was dann? «Gehma mal ins ‹Lido›?» Ach, irgendwie auch nicht gut. Ich tippe mich weiter durch mein Handy-Telefonbuch, rufe Daniela aus Essen an, schicke Ina aus Darmstadt eine «Na, wie geht's so?»-SMS und rufe mich bei meinem alten Schulwegehepartner Steffen in Erinnerung. Und schon bin ich einmal durch mit der Liste. Und wieder bei J. Bei J wie Jan.

Hey Jan, es sind doch tatsächlich noch zweihundertdreiundvierzig Tage bis zum Beginn der Wiesn. Und stell dir vor, es gibt dieses Jahr keinen letzten Wiesnsonntag, weil der letzte Tag nämlich ein Montag ist – der 3. Oktober und Feiertag. Blöd, ne? Deswegen dachte ich, wir könnten stattdessen am Donnerstag, den 20. Januar, was trinken gehen ;-) Liebe Grüße, Marie

Senden. An: Jan. Ok. «Sendet Nachricht 1/3.» 2/3. 3/3. Pling. Gesendet. Na bitte, geht doch. Was würden wir feigen Menschen eigentlich ohne die Erfindung der Kurzmitteilung tun?

DONNERSTAG, 20. JANUAR 2005 – HOLLA DIE WALDFEE!

Manche Dinge bedürfen eines Traums, um einem klar zu werden. Wenn man in einen Menschen verliebt ist, zum Beispiel. Ich bin eine von denen, die sehr, sehr lange brauchen, um das zu merken. Aber dann träume ich irgendwann davon, mit einem Mann Händchen zu halten. Es ist immer Händchen halten, nie Küssen, Sex oder anderes. Und dann weiß ich – mich hat's erwischt.

Natürlich träume ich auch mal von einem Mann, ohne in ihn verliebt zu sein. Letzte Nacht zum Beispiel, da träumte ich von Paul. Als ich heute früh erwachte, war ich mir nicht sicher, ob der Traum mich bis in die Realität der blassen Morgensonne hinein angerührt hatte, weil Paul darin vorkam oder weil er in Neuseeland spielte. Genauer gesagt in den neuseeländischen Alpen der Südinsel, irgendwo zwischen Wanaka und Milford Sound, dort, wo große Teile von «Herr der Ringe» gedreht wurden. Ich machte mit Paul eine Bergwanderung, und wir erklommen einen steilen Felsen, von dem man eine besonders gute Sicht hatte und bis zum pazifischen Meer blicken konnte.

«Holla die Waldfee», sagte Paul nur, als wir dort oben standen und staunten.

Holla die Waldfee. Hm. Ich reibe mir die Augen, strecke mich und verlasse widerwillig mein kuschelig warmes, weiches Bett. Warum ist das morgens eigentlich immer viel gemütlicher als abends, wenn man schlafen gehen sollte? Aaaah, der Dielenboden ist kalt unter meinen nackten Füßen. Ich hasse Aufstehen! Besonders im Winter sollte man das verbieten. Holla die Waldfee. Irgendwas klingelt da ganz leise in meinem Kopf. Zu leise. Ich beschließe, dass ich einen Kaffee und ein Schokocroissant brauche, bevor ich der Sache näher auf den Grund gehen kann.
Scheiße. Äh, Mist. Sorry. Kein Schokocroissant zum Auftauen mehr vorhanden. Wenn Beate noch einmal die leere Verpackung zurück in die Tiefkühlschublade legt, bringe ich sie um! Ein Blick auf die Uhr. 6 Uhr 30. *Ysenegger* noch nicht auf, *Ruffini* öffnet auch erst in drei Stunden. Also gut, nur Kaffee.
Während die Milch langsam warm wird und ich darauf warte, dass mein Körper es ihr gleichtut, fällt mein Blick auf den großen Wandkalender, in dem Beate und ich (und unsere Gäste) alles vermerken, was wichtig sein könnte. Geburtstage. Partys. Zu tätigende Einkäufe. Zahnarzttermine. Periodenfälligkeitstage. Im Feld des heutigen Donnerstags, 20. Januar 2005, lese ich: **Beck's Gold!!!** Ich schreibe darunter: **Schokocroissants (Beate)!!!** Ah, da steht noch was, ganz klein: J.? Was soll das denn heißen? Ist meine Schrift, glaube ich. J.? Johanniskrautdragees? Jogurette? Jodeldiplom? Nein. Jetzt fällt es mir wieder ein. Ich hatte Jan gefragt, ob wir heute was trinken gehen wollen. Päh. Der hat nicht mal geantwortet auf meine SMS. Frechheit. Aber egal. Ich hatte ja gar nicht mehr daran gedacht.
Als meine Latte macchiato endlich trinkbereit ist, setze ich mich an den Küchentisch. Beate hat wieder mal den Laptop

nicht ausgeschaltet. Wie oft muss ich ihr noch vorrechnen, wie viel Schleichstrom das verbraucht, wenn das Ding immer auf Standby ist? Ich fahre den Computer herunter. Und bei der Abschiedsmelodie des Macintosh fällt mir auf einmal ein, warum mich Pauls «Holla die Waldfee» aus meinem Traum stutzig machte. Er sagte das wirklich ziemlich oft. Zu wenig oft, um zu nerven, aber oft genug, dass es typisch für ihn war. Und da gab es noch einen Mann, der diesen Spruch strapaziert hatte. Lars, Beates E-Mail-Mann.

Ich fahre den Rechner wieder hoch. Und kämpfe dabei mit meinem Gewissen. Darf ich die Mail nochmal lesen? «Klar», sagt das Teufelchen, das beim Stichwort Gewissen sofort auf meine linke Schulter geflattert kam, «sie hat dich doch quasi bekniet, die Mail vom 1. Januar zu lesen, also was ist dabei, wenn du sie nochmal anguckst?» Okay. Klare Ansage. «Man schnüffelt nicht in E-Mails anderer Leute rum», wirft das Engelchen von meiner rechten Schulter aus ein, «sie hat dir am 1. Januar erlaubt, diese Mail zu lesen. Das heißt nicht, dass du dich jetzt in ihren Account einloggen darfst!» Genau das hatte ich vor. Und ich kann Beate nicht um Erlaubnis fragen, denn sie schläft noch tief und fest, hatte gestern einen Auftritt und kam erst um fünf Uhr früh nach Hause. Das hörte ich, weil sie im Bad meine Clinique-Range auf den Fliesen verteilte.
Ich tippe: www.yahoo.com. Login-Name: dieschoenesaengerin@yahoo.com. Password: ••••••. Ich kenne es, weil Beate es mir gesagt hat. Ich weiß auch ihre PIN für die EC-Karte. Sie kann sich so etwas nämlich nicht merken. Nie im Leben würde ich dieses Wissen missbrauchen. «Tust du doch grad», sagt das Engelchen. Nein. Tu ich gar nicht. Schweig still.
Im Posteingang sind drei neue Nachrichten, eine davon von Lars. Ich ignoriere sie und suche die vom 1. Januar. Und lese.

Holla die Waldfee, war das ein Silvesterfest. Mein Freund Nick aus London ist extra angereist. Und die Hütte ist großartig. Wir, also meine Freunde und ich, fahren eigentlich jedes Jahr hier nach Tirol.

Holla die Waldfee? Nick aus London? Hütte in Tirol? Jedes Jahr? War ich eigentlich blind oder blöd, als ich vor drei Wochen diese Mail las? Warum habe ich es nicht sofort gemerkt? Weil ich noch betrunken war vom Obstler-Wetttrinken. Ich sollte meinen Alkoholkonsum überdenken. Vermutlich hat bereits ein ernstzunehmend großer Teil meiner Hirnzellen das Zeitliche gesegnet. Anders ist es nicht zu erklären, dass mich diese Parallelen nicht sofort stutzig machten.
Klar, Pauls Freund aus London heißt Steve. Und Paul lebt nicht in Hamburg – nicht, soweit ich weiß, zumindest. Ich bin schon länger nicht mehr «zufällig» an seiner Wohnung in Haidhausen vorbeigeradelt. Es tat mir nicht gut, in die erleuchtete Küche zu schauen und zu kapieren, dass Paul auch ohne mich lebt, kocht, isst, fernsieht. Mindestens das.

Beate, ich freue mich auf dich in 2005.

O mein Gott. Auf einmal klingeln alle Alarmglocken. Hektisch renne ich in mein Zimmer und krame in den Schubladen meiner Kommode. Irgendwo muss doch das alte Nokia von damals sein. Wäre ich doch nur ordentli... Ah. Da ist es ja. Ich *bin* ordentlich. Und das Ladekabel liegt daneben. Ich schalte das Mobiltelefon ein. Mitteilungen. Archiv. Blätter, blätter, blätter. Da. Da ist sie. Pauls SMS an mich vom 1. Januar 2003.

Ich danke dir für das letzte Jahr. Freue mich auf dich in 2003. Als Person. Als Frau. Als Geliebte. Du weißt gar nicht, wie sehr ich dich vermisse. Kuss, Paul

Kann natürlich auch Zufall sein. So außergewöhnlich ist dieser Satz nun auch wieder nicht. Eigentlich gar nicht. Jeder könnte das schreiben. Na gut, fast jeder. Aber die Hütte in Tirol? Holla die Waldfee? Der Freund aus London? Und seine Mailadresse: lars_menzel_65@gmx.net. Paul ist ebenfalls Jahrgang 1965. Sind das nicht ein bisschen zu viele Zufälle? Ich ringe kurz und heftig mit mir, widerstehe dann aber der Versuchung, weitere Mails von Lars an Beate zu lesen und Klarheit zu bekommen. Ich logge mich aus Yahoo aus und fahre das Powerbook wieder herunter.

Dann trinke ich meine inzwischen laue Latte macchiato und analysiere meinen Gemütszustand. Könnte schlimmer sein. Weitaus schlimmer. Ich habe kein Bedürfnis, zu weinen, zu schreien oder mit dem Kopf auf die hölzerne Tischplatte zu schlagen. Okay, eine Zigarette wäre jetzt nicht schlecht. Aber nicht mal die muss unbedingt sein. Und dann geschieht etwas Seltsames. Mein Gesicht verzieht sich, und ich fange an zu grinsen. Erst kichere ich nur leise in mich hinein, dann lauter, und schließlich lache ich laut. Hoffentlich kann mich jetzt keiner sehen. Bei diesem Anblick würde jeder die Männer in den weißen Anzügen rufen. 30-jährige Frau in verwaschenem Bondi-Beach-T-Shirt sitzt allein am Küchentisch und wiehert.

Mein Handy piept.

Hey Süße, klar, gute Idee, wann und wo?

Hä? Was ist eine gute Idee? Ach so. SMS von Jan. Die Antwort auf meinen Vorschlag vom Montag, etwas trinken zu gehen. Mal überlegen, ob ich noch Lust habe. Aber jetzt muss ich erst mal ins Büro.

Am Nachmittag fällt Jan mir wieder ein.

Treffma uns um 20 Uhr am Sendlinger Tor und schauen dann, wo wir hingehen?

Er antwortet sofort, wenn auch nicht sonderlich einfallsreich: «Gut! Bis dann, freue mich.» Eigentlich habe ich gar keine Lust. Der Tag ist stressig, ich habe meinen Schal zu Hause vergessen und außerdem wahnsinnige Lust darauf, heute Abend mit Beate Zucchini-Bananen-Curry zu essen, Rotwein aus Südaustralien zu trinken und einen Rosamunde-Pilcher-Film zu gucken.
Aber da muss ich jetzt durch. War schließlich meine Idee.

Als ich um acht Uhr abends aus der U1 steige, fällt mir auf, wie bescheuert dieser Treffpunkt ist. «Am Sendlinger Tor» kann vieles heißen: An der Westseite des Tores selbst, an seiner Ostseite, auf dem Sendlinger-Tor-Platz, im U-Bahn-Geschoss, in der Sonnen- oder der Blumenstraße ... Die Chance, sich an diesem Ort in München zu verfehlen, ist riesig. Aber wir haben ja unsere Handys. Doch die brauchen wir nicht. Als ich die Rolltreppe hinaufgehe, steht Jan schon oben ans Mäuerchen gelehnt und wartet auf mich, als ob er genau wüsste, wo ich immer den Untergrund verlasse. Lustig. Wir begrüßen uns mit Bussi-links-Bussi-rechts, und ich erschnuppere einen angenehmen Duft. Aftershave, aber nur ein bisschen. Ich mag das, wenn Männer einfach nur frisch geduscht riechen.
Wir beschließen, ins Gärtnerplatzviertel zu gehen, und schlendern die Blumenstraße entlang, dann die Müllerstraße. Quatschen über das Leben, das wir zwischen den letzten Wiesnsonntagen führen. Es ist ungewohnt, neben einem Mann herzugehen, der nicht so viel größer ist als ich mit Absätzen. Paul ist (war) eins neunzig, Max ist auch recht hoch gewach-

sen, und Lorenz hat (hatte) ungefähr Pauls Größe. Neben Jan fühle ich mich ganz anders. Irgendwie kumpelhafter. Mag aber auch daran liegen, dass wir das eben sind – gute Freunde. Oder gerade auf dem langen und schönen Weg, es zu werden.

SAMSTAG, 29. JANUAR 2005 – DIE FALLE

Über eine Woche lang habe ich meinen Verdacht, Paul könnte Lars und Lars könnte Paul sein, mit mir herumgetragen, ohne jemandem etwas davon zu erzählen. Zunächst dachte ich, ich täte das, weil es mich zu sehr schmerzen würde, mit Beate darüber zu sprechen und vielleicht die Bestätigung zu bekommen, dass ich wirklich Recht habe. So war das früher immer, wenn etwas mit Paul war. Wenn er sich wochenlang nicht bei mir meldete und ich Angst hatte, er habe mich aus seinem Leben gestrichen. Oder als Paul mit mir Schluss machte, bevor er nach Lesotho ging. Ich verbalisierte das alles nicht, nicht mir selbst gegenüber und nicht im Gespräch mit meinen Freundinnen.

Aber jetzt ist es anders. Ich komme erst drauf, als ich mich zwinge, darüber nachzudenken. Dieser Verdacht löst keine Panik in mir aus und keine Verzweiflung. Ich muss an den Moment denken, als ich mit Paul vor der Tür meines Hotelzimmers in Leipzig stand und er mich küsste. Dieser Moment, in dem meine ganzen Gefühle für ihn kurz davor waren, wiederzukommen. Und dann denke ich daran, wie er vor seinem Computer sitzt, rauchend, Kaffee trinkend, konzentriert und lächelnd, Mails schreibt und sich als Lars ausgibt. Und ich merke, wie meine Gefühle Abstand nehmen von Paul. Sie ziehen sich von ihm zurück wie das Fett in der benutzten Pfanne, wenn man einen Tropfen Spülmittel hineinfallen lässt.

Trotzdem muss ich mit Beate darüber sprechen. Sie hat auch das Recht, zu wissen, was da läuft.
«Das kann ja wohl nicht wahr sein», sagt sie, als ich fertig bin, und ihre Stimme überschlägt sich fast. Einen Moment lang befürchte ich, sie sei sauer auf mich.
«Dieser Wichser!» Puh.
«Beate, es ist nur ein vager Verdacht, ich bin mir echt nicht sicher, ob es wirklich Paul ist. Und selbst wenn. Mit uns ist Schluss. Und es ist ja nicht verboten, Mails zu schreiben.»
«Na klar ist er das. Wir können gerne alle Mails durchschauen und nach weiteren Parallelen und Indizien suchen. Aber ich denke, das wird nicht nötig sein.»
«Hm ...»
«Und überhaupt. Es geht hier nicht nur um Paul und dich, Marie. Er vereimert doch auch mich! Hamburg, dass ich nicht lache! Besondere Beziehung, spezielle Verbindung, Seelenverwandtschaft, blablabla! Ich fasse es nicht ...»
«Er hat was von Seelenverwandtschaft geschrieben?» Da ist Paul aber wirklich zu weit gegangen.
«Jetzt komm schon, Marie, lies alle Mails, dann weißt du Bescheid!»
«Nein. Ich will das nicht. Aber du hast Recht: Wir brauchen Gewissheit. Wir müssen ihm eine Falle stellen!»

Wir öffnen eine Flasche Averna. Und beginnen, uns filmreife Fallen für Paul auszudenken. Unsere Stimmung kippt ins Lustige. Das passiert ja oft, wenn man sich sehr aufregt. Eine halbe Flasche später beschließen wir, doch die einfachste und unspektakulärste Variante zu wählen. Das Leben ist nun mal keine Verwechslungskomödie.
Beate soll versuchen, an Pauls, äh, Lars' Handynummer zu kommen. Ganz simpel. Wenn Lars und Paul dieselbe haben, ist alles klar.

«Und was, wenn er eine neue Handynummer hat?», wirft Beate ein.
«Hat er nicht. Hätte er mir gesagt in Leipzig.»
«Und wenn er sich eine zweite Nummer zulegt?»
«Tut er nicht. Nicht so auf die Schnelle. Nicht Paul.»
«Na, du musst es ja wissen. Also gut. Ich schreibe ihm jetzt, dass ich vier Wochen lang auf Tournee durch das Baltikum gehen und dort keinen Internetzugang haben werde.»
Ich gehe auf den Balkon und rauche eine Zigarette, während Beate ihre Fangmail schreibt. Es ist eine bitterkalte, sternklare Winternacht. Draußen liegt Schnee. Fast schon kitschig. Ist das eine Nacht für den Abschied von einer großen Liebe? Die Nacht, in der die Gefühle endgültig erfrieren werden? Jetzt werd nicht pathetisch, Marie Sandmann, sage ich zu mir selbst und ziehe fest an meiner Kippe. Engelchen und Teufelchen schweigen ausnahmsweise. Ist ihnen wohl zu kalt draußen.

«Und?», frage ich, als ich bibbernd wieder in die warme Küche komme.
«Weg.»
«Gut.»
«Ja.»
Wir beschließen, jetzt nicht vor dem Laptop sitzen zu bleiben und auf Lars' Antwort zu warten. «Lass uns tanzen gehen», sage ich zu Beate, und sie lobt mich: «Du bist wirklich cool, Marie!»
Ja. Bin ich. Und ausnahmsweise mal ganz authentisch cool.

Wir gehen in den *Salon Erna*, einen kleinen, gemütlichen Club mit Wohnzimmeratmosphäre in den Optimolwerken. Heute ist französischer Abend, und die Bar ist ein Anlaufpunkt für in München lebende Franzosen. Sie spielen gallische Musik von Chanson bis Hip-Hop, die französischen Jungs sind kommunikativ, und es macht Spaß, ihrem Akzent zu lauschen. Beate und ich trinken ein paar Beck's und verbringen einen netten, unaufregenden, entspannten Abend.

Als wir gegen zwei Uhr morgens wieder in unsere Wohnung kommen, hat die Falle zugeschnappt. Lars hat geantwortet. Oder Paul. Wie man's nimmt. Ist ja sowieso das Gleiche.

SONNTAG, 30. JANUAR 2005 – WALKING IN A WINTER WONDERLAND

Süße, hast du Lust auf einen Winterspaziergang?

Diese Worte wecken mich heute Morgen. Jan. Freu. Winterspaziergang. Ich liebe Winterspaziergänge. Und dieser Tag ist wie geschaffen dafür. Der Himmel ist blau, keine Wolke ist zu sehen, und wir haben ungefähr dreißig Zentimeter frischen, glitzernden Neuschnee.

Gegen zwei Uhr hole ich Jan in der Au ab. Er wohnt am Mariahilfplatz, wo ein paarmal im Jahr die Auer Dult stattfindet. Sehr nette Ecke von München. Wenn ich nicht so verliebt in Neuhausen wäre, könnte ich mir glatt vorstellen, hier zu wohnen.

Wir fahren aufs Land. Jan ist natürlich auch kein echter Münchner, sondern irgendwann mal aus dem Emsland zugewandert. Macht aber nichts. Manchmal bleiben ja auch nette Leute hier kleben.

«Boah, ist das schön hier.» Jan ist beeindruckt. «Woher kennst du dich so gut aus auf dem Land? Ich wusste gar nicht, dass es vor Garmisch-Partenkirchen schon so schöne Ecken gibt!»

Ich erzähle ihm von meiner Jugend in einem Vorort von München und von den allsonntäglichen Spaziergängen mit meinen Eltern. Ich zickte jede Woche rum, weil ich zu dieser spießigen Aktivität gezwungen wurde, aber eigentlich liebte ich die Wanderungen übers Land. Und noch heute kenne ich jeden Weg, jede Anhöhe und jedes Gehöft zwischen Unterhaching und Bad Tölz.

Wir stapfen querfeldein durch den knietiefen Schnee. Jan erzählt von seinem Job, seinem letzten Urlaub, vom Snowboarden und seinen Freunden. Ganz normales Zeug. Und auch ich plappere locker vor mich hin, aus meinem kleinen Leben. Aber ich fühle mich wohl. Es macht Spaß, sich mit Jan zu unterhalten.

«Schön, dass es dich gibt», sage ich relativ unvermittelt – unser Gespräch ist eigentlich gerade beim Thema «beste Italiener in München». Ups. Wieder mal das Falsche im richtigen Moment gesagt. Hoffentlich versteht Jan das jetzt nicht falsch.

«Dito», sagt er einfach nur, grinst und zieht mich kurz an sich, um mich sofort wieder loszulassen. O Mann. Diese Norddeutschen. Ich bin ja selbst kein pathetischer Typ (von gelegentlichen sentimentalen Anfällen abgesehen), aber Jans Trockenheit sucht wirklich ihresgleichen. Was denkt der jetzt gerade? Dass ich in ihn verliebt bin? Hoffentlich nicht. Bin ich nämlich nicht.

Nachdem wir zweieinhalb Stunden lang durch die Winterlandschaft gestapft sind, über Felder, durch den Wald und durch malerische kleine Dörfer, treibt uns der Hunger in eine Wirtschaft. Wir essen ein Bauerngröstl, trinken dazu ein Weißbier und unterhalten uns weiter. Der Gesprächsstoff scheint endlos. Es gibt so viel zu erzählen.

Irgendwann greift Jan, ohne mit dem Reden aufzuhören, wie selbstverständlich über den Tisch nach meiner Hand. Und lässt sie die ganze nächste Stunde nicht mehr los. Ich tue so, als wäre nichts, aber ich spüre alles ganz genau, wie unter einer Lupe, nur dass ich eben nicht sehe, sondern fühle. Wie seine Fingerspitzen ganz zart über meine fahren, wie sein Daumen meine Fingerknöchel streichelt. Ich spüre Jans Wärme, höre seine Stimme und möchte wohlig schnurren, mich einrollen in diesem Gefühl wie eine getigerte Katze im Schoß ihres Herrchens.

MONTAG, 1. FEBRUAR 2005 – ZU HAUSE

Ich konnte die ganze Nacht nicht schlafen. Ich lag in meinem Bett und starrte an die Decke. Bis kurz nach ein Uhr lauschte ich dem gedämpften Lärmen der Kneipenbesucher des *Ysenegger* drei Stockwerke unter mir. Dann hörte ich bis etwa halb zwei den Verabschiedungen der Leute auf der Straße vor der Kneipe zu, bis die letzte Autotür zugeschlagen, der letzte Wagen über das Kopfsteinpflaster der Ysenburgstraße davongerollt und der letzte Nachtschwärmer mit knirschenden Schritten über Schnee und Streusand zur U-Bahn gestapft war. Danach war Stille. Sofern man mitten in der Stadt von Stille sprechen kann. «I wanna wake up in the city that never sleeps», fiel mir ein, und ich kämpfte etwa eine Stunde lang gegen den alten Ohrwurm. Als ich ihn aus dem Kopf hatte, fielen mir weitere interessante Dinge ein. Zum Beispiel, dass es in München nur zwei Straßen gibt, deren Namen mit Y beginnen. In der einen wohne ich, die andere heißt Yorckstraße und befindet sich auch in Neuhausen, nur drei Ecken weiter Richtung Taxisgarten. Dieses Phänomen hielt mich eine weitere halbe Stunde hellwach.
O Mann, Marie, dachte ich, so geht das nicht, du musst schlafen, morgen ist ein anstrengender Tag in der Redaktion. Schwerer Fehler. Jeder weiß, dass nichts dem Einschlafen abträglicher ist als der Gedanke, einschlafen zu müssen. Ein Trick musste her. Ich wandte einen an, der für gewöhnlich immer klappt.

Ich nahm mir etwas vor, wozu ich aufstehen musste. Eine Liste anlegen. Klar. Immer, wenn ich nicht mehr weiterweiß, lege ich Listen an. Steh auf, Marie, sagte ich leise zu mir, geh ins Wohnzimmer und hol dein Notizbuch mit dem schlichten hellbraunen Ledereinband, das du in Alice Springs in der Todd Mall gekauft hast, als du auf den Flug nach Cairns gewartet hast. Nimm es aus der mittleren Schublade des Mahagoni-Kästchens und drücke deine Nase an das kühle italienische Leder, das immer noch nach der Lavendelseife von Crabtree & Evelyn riecht, die im selben Laden verkauft wurde. Spätestens hier wäre ich normalerweise sanft entschlummert. Das Vorhaben wäre einfach zu ermüdend und anstrengend gewesen, in einer Nacht von Sonntag auf Montag. Aber in dieser Nacht war irgendwie gar nichts normal. Ich stand also tatsächlich auf, tappte über meinen schönen Dielenboden, holte das Notizbuch aus der Schublade, schnupperte an ihm, wurde durch den leichten Seifenduft von einer Welle warmer, staubiger, wehmütiger Australien-Erinnerungen überflutet und knipste, zurück im warmen Bett, meine Nachttischlampe an.

Things to do (someday)

- Die Jugendstilvillen in Gern fotografieren und eine Galerie für den Flur daraus machen
- Golf spielen lernen
- Brunchen in der «Villa Dante»
- Die Mongolei bereisen
- Einen Gitarrenkurs belegen
- Mit einem Mann schlafen, den ich liebe (ohne Verhütung)
- Meine CDs archivieren
- Eine Studiosus-Reise nach Griechenland machen und dort Olympia und Delphi besuchen
- Den Zauberberg fertig lesen

- Alle meine Freunde fotografieren und für mich selbst einen Bildband damit drucken lassen
- Ein BMW-Fahrertraining absolvieren
- Ausprobieren, ob Angeln wirklich meditativ wirkt
- Amsterdam besuchen und im Coffee Shop Marihuana konsumieren
- Alle Robert-Redford-Filme auf DVD erstehen
- Mullholland Drive von David Lynch zum siebten Mal ansehen und endlich kapieren
- Mit meinem Vater eine Reise in seine alte Heimat im heutigen Tschechien machen
- Zu Fuß die Alpen überqueren

Das hatte keinen Zweck. Es machte zwar Spaß, schöne Dinge aufzulisten. Aber müde machte es nicht. Im Gegenteil. Ich war munterer denn je. Klar – wegen Paul. Und weil Paul Lars war. Oder sich als Lars ausgab. Warum auch immer er das tat. Bestätigung seines Ego? Er konnte nicht wissen, dass Beate «meine» Beate war. Die beiden waren sich damals kaum begegnet, weil Beate in Pauls und meinem Sommer die meiste Zeit auf Tournee war. Und sie hatte mich in ihren Mails nicht weiter erwähnt.

Gegen drei Uhr morgens beschloss ich, einen letzten Versuch zu starten und meinen Gedanken freien Lauf zu lassen. Vielleicht würde ich dann irgendwann einschlafen können. Ich zog also den Stöpsel und gestattete meinen Gefühlen, frei zu strömen. Schlimmer konnte es sowieso nicht mehr werden.

Und dann passierte etwas Seltsames. Als ich so dalag und meinem Hirn erlaubte, sich mit Paul zu befassen, schob sich etwas anderes einfach dazwischen. Jemand anderes, stellte ich fest, als ich genau hinsah und -fühlte. Jan. Sein Gesicht, das ich schon so lange kannte und bis vor kurzem noch nie genauer betrachtet hatte. Seine graublauen Augen. Seine dichten Wimpern. Seine feinen Fältchen an den Schläfen, seine für einen Mann fast ein wenig zu vollen Lippen, die sehr zart und weich aussahen. Die kleine Lücke zwischen seinen Schneidezähnen. Seine nicht wirklich kurzen, blonden Haare, die er immer mit einer unwirschen Handbewegung aus der Stirn beförderte. Seine Hand, deren Daumen sanft und langsam über meine Fingerknöchel strich, und die Wärme, die sich an den Stellen auf mich übertrug, an denen er mich berührte. Die Sensibilität, die seine Fingerkuppen auf den wenigen Quadratzentimetern meiner Haut hinterließen, die sie streiften.

Vier Roibos-Tees, Toilettenbesuche und Stunden später zog ich meine Raffrollos hoch, ließ den dämmernden Wintertag in mein Schlaf- oder besser Wachzimmer, putzte mir die Zähne und tauschte meinen Blümchenpyjama gegen ein bürotaugliches Outfit. Premiere für Marie Sandmann. Die allererste wirklich und tatsächlich durchwachte Nacht meines Lebens. Nicht durchgemacht, nein, durchwacht. Ein kleiner, aber feiner Unterschied. Und das Ganze wegen eines Mannes, der nicht Paul heißt. Wegen eines Mannes, den ich zwar seit viereinhalb Jahren kenne, aber erst sieben Mal getroffen habe. Ein Mann, der zu klein für mich ist, zu lange Haare hat und keine tiefe, sonore Stimme, die mir durch Mark und Bein gehen könnte. Ein Mann, der doch eigentlich auf dem Weg war, eines Tages ein guter Freund zu werden. Ein Mann, dessen sanftes Streicheln meiner Hand bei mir nicht den Wunsch auslöste, über ihn herzufallen und auf der Stelle wilden, leidenschaftlichen Sex mit ihm zu haben. Nein, seine Berührung weckte die Sehnsucht in mir, zu schnurren wie eine Katze, die Augen zu schließen, mich in seine Hände zu legen und zu wärmen. Zu Hause zu sein.

In der Straßenbahn, zwischen Albrechtstraße und Leonrodplatz, erreicht mich eine SMS von Jan.

Guten Morgen, Süße. Ich hoffe, Du hattest eine gute Nacht. Würde mich freuen, Dich heute zu sehen.

Ich sehe aus dem beschlagenen Trambahnfenster hinaus auf die grauen, schmucklosen Wohnblocks der Leonrodstraße, die braun verfärbten Schneereste auf dem Gehsteig und die grellen Neonschriftzüge eines Münzwaschsalons.
Ich lächle. Ich bin zu Hause.